INHALT

TEIL I: MAX DRESSLEN

TEIL II: DER VERFLUCHTE POET

TEIL III: EIN NAME ZUM ERINNERN

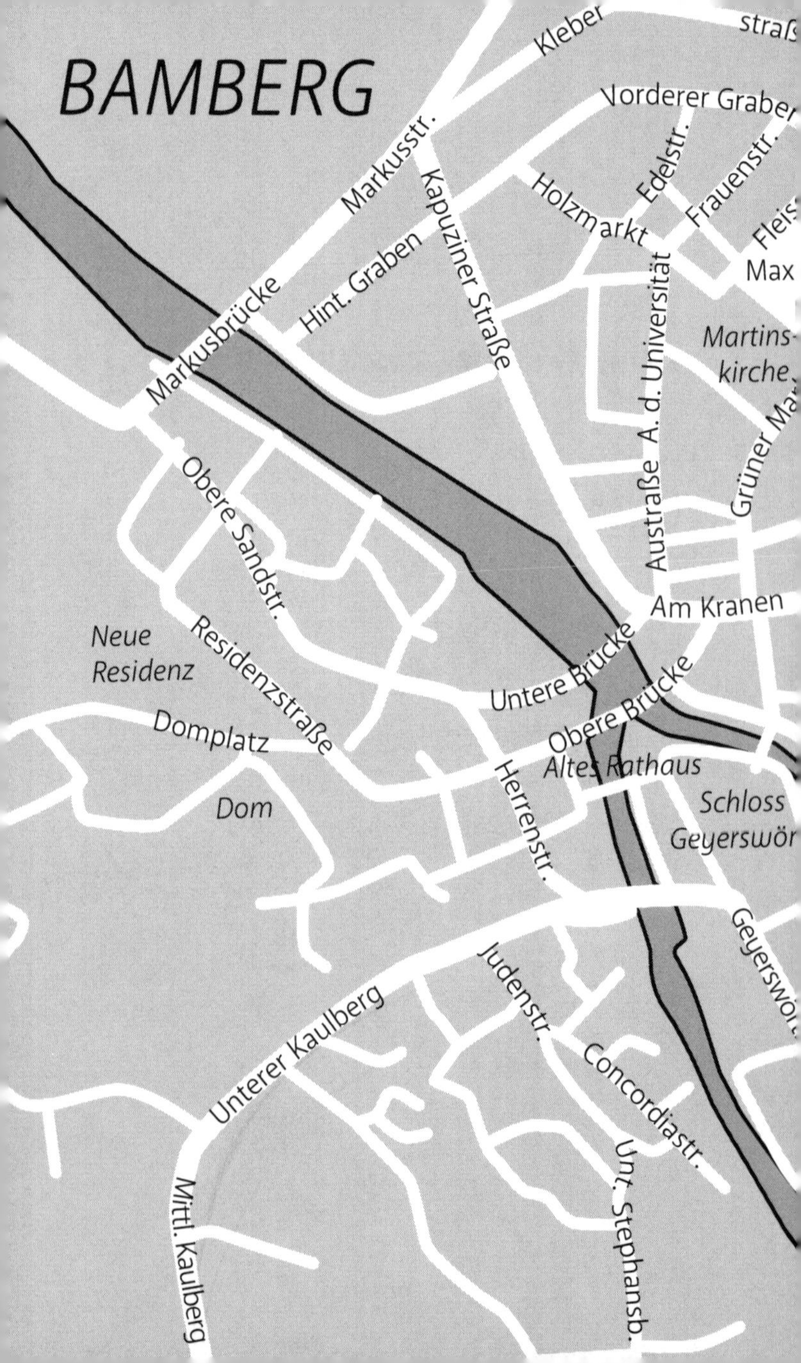
BAMBERG
Kleberstraße
Vorderer Graben
Markusstr.
Edelstr.
Frauenstr.
Holzmarkt
Kapuziner Straße
Hint. Graben
Markusbrücke
Max
Martins-
kirche
An d. Universität
Austraße
Grüner Markt
Obere Sandstr.
Am Kranen
Neue
Residenz
Residenzstraße
Untere Brücke
Obere Brücke
Domplatz
Altes Rathaus
Herrenstr.
Schloss
Geyerswörth
Dom
Geyerswörth
Judenstr.
Unterer Kaulberg
Concordiastr.
Unt. Stephansb.
Mittl. Kaulberg

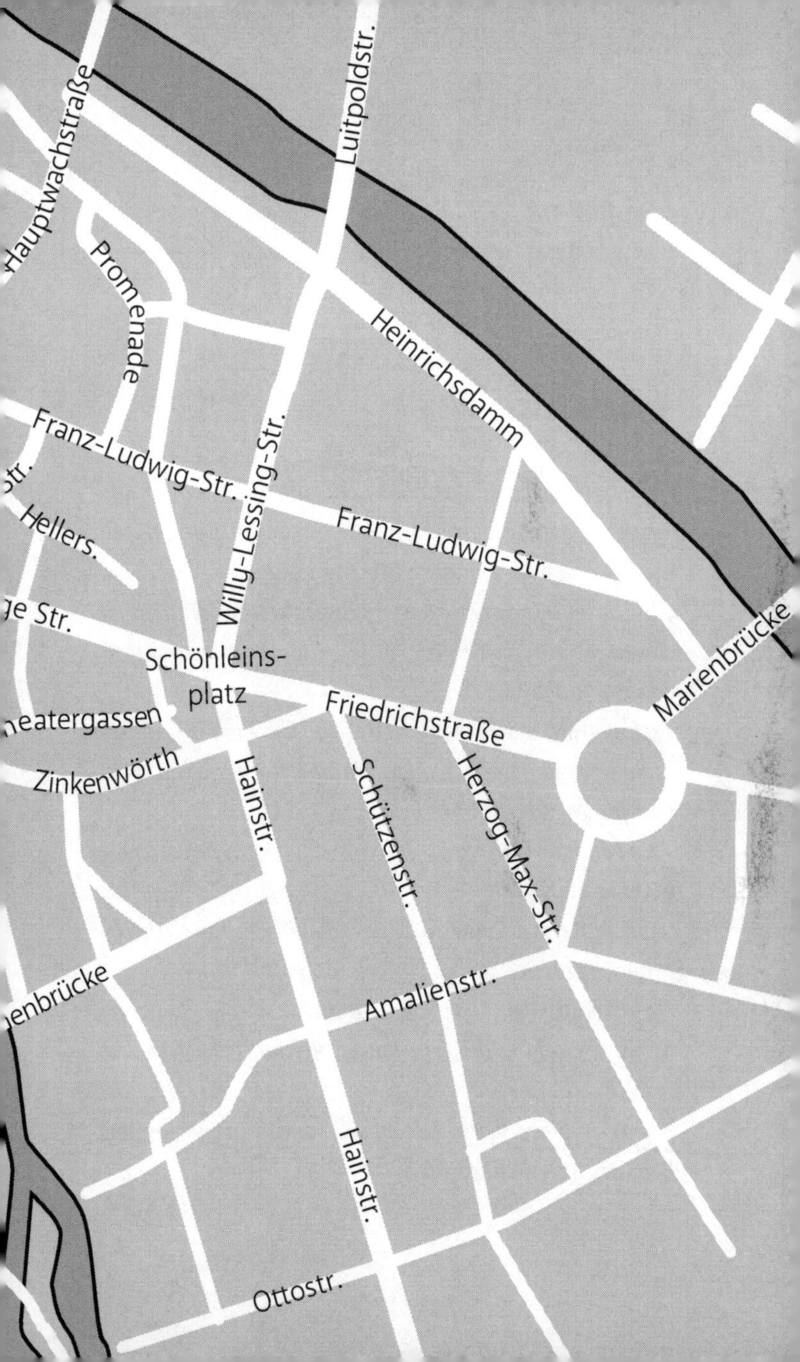
Hauptwachstraße
Luitpoldstr.
Promenade
Heinrichsdamm
Franz-Ludwig-Str.
Willy-Lessing-Str.
Str.
Hellers.
Franz-Ludwig-Str.
ge Str.
Schönleins-
platz
Marienbrücke
heatergassen
Friedrichstraße
Zinkenwörth
Hainstr.
Schützenstr.
Herzog-Max-Str.
enbrücke
Amalienstr.
Hainstr.
Ottostr.

Für Claudia,
weil es diese Geschichte ohne dich nie gegeben hätte

Danksagungen

an meine Mutter, dafür dass sie alle Bücher der Welt zuhause hatte und an meinen Vater und Bruder, dafür dass sie mich all die Jahre ertragen haben

an Lito Vari, dafür, dass er ein wichtiger Teil meines Lebens ist und an Fer, für all seine Unterstützung und weisen Ratschläge

an die Stadt Bamberg und ihre Universität, wo ich mich gefunden habe, wo ich meinen Namen zum letzten Mal geändert habe

an Michael Genniges, der von der ersten Seite an an mich geglaubt hat

an all jene, die mir nein gesagt haben: Eure Ablehnung war mein Antrieb

an Benito Pérez Galdós, Roberto Bolaño, Nicanor Parra, Castelao, Tolkien, Pablo Neruda, The Beatles, und Joaquín Sabina

und an dich, lieber Leser, der, warum auch immer, dies hier gerade liest

TEIL 1

MAX DRESSLEN

DIE ANKUNFT IN BAMBERG

M**AX DRESSLEN** sollte den Tag, an dem er in Bamberg ankam, nie vergessen.

»Die nächste Haltestelle ist Ihre!«

»Oh ja klar, vielen Dank.« Dem Fahrgast auf Sitz Nummer 42 des zweiten Wagons des ICE 9017 waren die letzten zwei Stunden wie im Flug vergangen. Er hätte schwören können, dass nicht mehr als fünfzehn Minuten verstrichen waren, als er von der Stimme des Zugbegleiters ruckartig aus seinem Halbschlaf gerissen wurde. Fünfzehn Minuten, in denen er immer wieder das gleiche geträumt hatte.

Die rasende Stahlmaschine heulte zweimal auf, bevor sie zum Stehen kam. Sie bremste hart und spuckte nacheinander alle Passagiere aus, die nicht vorhatten, die Reise bis zum Ende der Verbindung fortzusetzen.

Die Bahnhofsuhr zeigte zwanzig nach sechs am Abend an, es war kalt, und der Himmel begann sich gerade dunkelblau zu färben, als Max das kurze Stück, welches die Welt der Maschinen von der Welt der Menschen trennte, durchquerte und auf die Straße trat. Er nahm seinen Koffer, den er sechs Stunden zuvor in Hamburg gepackt hatte, und setzte sich auf den Rücksitz eines Taxis.

»In die Concordiastraße, glaube ich ...«, murmelte er und überprüfte den Straßennamen auf einem völlig zerknitterten Zettel.

»Glauben Sie oder wissen Sie?«, antwortete die Frau auf dem Fahrersitz. »Ich will nicht unnötig viel Zeit verlieren, und außerdem, wenn die Straße, die Sie sagen, die richtige ist, muss ich Sie ein wenig früher raus lassen, in der Karolinenstraße, denn mit dem kleinen Koffer, den Sie tragen, werden Sie auf Ihren eigenen zwei Beine schneller ans Ziel kommen, als mit dieser Karre. Ich nehme an, dass es einem kräftigen jungen Mann wie Ihnen nichts ausmacht, zwei Minuten zu Fuß zu gehen, es ist gleich nebenan.«

»Kein Problem«, sagte der Passagier, während er bei sich dachte, dass er sich die Begrüßung in der Stadt, in der er die nächsten eineinhalb Jahre seines Lebens verbringen sollte, anders vorgestellt hatte.

»Nicht, dass ich Sie nicht fahren will, aber die Straßen der Altstadt wurden nicht für Wagen von fast fünf Meter Länge angelegt, beziehungsweise die Autos wurden nicht für diese Straßen gebaut. Auf jeden Fall würde es eine Ewigkeit dauern.«

»Das macht gar nichts, lassen Sie mich dort raus, wo es für Sie am einfachsten ist«, antwortete der Fünfundzwanzigjährige höflich. Vierzehn Minuten später und um elf Euro leichter fand sich Max Dresslen auf der Straße wieder, welche von jetzt an die seine sein sollte. Ungeschickt bewegte er sich mit dem Koffer in der rechten Hand über die Pflastersteine der schmalen, alten Straße und konzentrierte sich dabei auf die knappe Wegbeschreibung der Taxifahrerin zu seinen Hauseingang. Es fiel ihm nicht schwer, die richtige Nummer zu finden. Er nahm den Schlüssel, den er zwei Wochen zuvor per Post erhalten hatte, öffnete das Schloss und stieß die alte Tür auf. Nach links und rechts blickend dachte er darüber nach, wie sehr sich das Leben in dieser dunklen, kleinen Seitengasse vom Leben in der großen, breiten Straße Hamburgs unterscheiden würde, wo er die letzten Jahre verbracht hatte. Er stieg drei Stockwerke hinauf, wobei jeder Schritt, den er machte, von einem lauten Knarren der alten Holzstufen begleitet wurde, ein Lärm, an den er sich erst nach einer Weile gewöhnen würde. Im dritten Stock fand er seine Wohnungstür, zog sich die Schuhe aus und stellte sie an die Wand. Dann fiel ihm das Klingelschild ins Auge. Dort, über die Jahre verblasst und ergraut, wartete die erste Überraschung dieser Nacht auf ihn.

Erneut prüfte er mehrfach seinen Zettel: Concordiastraße 27, dritter Stock, 96049 Bamberg.

Alles war richtig, außer dem Namen, der an der Türe stand: *E. Railey*.

Der junge Mann war sich sicher, dem Vermieter gesagt zu haben, dass sein Name Dresslen war. Er klingelte mehrmals, und als niemand ihm öffnete, drehte er den Schlüssel, der schon seit ein paar Augenblicken im Schloss steckte, und trat ein.

Was er vorfand, verschlug ihm die Sprache.

E. RAILEY

DER EINGANG war klein und dunkel. Max schaltete das Licht an und als erstes fiel ihm auf, dass alle Wände dieses Eingangsbereiches blau gestrichen waren. Es gab eine Kommode und ein leeres Regal, einen neuen Spiegel und vier Türen.

Eine davon führte in ein neues und sauberes Bad. Eine andere in die Küche, welche klein war, aber modern, mehr als ausreichend für die kulinarischen Fähigkeiten ihres neuen Besitzers, doch das Beste war, dass sie schon mit einem kleinen Tisch und vier Stühlen möbliert war. Die dritte Tür öffnete das Schlafzimmer, ein übersichtlicher Raum mit einem Bett von Ikea, noch mit Folie überzogen und unbenutzt und ebenso in blau gestrichen. Doch das vierte Zimmer der Wohnung verwirrte Max. Die Tür war verschlossen, aber der Schlüssel steckte. Er öffnete und verweilte einen Moment auf der Schwelle, um sich das Zimmer genau anzusehen. Sein Blick streifte die verschiedenen Möbelstücke, darunter ein alter Schreibtisch, eine Truhe und eine Minibar. Dieser

Raum hatte ein ganz eigenes, antikes Flair, das nicht mit den anderen Zimmern zusammenpasste. Es gab keinerlei Anzeichen von Leben oder persönlichen Dingen, und doch fühlte sich Max in die Wohnung einer anderen Person versetzt.

Er holte sein Handy heraus und wählte die Nummer des Vermieters. Niemand nahm ab und Max beschloss, ihm am nächsten Tag einen Besuch abzustatten.

Für neun Uhr am nächsten Morgen hatte er ein Treffen mit Frau Hofmann vereinbart, seiner Tutorin in der geisteswissenschaftlichen Fakultät, die auch seine Abschlussarbeit betreute. Die Möglichkeit, seine Masterarbeit zu schreiben, war ja der Grund, warum er die Bequemlichkeiten seines Hamburger Zuhauses verlassen hatte und nach Bamberg gekommen war. Das Thema der Arbeit war die einzige Sache auf der Welt, für die der junge Vagabund Interesse zeigte und für die er Tage und Nächte verbrachte, ohne sein Zimmer zu verlassen, ohne zu essen und ohne ein Lebenszeichen von sich zu geben: Bücher. Der Titel lautete: »Die Einflüsse der klassischen Literatur auf die moderne Welt«. All dies erschien ihm jedoch gerade absolut gleichgültig. Direkt nach dem Termin an der Universität würde er den Vermieter anrufen und um Erklärung bitten. Er würde ihn fragen, warum die Wohnung nichts mit der zu tun hatte, deren Bilder er vor einiger Zeit per E-Mail erhalten hatte, ohne darüber die Kleinigkeit der Klingel und dieses vierten Zimmers zu vergessen. Er schloss den Raum wieder ab, bevor ihn seine Schritte wieder in sein neues Schlafzimmer führten.

Max ließ den Koffer auf dem Boden stehen und machte sein Bett, danach zog er sich bis auf Boxershorts und T-Shirt aus und legte die restliche Kleidung fein säuberlich gefaltet auf die Tasche, die er den ganzen Tag mit sich getragen hatte. Dann legte er sich in das Bett und begann in dem Buch zu lesen, das ihm seine Mutter vor dem Abschied am Bahnhof geschenkt hatte. Es war eine klassische Ausgabe von »Der Graf von Monte Christo« von Alexandre Dumas, einem seiner Lieblingsautoren. Es war ihm egal, dass er diesen Roman bereits zu unzählbaren Anlässen gelesen hatte. Trotz der Müdigkeit nach der Reise, dem mysteriösen Ort, an dem er sich befand, und dem anstrengenden Tag, der ihn nach dem Aufstehen erwartete, vertraute er sich den Abenteuern des unerschrockenen Grafen an, damit dieser ihn in einen tiefen und erholsamen Schlaf begleite, ohne dass es ihn auch nur im Geringsten interessierte, was draußen vor dem Zimmerfenster in der Concordiastraße passierte. Dort, wo sich unbekannte Schatten bewegten und in Taxis reisten, die von Luzifer höchstpersönlich in Gestalt einer Frau gefahren wurden.

Max war kaum auf der fünften Seite von Dumas' Klassiker angelangt, als ihm das Buch aus den Händen glitt und zwischen seiner Schulter und dem Kissen liegen blieb, ganz so, als ob auch Edmond Dantès etwas Erholung von den Ereignissen bräuchte.

Kaum zwanzig Minuten waren vergangen, als Max begann, sich in seinem neuen Bett zu wälzen und unverständliche Worte zu murmeln, während sich in seinem Kopf wieder und wieder die gleichen Bilder abspielten wie in jeder Nacht.

Er hatte den Alarm seines Handys auf acht Uhr zwölf gestellt und so riss ihn eine schrille Melodie aus der Welt des Unterbewusstseins. Es war ein kalter und klarer Morgen zu einer Zeit, da der Winter bald dem Frühling weichen sollte. Die Töne drangen wie aus der Hölle direkt zu den Trommelfellen des Hamburger Jungen, und die Sonne nutzte die unverhängten Fenster schamlos aus. Max verfluchte den Morgen und schaltete das Handy aus, Er würde es erst wieder einschalten, wenn er Zeit hatte, seinen Vermieter anzurufen. Er gehörte zu den Leuten, die es nicht notwendig fanden, vierundzwanzig Stunden am Tag erreichbar zu sein.

Dann machte er sich auf zur Universität, um seine Betreuerin zu treffen. Im Tageslicht erschien ihm die Concordiastraße viel schöner, als es die vorige Nacht hatte vermuten lassen, und der Weg zur Uni war kurz und angenehm. Max gefielen die Pflastersteine und auch die unerwartete Freundlichkeit seiner neuen Nachbarn, die ihn im Vorbeigehen grüßten, was so ganz und gar dem Bild von den Bambergern widersprach, das er durch die Taxifahrt bekommen hatte. Max benötigte kaum den Stadtplan, den er sich zu Hause in Hamburg noch ausgedruckt hatte, erreichte frühzeitig die Universität und konnte sich so noch ein wenig umschauen.

Das Fakultätsgebäude der Geistes- und Kulturwissenschaften, ein historisches, sandfarbenes Bauwerk, gut erhalten und im Einklang mit seiner Umgebung, lag in jenem Stadtteil, dem Bamberg den Titel UNESCO-Weltkulturerbe zu verdanken hatte

Frau Hofmanns Büro war klein und mit Blick auf den Fluss Regnitz gelegen, dessen Ufer eine wunderschöne Umgebung säumte, die »Klein Venedig« genannt wurde.

Trotz der Ereignisse, die sich während seiner Ankunft zugetragen hatten, war Max heute ausgezeichneter Laune, so wie immer, wenn etwas Neues begann.

Die Sekretärin hatte ihn ins Büro geführt und dann bis zum Eintreffen der Dozentin allein gelassen. Es war acht Uhr siebenundfünfzig, Max saß entspannt in einem Sessel und erfreute sich seiner Pünktlichkeit. Eine große Frau mit offenen blonden Haaren und unbezweifelbarer Attraktivität betrat den Raum, was Max noch freudiger stimmte. Sie gaben sich höflich die Hand und stellten sich namentlich vor, Frau Hofmann dankte ihm für seine Pünktlichkeit und nahm auf dem Stuhl hinter ihrem Schreibtisch Platz.

Fünf Sekunden genaues Betrachten reichten Max, um zu einer ersten Einschätzung zu kommen. Frau Hofmann trug keine sichtbaren Zeichen dafür, verheiratet zu sein. Sie war vermutlich ein wenig älter als er, dürfte aber die siebenundzwanzig noch nicht erreicht haben und ihr Gesichtsausdruck verriet, dass sie ihre Arbeit liebte, ein Aspekt, der sie Max noch attraktiver erscheinen ließ.

Nervös richtete er sich in seinem Sessel auf und nahm die Haltung eines stolzen Gockels ein, der Versuch, etwas zu verkörpern, was er nicht war. Max Dresslen war schlank, hatte dunkle Haare, war etwa einen Meter achtzig groß, und auch wenn sein Aussehen nicht an das eines Hollywoodstars heranreichte, fanden ihn die Frauen doch auf eine seltsame Weise attraktiv. Sein Talent aber, mit dem anderen Geschlecht in Verbindung zu treten, lag irgendwo zwischen sehr schlecht und desaströs.

Trotz seiner Hamburger Herkunft und seiner deutschen Mutter hatte Max das typische Erscheinungsbild eines Mannes aus dem mediterranen Raum. Mit der Zeit hatte er gelernt, die überraschten Gesichter seiner Gesprächspartner zu ignorieren, die sich bei der ersten Unterhaltung mit ihm über seine ausgezeichnete deutsche Aussprache wunderten und über seinen nicht enden wollenden Wortschatz, den er seiner vielen Lektüre verdankte. Seinen Vater hatte Max nie kennengelernt, doch seine Mutter wurde nicht müde, ihm zu beteuern, dass seine Augen, wie zwei Wassertropfen, die gleichen grauen, unmöglich zu ergründenden Augen waren, die er so viele Male in den Fotoalben der Familie betrachtet hatte. Sein Vater hatte Daniel geheißen und war ein spanischer Seemann gewesen, der, nachdem er Max Mutter Astrid kennengelernt hatte und nach Hamburg gezogen war, seinen Beruf als Seemann weiter ausübte, um nur kurz darauf bei einem tragischen Unfall auf hoher See sein Leben zu lassen, wenige Monate vor der Geburt des Jungen, der nun leicht schwitzend vor Nervosität im Büro von Frau Hofmann saß. »Und, Herr Dresslen, Sie sind zum ersten Mal in Bamberg?«

»Ja, also, ehrlich gesagt, ich habe die Einschreibefristen der anderen Universitäten verpasst und die Uni Bamberg war die einzige, die mich noch angenommen hat, so muss ich kein Semester verlieren ...«, antwortete Max und bedauerte im gleichen Moment seine Aufrichtigkeit. »Jetzt denkt sie, ich bin faul und unorganisiert« dachte er bei sich.

»Ach so, und hatten Sie schon Zeit, die Stadt ein wenig kennenzulernen? Jetzt, wo die Kälte nachlässt und die Tage länger werden, können Sie schnell feststellen, dass Bamberg eine sehr lebendige Stadt ist, auch wenn sie jetzt wegen der Semesterferien etwas ausgestorben wirkt. Ich hoffe, bis jetzt hat alles gut funktioniert?«

»Vielen Dank, bis jetzt läuft alles ausgezeichnet ...«, log er dieses Mal.

»Mögen Sie Bier? Das gibt es hier wie Sand am Meer«, scherzte die Dozentin.

»Ich bin kein großer Trinker, aber ich werde es mir merken ...«, log Max erneut, während er sich in Gedanken ausmalte, wie er mit der Dozentin in einer der Brauereien säße. Auch wenn es erst neun Uhr morgens war, der junge Student würde gerne zum Frühstück in eine der nahen Brauereien gehen und, warum auch nicht, ein kleines Bier trinken. Max und Frau Hofmann tauschten sich noch über die Einzelheiten des Programms aus. Um neun Uhr dreiundzwanzig dann war Max von seiner Masterarbeitsbetreuerin entlassen worden und fand sich mit knurrendem Magen auf der Straße wieder. Er fischte sein Handy aus der Tasche.

»Michael Neumann, guten Tag.«

»Hallo Herr Neumann, ich bin Max Dresslen, der neue Mieter der Wohnung in der Concordiastraße

27. Ich bin gestern Nacht in Bamberg angekommen und ich würde gern ein paar Dinge mit Ihnen besprechen.«

»Aber natürlich, ich denke, ich weiß schon worauf Sie hinauswollen, keine Sorge, sagen Sie mir einfach, wann es zeitlich passt, dann komme ich direkt bei Ihnen zuhause vorbei.«

»Perfekt, ich habe eigentlich den ganzen Tag Zeit …«

»Punkt zwölf bin ich da!«

»Bis dann …«, beendete Max das Gespräch und machte sich auf den Weg durch die Stadt, um einen Ort zu suchen, wo er etwas essen konnte.

Zu dieser Jahreszeit hatte Bamberg ein ganz besonderes Flair. Das Wintersemester ging zu Ende und es herrschte ein reges Kommen und Gehen nervöser Studenten, die sich auf letzte Prüfungen vorbereiteten oder Pläne für den März machten, den viele frei hatten, bevor die Uni im April, gleich nach Ostern, wieder begann. Max hatte beschlossen, in dieser Zeit umzuziehen, um dann ein wenig Freiraum zu haben und sich an die Stadt zu gewöhnen. Glücklicherweise hatte er schnell eine Wohnung gefunden, was in Bamberg nicht selbstverständlich war. Er freute sich darauf, seine Wohnung nach seinem eigenen Geschmack einzurichten. Gleichzeitig war er froh, Hamburg nun wirklich zu verlassen. Er hatte in letzter Zeit die Beziehung zu seiner kleinen Familie nur wenig gepflegt und spürte ein Verlangen, in die Ferne zu ziehen.

Es tat ihm leid um seine Mutter, aber schließlich hatte sie ja Heinrich, ihren zweiten Ehemann, mit dem sie schon mehr als zehn Jahre verheiratet war. Obwohl Max über die Hälfte seines Lebens mit ihm zusammengewohnt hatte, betrachtete er ihn nicht als Teil der Familie. Heinrich war ein Neureicher mit einer gut laufenden Firma im Hafen von Hamburg. Er pflegte Max Geschenke zu machen, die genauso großzügig wie unnütz waren. Max gefiel auch die Idee, nun allein zu wohnen. Von jetzt an wollte er nur mit seinen Büchern sein, aber, falls die Göttin des Glücks sich auf seine Seite stellte, es eine Sonnenfinsternis gäbe und eine einäugige Katze in diese blickte, dann käme vielleicht auch irgendwann seine Masterarbeitsbetreuerin Frau Hofmann zu Besuch.

Max hatte den Grünen Markt überquert und den Maxplatz hinter sich gelassen und merkte, wie hungrig er war. Außerdem begann die Kälte in seine Knochen zu kriechen. Der Winter des Jahres 2017, der im Norden des Frankenlandes zunächst mild begonnen hatte, hielt sich hartnäckig. Nach ein paar weiteren Minuten Fußweg sah er eine rote Leuchtreklame, die das Wort »Essen« formte. Es handelte sich um einen türkischen Imbiss, der in den Händen einer Einwandererfamilie lag, die aus dem türkischen Ort Horasan stammte und in dieser deutschen Stadt eine neue Heimat gefunden hatte. Max verschlang den Döner Spezial des Hauses ebenso gierig wie den Inhalt zweier Zeitungen. Mit vollem Magen machte er sich auf den Heimweg. In seinem Kopf kreiste derweil fortwährend ein Name: E. Railey.

Max war kaum zu Hause, als es schon an der Tür klingelte. Er öffnete die Wohnungstür und trat hinaus, um seinen Vermieter, wie es sich für einen anständigen Mieter gehört, im Hausflur zu empfangen. Herr Neumann war ein gutmütig aussehender Rentner, der die meiste Zeit mit seiner Frau am Bodensee verbrachte, an dessen Ufer sie sich ein Haus gekauft hatten.

»Hallo junger Mann!«, begrüßte ihn der Rentner lächelnd.

»Guten Tag Herr Neumann, danke, dass Sie so schnell gekommen sind.«

»Lass das Herr weg, Junge. Du machst mich älter als ich bin, nenn mich einfach Mike, so wie alle anderen auch ...«, antwortete ihm der Vermieter gut gelaunt, wobei er ihm einen Knuff in den Oberarm verpasste.

»Alles klar, komm doch bitte rein, Mike, ich mache gerade Kaffee.« Die beiden Männer setzten sich an den Küchentisch und ohne viel Zeit mit Floskeln zu vergeuden, fragte Max: »Wer ist E. Railey?«

»Ein alter Griesgram, der Vormieter. Er hat hier lange gewohnt, allein zum Ende hin hat er den Verstand verloren. Er schuldete mir die Miete von über einem Jahr, also blieb mir nichts anderes übrig, als ihn anzuzeigen und auf die Straße zu setzen. Als wir bereits alles leergeräumt und saubergemacht hatten, das ist jetzt einige Monate her, kam er zurück. Er brachte ein paar Möbel aus einem Lieferwagen nach oben und strich die komplette Wohnung blau an. Er meinte, dass die Wohnung ihm gehöre und dass er noch nicht fertig wäre ...«

»Fertig womit?«, unterbrach ihn Max.

»Keine Ahnung, er war total verrückt. Als ich ihn das letzte Mal zu sehen bekam, sah er furchtbar aus, die Augen waren blutunterlaufen und er stank nach Whiskey, dass es einen aus den Schuhen warf.«

»Armer Tropf ...«, bedauerte ihn Max.

»Du sagst es! Erst gestern erhielt ich einen Anruf von der Polizei, dass sie ihn tot am Rande des Flusses auf der Höhe von Klein Venedig gefunden haben.«

»Tot?«, fragte Max schockiert. Die Geschichte über den Mann, der noch vor wenigen Tagen betrunken durch seine Wohnung getorkelt war und alles blau gestrichen hatte, beunruhigte ihn allmählich.

»Ja, er ist erfroren. Der arme Teufel trug nur ein T-Shirt, als man ihn fand. Die Kripo kam zu dem Schluss, dass er sich bis zur Besinnungslosigkeit besoffen hat und dann eingeschlafen und erfroren ist. Ich hatte gestern keine Zeit, Dich anzurufen, Junge, das ganze Durcheinander tut mir ehrlich leid, aber ich wollte lieber persönlich vorbeikommen. Keine Ahnung, es ist wirklich ein grausamer Zufall. Also, wenn Du Dir lieber eine andere Wohnung suchen möchtest, dann verstehe ich das.«

»Ehrlich gesagt ist das so gut wie unmöglich ...«; antwortete Max. »Wenn man bedenkt, wie schwierig es ist, in dieser Stadt eine Wohnung zu finden. Außerdem finde ich die Lage toll.« – »Gut, es freut mich, dass Du bleiben willst, und ich biete Dir gerne an, die Wohnung frisch zu weißeln und die Möbel des Alten hinauszuschaffen.«

»Nein, nein, nicht nötig. Eigentlich mag ich die Farbe sogar ... und seine Sachen könnten mir auch nützlich sein – ich meine eine Minibar gesehen zu haben ...« Beide lachten und tranken ihren Kaffee aus. »Wofür ich Ihnen wirklich dankbar wäre, Herr Neumann, das wäre, wenn sie den Namen an der Tür ändern könnten ...«, bat Max.

»Ach ja, das hatte ich ganz vergessen. Kein Problem, Junge«, antwortete er. »Morgen in aller Frühe wird dies die Wohnung von Max Dresslen sein, einem jungen Mann aus Hamburg, der mir sehr sympathisch ist ... und hör endlich auf mich zu siezen!«

»Einverstanden, Mike, danke und bis morgen!«

»Bis morgen, Junge!«

Eine fröhliche Melodie pfeifend verließ Mike die Wohnung im obersten Stockwerk. Er dachte an seine Frau und seine Blumen zuhause. Morgen war Valentinstag und er hatte einen großen Strauß Rosen gesteckt.

Max blieb in der Küche zurück und ließ sich die Geschichte, die er eben gehört hatte, durch den Kopf gehen. Er stand auf, betrat das alte Arbeitszimmer und betrachtete Schreibtisch, Truhe und Minibar genauer. Letztere leer aufzufinden würde ihn weniger stören, als die Vorstellung, dass sich nichts in der Truhe befand. Er dachte, wenn er schon ein eigenes Abenteuer erlebte, wie er es aus den vielen gelesenen Büchern seiner Jugend kannte, dann könnte er dort doch etwas Wertvolles, einen Schatz finden. Erst jetzt wurde ihm klar, dass er drei Möbel geschenkt bekommen hatte, die durchaus seinem Geschmack entsprachen. Schließlich ging er zurück in sein Zimmer, schnappte sich seinen Geldbeutel, zog seine Jacke über und ging hinaus, um durch die Stadt zu bummeln.

VALENTINSTAG

AM 14. FEBRUAR 2017 strahlte die Sonne über Bamberg. Zu dieser Jahreszeit bot die Stadt ein spektakuläres Bild. Weiße Straßen und leuchtend blauer Himmel. In einen warmen Mantel gehüllt konnte man die frische Frühlingsluft genießen und durch die kleinen Straßen der Innenstadt ziehen, oder den Wegen folgen, die am Fluss entlang und zu den umliegenden Hügeln hinaufführten.

An diesem Morgen war Max früh auf den Beinen. Als er die Wohnung verließ, hatte er bereits gefrühstückt und bei einem kurzen Blick in die Küche überlegt, was er alles benötigte. Seine Einkaufsliste beinhaltete Nudeln, Würstchen, Tütensuppen, Bier und noch andere »Delikatessen«, die in keiner guten Studentenküche fehlen dürfen.

Auf der Straße staunte Max aufs Neue über die Schönheit, welche die schmeichelnden Sonnenstrahlen der Altstadt und auch den neueren Gebäuden verliehen. Ziellos steuerte er durch die Stadt, wobei ihn jede neue Ecke weiterzog. Nachdem er so eine ganze Weile umhergelaufen war, betrat er ein Lebensmittelgeschäft, nahm ein fröhliches Gespräch mit dem Inhaber auf und suchte gleichzeitig alles an Lebensmitteln zusammen, was er für das Essen einer Woche brauchte. Beim Bezahlen erkundigte er sich nach den verschiedenen Biersorten und ob man diese direkt bei den Brauereien kaufen könne. Max hatte viel und vor allem viel Gutes von der Biervielfalt der Region gehört und nahm die Informationen bei seinen Einkäufen sehr ernst, er war ja schließlich kein Anfänger. Ihn interessierten alle Biersorten gleichermaßen und deshalb entschied er sich, so viele wie möglich zu probieren. Heute wollte er beginnen, indem er der Brauerei *Fässla* einen Besuch abstattete.

Er lief die Frauenstraße entlang und überquerte die Brücke zur Königstraße, wo sich die besagte Brauerei befand. Im Gastraum angekommen setzte er sich an einen Tisch und bestellte ein Lagerbier. Während er sich vom Taschenschleppen erholte, beschloss er, ein Fahrrad anzuschaffen, das geläufigste Fortbewegungsmittel in dieser Stadt, die ihm nicht größer erschien als der Hamburger Stadtteil, in dem er aufgewachsen war, vielleicht noch das Nachbarviertel dazu. Aufmerksam kostete er das kühle Getränk und gab sich eine Weile Tagträumen hin darüber, was ihm in dieser Stadt noch alles passieren könnte.

»Hallo, bei Ihnen ist noch alles in Ordnung? ... Hallo, jemand da?«

»Ah, ja, Entschuldigung, ich ... ähm ...«, stotterte der Literaturstudent, zurück im Hier und Jetzt. »Könnten Sie mir bitte noch ein Bier bringen?«, brachte er dann heraus.

»Kommt sofort ...«, antwortete die Kellnerin.

Dümmlich starrte Max sie an. Im ersten Moment vermochte er nicht zu sagen, ob er fantasierte oder ob diese Frau tatsächlich real war. Sein Kopf begann zu rattern und kam zu dem Schluss, dass er noch nie zuvor eine solche Schönheit gesehen hatte. Er war noch nicht eine Woche in der Stadt und doch waren die beiden Frauen, mit denen er ein paar Worte gewechselt hatte, zwei Meisterwerke der Schöpfung, die eine unglaublicher als die andere.

»Danke, sehr nett ...«, stotterte der Hamburger Casanova.

Die Kellnerin der Brauerei *Fässla* war wirklich eine schöne Frau. Sie maß circa einen Meter siebzig, ihre Haut war hell und rein, das Haar glatt, lang und dunkel. Ihre großen grünen Augen, wie ein Meer aus Jade, strahlten mit ihren wunderschönen, perfekt aufgereihten weißen Zähne um die Wette. Es war, als kämpften sie darum, wer mehr Aufmerksamkeit des Glücklichen auf sich ziehen könne, der eben ihren Weg kreuzte.

Als die Schöne mit einem frischen Bier an Max Tisch zurückkehrte, blieb er stumm, verlor sich in ihren Augen und dachte bei sich, dass es ihn nicht stören würde, in diesem Augenblick für immer zu verweilen. Sie aber wendete sich dem nächsten Tisch zu und Max' Leben ging, wie immer, den gewohnten Gang, ohne auch nur im Geringsten nach Max Meinung zu fragen. Nachdem er den zweiten Krug geleert hatte und sein Magen immer lauter knurrte, vollführte Max eine zaghafte Geste in Richtung der Frau, von der er den Blick nicht wenden konnte. Er zahlte seine Rechnung und schleppte die Einkaufstaschen, durch sechs Flaschen Bier noch schwerer geworden, zurück zu seiner Wohnung. Mit jedem Schritt wurde es mühsamer, die Taschen zu tragen, und er überlegte, dass sein zukünftiges Fahrrad auf jeden Fall einen Gepäckträger, oder, besser gesagt, einen »Bierkastenträger« haben müsste.

Die Obere Brücke war von Pärchen belagert, die ihre Liebe am Valentinstag feierten und spazieren gingen. Max ging allmählich die Puste aus und so verweilte er kurz, um die Regnitz zu betrachten, die an dieser Stelle durch Bamberg floss. Zu seiner Rechten konnte er das Fakultätsgebäude ausmachen, gleich dahinter die Ansammlung bunter, malerischer Häuschen am Ufer des Flusses, »Klein Venedig«, und zu seiner Linken ein beeindruckendes Gebäude, in dem sich ein Gefängnis befand. Kaum zu glauben, dass solch ein schöner Ort ein Gebäude beherbergte, wo arme Seelen in Gefangenschaft verweilten. Unwillkürlich hatte Max ein Bild von dem Menschen vor Augen, der zuvor in seiner Wohnung gelebt hatte. Ein Bild, wie dessen halbnackter und von der Kälte blau angelaufener Körper leblos im Schnee lag. Bei dem Gedanken überkam ihn ein Schaudern, aus dem er jedoch unverhofft von einer lieblichen Stimme gerissen wurde, die seinen Namen rief.

»Herr Dresslen, schön Sie zu sehen ...«

»Hallo Frau Hofmann, ganz meinerseits.«

»Sie wirken ein bisschen blass, ist alles in Ordnung?«

Max räusperte sich. Nur langsam fand er seine Stimme und streckte sich in seine Don-Juan-Pose.

»Alles wunderbar, ich war nur gerade von diesem wunderschönen Ausblick gefangen. Eine sehr schöne Stadt haben Sie hier.«

»Haha, ja, das stimmt, Sie werden sehen, dass es sich hier sehr gut lebt«, antwortete die Dozentin freundlich. »Übrigens, da Sie ja erst seit kurzem in Bamberg sind und vermutlich noch nicht viele Leute kennen, vielleicht haben Sie ja Lust, heute Abend zur Uni zu kommen, die Semesterabschlussfeier findet statt und es wird bestimmt viel los sein.«

»Ah, wirklich? Also das klingt wundervoll, ich werde sicher kommen ... Naja, also, ich sehe erst einmal in meinen Terminkalender, aber ich glaube es passt ...«, fügte er noch schnell hinzu, um seine Euphorie ein wenig zu verbergen und sich interessanter zu machen.

»Also gut, dann vielleicht bis später!«

So ging jeder seines Weges. Max konnte sich ein Grinsen nicht verkneifen, und sein Optimismus, könnte man ihn auf einer Skala ablesen, war irgendwo zwischen »optimistisch« und »eine lebhafte Fantasie« einzuordnen.

In den kommenden Stunden verstaute Max seine Einkäufe, blätterte in »Der Graf von Monte Christo«, duschte, trank ein weiteres Lager und machte sich für die Feier zurecht.

Die Semesterabschlussfeier fand um achtzehn Uhr in der geisteswissenschaftlichen Fakultät statt. Dort trafen sich Studenten dieser, aber auch anderer Fakultäten, um über die Klausuren und Ferienpläne zu plaudern und einfach eine schöne Zeit mit anderen zu verbringen. Ein Student der Politikwissenschaft, den alle »den Entspannten« riefen, hatte seine Musikanlage mitgebracht und tauchte dieses wunderbare Ambiente voller Leben in Töne und Farben. Gegen 19 Uhr war Max auf der Feier eingetroffen. Er wandte sich an einen Jungen, der im Eingangsbereich stand, und fragte ihn, woher er das Bier habe, das er in der Hand hielt.

»Gleich da drinnen haben wir eine Bar aufgebaut, die Getränke sind kostenlos. Was wäre das für eine Feier ohne Bier, nicht wahr?«

Max dachte bei sich, dass die Nacht nicht besser beginnen könnte und lenkte seine Schritte in Richtung der Bar, welche die zukünftigen Politiker, Autoren, Professoren und Journalisten mehr als nur provisorisch aufgebaut hatten. Er bestellte sich einen Krug und bald konnte er im Tumult seine attraktive Tutorin ausmachen. Sie stand in einer Runde, die wohl gerade ein ernstes Thema diskutierte. Max ging zu ihr hinüber, um sie zu begrüßen, woraufhin sie ihn freundlich dem Rest der Gesprächsrunde, alle auch mit einem Bier in der Hand, vorstellte. Die Gruppe bestand neben Frau Hofmann aus zwei weiteren Mädchen, die miteinander tuschelten, und drei Jungs, die ihn energisch begrüßten.

»Aus Hamburg also, ja?«, begann einer von ihnen. »Bamberg ist natürlich viel kleiner, aber auch hier wissen wir Spaß zu haben.«

»Das sehe ich, ja«, schmunzelte Max. So ging es eine ganze Weile weiter, wobei sich das Gespräch um Fußball, Biersorten und die Musik drehte, die gespielt wurde. Auch wenn Max die Gruppe sehr sympathisch fand und er sich freute, neue Leute kennenzulernen, mit denen er über die unterschiedlichsten Themen sprechen konnte, so sehnte er sich doch nach einer

Gelegenheit, mit seiner Dozentin allein zu sein und er hoffte, dass keiner dieser drei Riesen ihr Partner war.

Als er bemerkt, wie sich seine Betreuerin mit ihrem leeren Glas Richtung Bar bewegte, leerte er seinen Krug in einem Zug, um es ihr gleich zu tun. So trafen sie an der Bar aufeinander und Frau Hofmann erkundigte sich, ob Max sich gut amüsiere und ob ihm die anderen Leute sympathisch seien. Die ganze Zeit über aber ließ einer der Jungs, der größte, sie nicht aus den Augen.

»Ja auf jeden Fall, ihr habt eine tolle Party organisiert. Ich darf doch Du sagen, oder? Mir gefällt es hier wirklich sehr gut.«

»Ja natürlich, wir sind ja außer Dienst«, scherzte sie. »Freut mich, dass es Dir gefällt. Man muss das Leben genießen, nicht wahr?«, war die einfache Antwort.

»Und bis wann geht die Feier denn, geht ihr danach noch irgendwo hin?«, fragte Max, der die langen Nächte in Hamburg gewohnt war.

»Ich glaube nicht, Julian hat morgen ein Basketballspiel, da werden wir früh nach Hause gehen, außerdem habe ich auch noch ein paar Sachen vorzubereiten …«. Die Antwort der hübschen Lehrerin traf Max wie ein Schlag auf den Kopf. »Ah, ein Spiel, toll … !«, erwiderte er, unter großer Anstrengung ein

Lächeln auf sein Gesicht zaubernd, was ihm nicht wirklich gelang. So erinnerte es eher an das Gesicht eines Kindes, das sich zu Weihnachten eine Carrera-Rennbahn gewünscht hatte, aber einen Taschenrechner geschenkt bekam.

»Ja, Julian«, – also der große Typ, der den Blick nicht von ihnen ließ, fuhr es Max durch den Kopf, – »ist der Kapitän des Basketballteams, wir sind seit zwei Jahren zusammen und es läuft sehr gut. Wenn du möchtest, kann ich ihn fragen, ob sie noch einen Spieler brauchen ...«

»Nicht nötig, danke. Ich bin in allen Sportarten ein Reinfall ...«

»So schlimm wird es schon nicht sein«, beendete sie die kurze Unterhaltung und so kehrten beide mit ihrem frischen Bier in der Hand zur Gruppe zurück.

Frau Hofmanns Freunde hatten erneut den ernsten Ton angeschlagen, in dem sie bereits ihre Unterhaltung geführt hatten, bevor Max zur Gruppe gestoßen war.

»Das glaube ich einfach nicht«, murmelte eines der Mädchen.

»Mir macht das ehrlich gesagt ein bisschen Angst«, schloss das andere sich an.

»Weißt du, Max«, nahm der große Basketballer das Wort der Gruppe auf. »Bamberg ist eine kleine Stadt, in der wenig passiert, aber vor ein paar Tagen wurde hier beim Gefängnis ein Mann tot aufgefunden.« Max Herz begann zu pochen.

»Die Polizei meint, er sei ein Bettler, der sturzbetrunken eingeschlafen ist und dann erfror«, fuhr Julian fort, »nun ist es aber so, dass meinem Vater – er ist der Polizeichef hier in Bamberg – etwas Merkwürdiges an dem Leichnam aufgefallen ist, also hat er ihn in die Forensik nach München überführen lassen.«

Max schlug das Herz bis zum Hals.

»Heute Mittag wurde bestätigt, dass der Bettler nicht an der Kälte gestorben ist ... er wurde ermordet.« Max erbleichte.

»Wie? Was? Er wurde ermordet?« fragte er sichtlich aufgeregt.

»Ja, die genaue Todesursache steht noch nicht fest, ich glaube, sie untersuchen gerade die Lungen, aber sicher ist, dass, auch wenn er sehr betrunken war, etwas anderes zum Tod geführt hat. Bis jetzt ist das alles noch geheim, die Presse hat auch noch keinen Wind davon bekommen, aber ich vermute, dass der Fall schnell publik gemacht wird, sobald man etwas Genaueres herausfindet. Auch wenn es das Risiko birgt, die Öffentlichkeit zu beunruhigen«, erklärte der Sohn des Polizisten.

»Verdammte Scheiße, das darf doch nicht wahr sein!«, rief Max erschrocken.

»Naja«, gab Julian zurück. »Momentan wird nach einem Motiv für das mögliche Verbrechen gesucht, aber wahrscheinlich handelte es sich um eine offene Rechnung, die zu begleichen war, oder etwas in der Art. Das hier ist eine sichere Stadt.« redete er weiter, als wolle er Max beruhigen.

»Ja, klar, nur ... ich finde das ziemlich krass. Dieses vermutliche Verbrechen fand ja keine hundert Meter von hier entfernt statt«, gab Max zu bedenken und vollführte eine Geste in Richtung des Gefängnisses, wobei er zu verbergen suchte, was ihm wirklich durch den Kopf ging. Er wollte vor diesen Leuten, die er eben erst kennengelernt hatte, nicht wie ein Paranoider dastehen.

»Schnapsrunde!«, hörte man plötzlich aus der Menschenmenge. Aus dem Nichts erschien ein weiterer Junge, der scheinbar zu der Clique gehörte. Er trug, offensichtlich bereits angeheitert, ein Tablett mit kleinen Gläsern, die bis zum Rand mit einer leuchtend grünen Flüssigkeit befüllt waren.

»Was zur Hölle ist das denn?«, fragte Max skeptisch. Die Farbe des Gebräus erinnerte viel mehr an Spülmaschinenflüssigkeit, als an ein alkoholisches Getränk.

»Ich nenne es den Teilchenbeschleuniger«, antwortete der Neue in der Runde strahlend. »Es besteht aus einem Kräuterlikör, der sehr typisch für Süddeutschland ist, und noch einer Geheimzutat, die ihm das spezielle Etwas verleiht ... und wenn ihr nicht sofort zugreift, dann trinke ich alle allein!«

Die gesamte Truppe griff zu und stieß im Einklang mit den Gläschen an. Der mysteriöse Inhalt der Schnapsgläser stieg sofort in die Köpfe, ohne Umweg, am Magen vorbei.

»Ich hole noch eine Runde, bin gleich zurück!«, rief der Neue, der wohl der bestgelaunteste der Gruppe war. »Also gut, wir gehen jetzt, wir müssen morgen früh aufstehen«, erklärte Frau Hofmann und zerstörte den Zauber des Augenblicks. In weniger als einer Minute hatte sich die Gruppe getrennt und jeder steuerte ein anderes Ziel an. Max beobachtete aufmerksam, wie schnell sich die Gruppe auflöste, als wären sie Mitglieder eines perfekt trainierten Militärgeschwaders.

Der junge Hamburger blieb allein zurück, bis der »Schnäpsetyp« erneut mit dem Giftsaft auf einem Holztablett auftauchte, das er allem Anschein nach von zu Hause mitgebracht hatte. Es folgten vier Runden vom »Teilchenbeschleuniger« und Max erfuhr am eigenen Leib, dass der merkwürdige Name des Getränks mehr als treffend war. Er und der Junge mit dem Schnapstablett führten einige Minuten lang eine angeregte Konversation über Literaturverfilmungen, die sich jeglicher Ordnung und Logik entzog.

Es war schon gegen halb elf nachts, und eine fröhliche Schar Studenten genoss die Feierlichkeiten im Innenhof und in der geisteswissenschaftlichen Fakultät der Otto-Friedrich-Universität Bamberg. Es war nicht so kalt, dass sich die jungen Leute im Inneren des Gebäudes zusammendrängen mussten und so herrschte ein lebendiges Kommen und Gehen von Studenten, die miteinander plauderten, lachten, Anekdoten aus ihren Kursen austauschten und sich ein bisschen besser kennenlernten.

»Schaut alle her!!! Ich bin d'Artagnan, der ruhmreichste Ritter, den man am Hofe Frankreichs je gesehen hat!!!«

Alle Augen waren auf die Silhouette des braunhaarigen, schlanken Jungen gerichtet, der in einer Hand einen imaginären Degen schwang und in der anderen ein Gläschen mit dem grünen Gebräu hielt.

Die kleine Menschenmenge jubelte so laut, als habe ein Tor des 1. FC Nürnberg in der letzten Minute einer hypothetischen Verlängerung dem Club seinen ersten Bundesliga-Titel eingebracht. D'Artagnan winkte seinem Publikum dankend zu, bevor er vom Tisch herabstieg, was sich als unerwartet schwierig erwies.

Nach diesem Moment des Ruhmes ließ Max' Stimmung ein wenig nach. Ihm wurde klar, dass keiner der Personen, die er kennengelernt hatte, noch zugegen war. Er erinnerte sich, wie seine Tutorin die Feier verlassen hatte, Hand in Hand mit dem Basketballer, der, so schien es Max, vier Meter groß war. Seine gute Laune verschwand zur Gänze. Plötzlich kam ihm auch die Geschichte über den mysteriösen Tod des geheimnisvollen Railey wieder in den Sinn und seine Stimmung sank zu Boden. Also machte er sich gegen elf Uhr auf den Heimweg. Langsam und vorsichtig lenkte er seine Schritte in Richtung seiner Wohnung. Der volle Mond spiegelte sich auf der Oberfläche des Flusses. Die Luft war kühl, doch noch schlenderten jede Menge Menschen durch die Straßen der Stadt. Vor Max Augen bildeten sie ein wunderschönes Postkartenmotiv. Kurz vor der Brücke, die das historische Rathaus, das Wahrzeichen des romantischen Bamberg beherbergte, entdeckte er aus der Ferne ein Poster, das an einer Laterne klebte. Auf dem zum Schutz vor Witterung laminierten Plakat stand in großen Lettern LOVE geschrieben. Max las es und lachte dabei über sich selbst. Näher herangekommen konnte er allmählich auch die restliche Schrift entziffern: *14. Februar ... Valentinstag ...* er kam noch ein paar Schritte näher ... *»All you need is love«. Konzert ... in Gedenken an ... Die Beatles ... Morphclub ... bis 02:00 Uhr ...*

»Geil!« rief Max, als ob man ihm gerade mitgeteilt hätte, er habe in der Lotterie gewonnen.

Max war ein begeisterter Anhänger der Beatles. Er kannte ihre Geschichte bis ins Detail, ihre Musik fesselte ihn und ihre Texte inspirierten ihn. Mehrfach war er nach Liverpool zu Festivals zu Ehren der Band gereist. Außerdem war er schließlich Hamburger. Unzählige Male war er den Spuren der Band aus ihrer Anfangszeit durch die Lokale gefolgt, in denen sie aufgetreten war, regelmäßig war er im *Kaiserkeller* eingekehrt. Er hatte sogar das Glück, Paul McCartney zwei Mal in Hamburg live zu erleben.

Die Nacht war noch jung, und unabhängig vom möglichen Talent der Coverband freute er sich, den Abend mit solch einem Programm ausklingen zu lassen. Also erkundigte er sich bei Passanten nach dem Weg zu dieser Bar und fand schon wenig später den Clubeingang. Vielleicht sollte die Nacht ein richtig gutes Ende nehmen.

Der Morphclub war eine relativ große Diskothek, in einem Keller in der Königstraße gelegen. Es gab zwei Räume, ein kleiner, in dem elektronische Musik lief, und ein größerer mit einer Bühne. Auf dieser standen nun vier ungekämmte Jungs in Anzügen, aber ohne Krawatte, die einen ohrenbetäubenden Lärm veranstalteten. Sie konnten durchaus gut spielen, daher beschloss Max, ein wenig zu bleiben und sich ein Bier zu bestellen. Mit der Bierflasche in der Hand kämpfte er sich zur Bühne vor, um mehr Einzelheiten ausmachen zu können. Ihm fiel sofort auf, dass der Schlagzeuger der schwächste der Musiker war, während Lennon und McCartney perfekt den Ton trafen und eine gute Bühnenshow lieferten und auch Harrison außergewöhnlich gut war. Neben ihm schrie sich ein Mädchen die Kehle aus dem Hals, als handle es sich um The Fab Four persönlich. »I love you, Paul! I love you!«

Max wand sich dem lauthals jubelnden Fan zu und traute seinen Augen kaum. Dieser kreischende Teenager war gar kein Teenager, sondern das hübscheste Mädchen, das Max je untergekommen war, nämlich die Kellnerin, die ihn heute Morgen nicht weit von hier bedient hatte.

»Wow!«, dachte Max, der sein Stimmungstief von zuvor bereits vergessen hatte. »Vielleicht ist das Glück heute doch noch auf meiner Seite.« Er trat näher, um ihr direkt ins Ohr zu brüllen »Weißt du, ich habe ihn schon in echt gesehen und so gut ist er auch wieder nicht, außerdem ist er ziemlich alt.«

»Wie bitte, was sagst du?«, fragte die Kellnerin verwirrt.

»Na, Paul McCartney, dass er nicht so gut ist, meine ich.«

»Ah! Der ist gar nicht mein Fall. Ich meine Paul, meinen Freund, der am Schlagzeug.«

So wie es der Zufall wollte, endete das Lied genau in dem Moment, da die schöne Kellnerin diesen letzten Satz aussprach und so wurde die ganze Diskothek über ihre Beziehung zu dem untalentierten Schlagzeuger in Kenntnis gesetzt. D'Artagnan verschlug es schon wieder die Sprache. Er wusste nicht, was ihn mehr schockierte. Dass dieses unglaubliche Mädchen mit dem Musiker ausging, der die Kunst des Schlagzeugspielens mit Füßen trat, oder dass sie Paul McCartney nicht mochte. Wie dem auch sei, Max wollte sich nicht unhöflich zeigen und verabschiedete sich von ihr. In Gedanken war er schon fast zuhause und plünderte seinen Kühlschrank »Hat mich gefreut, ich lasse Dich jetzt weiter die Show genießen.«

»Danke« antwortete sie freundlich, »und komm doch mal wieder in der Brauerei vorbei, Du musst unbedingt unsere Schnitzel probieren, die sind der Hammer.«

Dass sie Max wiedererkannte, überraschte ihn doch und er verbuchte das als kleinen Sieg. »Das werde ich bestimmt. Übrigens, ich heiße Max Dresslen.« stellte er sich mit einem einstudierten Lächeln vor.

»Ich bin Elizabeth, einfach Elizabeth. Hat mich gefreut ... und bis bald!«

»Ebenso, Elizabeth«

Während Max den Club verließ schallte »I'm a loser« wie zum Abschied aus den Lautsprechern, doch das war ihm in diesem Moment gleichgültig.

Auf dem Nachhauseweg schien ihm die Stadt verändert, es war viel kälter als zuvor. Ein dichter, grauer Nebel zog durch die Straßen und kroch ihm erbarmungslos in die Knochen, die kurze Strecke gestaltete sich sehr ungemütlich. Dem fünfundzwanzigjährigen Literaturstudenten kostete es Mühe, sich auf den Weg zu konzentrieren. Er wanderte durch kleine Gassen, die er noch nicht kannte und er fragte sich, ob dies wirklich die Stadt war, die er seit einigen Tagen erkundete. Etliche kleine Sträßchen später erkannte er schließlich die Brücke, wo er wenige Stunden zuvor das Plakat für das Konzert entdeckt hatte. Die unzähligen Schnäpse leuchtend grüner Flüssigkeit stießen ihm bitter auf und es kostete ihn Mühe, sich nicht hier und jetzt zu übergeben, sondern weiter in Richtung seiner Wohnung zu trotten. Als er sich endlich seinem Ziel näherte und die Häuser seiner kleinen Straße erkannte, fühlte er sich besser. Er hob den Blick, um sich zu vergewissern, zuhause angekommen zu sein und schaute sich um. Alles passte ins Bild, bis auf eine Sache. In der Ferne, fast am Ende der Gasse, auf Höhe seiner Haustür, stand ein großer und kräftiger Mann, ganz in schwarz gekleidet mit einem knielangen Mantel und einem braunen Hut, der sein Gesicht verbarg. Die düstere Gestalt schien gerade aus Max' Haustür zu treten. Der Mann bemerkte, dass jemand aus der Ferne ihn beobachtete, beschleunigte seine

Schritte und verschwand im Schatten der Straße, die zum Dom der Stadt hinaufführte.

Max stockte der Atem, er rieb sich die Augen und blickte erneut in die Dunkelheit. Das Bild war das gleiche wie vorher, jedoch ohne die korpulente Gestalt.

Mit großen, etwas unsicheren Schritten lief er zu seiner Tür, schob den Hausschlüssel unter großer Anstrengung ins Schloss, öffnete und rannte bis in den obersten Stock. Dabei erzeugte er auf der alten hölzernen Treppe einen ohrenbetäubenden Lärm. Er wiederholte die ungeschickte Mission mit dem Schlüssel und, endlich in seiner Wohnung, schloss die Tür schnell hinter seinem Rücken. Er eilte zum Fenster und spähte in die Dunkelheit, konnte jedoch nichts Ungewöhnliches entdecken. Die Nacht war nun stockfinster und er war erschöpft. Er konnte nicht mit Sicherheit sagen, ob das, was er eben gesehen hatte, real war oder ein Produkt seiner Fantasie. Müde fiel er ins Bett und erklärte den Abend als beendet, einen Abend, der irgendwo zwischen bizarr und beängstigend einzuordnen war.

Noch immer bekleidet, aber schon träumend, fand sich Max im offenen Meer wieder. Es war Nacht und ihm war kalt. Er war durchfroren und voller Angst, als wie jede Nacht ein unermüdliches Urzeitmonster erschien. Es tauchte aus der immer gleichen tiefblauen Hölle von Wellen und Wehklagen auf. Das gleiche Gefühl von Verbitterung und Ohnmacht. Der gleiche vergebliche Kampf zu Entrinnen. Das gleiche Tier, das ihm herausfordernd in die Augen blickte und die immer gleiche Stimme, die wiederholte »Ich hoffe, du kannst mir vergeben … es tut mir furchtbar leid. Es gibt für alles eine Erklärung …«

ELIZABETH

ES WAR drei Uhr nachmittags, als Max seine Augen öffnete. Das Tageslicht drang schon lange in sein Zimmer, doch das schien den jungen Studenten nicht gestört zu haben. Er lag noch immer komplett bekleidet in seinem Bett und rang mit sich, ob er ins Bad gehen sollte, um seine Blase zu erleichtern, oder ob er lieber unter die Decke schlüpfen sollte. Er entschied sich zunächst für Zweiteres, hielt es nach einer halben Stunde aber nicht länger aus: Mühsam kämpfte er sich aus dem Bett und schleppte sich in Richtung Badezimmer, wobei die Bettdecke von seinen Schultern herabhing wie das Cape eines Superhelden. Seine einzige Superkraft jedoch war sein fürchterlicher Mundgeruch.

Nachdem er sich Erleichterung verschafft hatte, duschte Max ausgiebig und kochte sich einen starken Kaffee. Am Küchentisch versuchte er, die restlichen Teile des Puzzles, mit dem er sich schon die gestrige Nacht herumgeschlagen hatte, zusammenzusetzen. Die Uni-Party, seine Tutorin, das Konzert in der dunklen Bar, die schöne Kellnerin, die sich an ihn erinnerte, sein mühsamer Heimweg und die schwammige Erinnerung an einen sehr großen Mann, der durch seine Straße gewandert war. Letzterer wollte ihm einfach nicht aus dem Kopf gehen ... Max war gerade einmal eine Woche in Bamberg und konnte kaum glauben, was ihm in der kurzen Zeit alles zugestoßen war. Er schüttelte den Kopf, um die wirren Gedanken zu vertreiben. Schließlich schlüpfte er in seine Sportsachen und verließ seine Wohnung, um auf einem Spaziergang ein wenig frische Luft zu schnappen.

Max entschied sich für den breiten Radweg am Fluss, der unter den Bambergern sehr beliebt war, um spazieren zu gehen, zu radeln, zu joggen oder den Hund auszuführen. Bald beschleunigte er seine Schritte und joggte in der Hoffnung, dass ein schneller Lauf seinen Körper entgiften würde. Dank der teuflischen grünen Brühe des Vorabends musste er einige Male haltmachen und tief durchatmen, um sich nicht zu übergeben. Die frische Luft tat ihm gut, es war nicht besonders kalt und jeder, der ihm entgegenkam, warf ihm ein freundliches Lächeln zu. Während er lief, malte er sich sein zukünftiges Leben in Bamberg aus und nichts vermochte ihn aus seinen Tagträumen zu reißen, bis ihn eine Stimme weckte. »Guten Morgen D'Artagnan!«, grinste der Junge schelmisch, der an ihm vorbeilief. Max erinnerte sich sogleich, lachte dem fröhlichen Jogger zu und lief schmunzelnd weiter. Nach einer Stunde konstanten Laufens war die Nacht ausgeschwitzt und Max fühlte sich um Welten besser. Er drosselte sein Tempo und machte sich auf den Weg nach Hause.

Es begann bereits zu dämmern und die Stadt schenkte ihren Bewohnern einmal mehr einen Augenblick romantischer Stille. Die Sonne, die langsam unterging, dem Mond zu weichen, tauchte die Dächer der Stadt ein letztes Mal in warmes orangefarbenes Licht, das die Augen aller entzückte, die das Glück hatten, diesen Moment zu erleben. Verliebte Paare küssten sich zum Abschied, Eltern fütterten gemeinsam mit ihren Kindern die Enten, die sich bis ans Flussufer wagten, und alte Ehepaare gingen wie frisch Verliebte Hand in Hand spazieren. Max kehrte erschöpft nach Hause zurück und wenig später mit einer Auswahl klassischer Meisterwerke zu Bett.

Die darauffolgenden Tage waren die ruhigsten, die Max in Bamberg erleben sollte. Der junge Student nutzte die freie Zeit, um sich in seiner Wohnung einzurichten, seinen PC mit dem Internet zu verbinden und ein Fahrrad zu kaufen. Außerdem entdeckte er die Vielfalt der lokalen Biersorten und – wie könnte es anders sein – verbrachte jede freie Minute mit Lesen.

Schon vor Semesterstart hatte Max ausführlich in der Fachliteratur recherchiert, um das Thema seiner

Abschlussarbeit zu konkretisieren. Schließlich war es die Arbeit, die ihn an seinem Studium am meisten interessierte. Früh morgens schon ging er in die Universitätsbibliothek, die neben Klein Venedig gelegen war, und lieh sich Bücher aus oder lud die Literatur in digitaler Form herunter. Abends nutze er seinen neuen Internetanschluss, um mit seiner Mutter über Skype zu sprechen. Nach und nach zog Leben in seine Wohnung ein und seine Arbeit nahm Form an. In diesem Monat zwischen den Semestern nutze Max aber auch jede Gelegenheit, um sich mit André, dem »Schnäpsetyp«, zu treffen. Gemeinsam besuchten sie die Brauereien und Kneipen der Stadt, tranken ein paar Bier oder stürzten sich in das Bamberger Nachtleben.

André war in einem kleinen Dorf nahe Bamberg aufgewachsen. Er war dreiundzwanzig Jahre alt, studierte Romanistik, konnte sich für jede Musikrichtung begeistern, liebte wie Max die Literatur und hatte stets auf alles eine Antwort parat. Außerdem sprach er fließend Englisch und Spanisch. Obwohl Max seinen eigenen Vater nie kennengelernt und auch keine Familie in Spanien oder Lateinamerika hatte, lernte er doch schon früh die Sprache Cervantes, denn er liebte die spanischen Klassiker, und außerdem galt für einen ambitionierten Leser wie ihn die Regel, je mehr Sprachen, desto besser. So verbrachten die beiden jungen Männer viele Nächte damit, über ein bestimmtes Buch oder einen Liedtext zu philosophieren oder über Fußball, Frauen und die Zukunft zu diskutieren. Schnell wurden sie enge Freunde und Max freute sich, dass André in derselben Fakultät studierte wie er. In diesen Wochen traf er weder seine Tutorin noch andere Leute der Gruppe wieder, ebenso wenig hörte er irgendwelche Neuigkeiten über den mysteriösen Tod des Mannes, der vorher in seiner Wohnung gelebt hatte. Zwar war er erleichtert, nichts mehr von den polizeilichen Untersuchungen zu erfahren, doch gleichzeitig verspürte er, wie Neugier an ihm nagte.

André machte ihn mit mehreren Brauereien bekannt und erklärte ihm ebenso detailliert wie leidenschaftlich, wie man dieses oder jenes Bier herstellte, wann die Bockbieranstiche jeder einzelnen Brauerei stattfanden und welche dieser Veranstaltungen zu seinen persönlichen Favoriten zählten. Max lernte, dass allein im Bamberger Stadtgebiet, Wohnort von nur siebzigtausend Bürgern, schon zehn Brauereien angesiedelt waren und dass jede ihr eigenes Bier braute. Nahm man die Brauereien des Umlands hinzu, so kam man mit dem Zählen gar nicht mehr nach. Zweimal noch hatte Max die Brauerei Fässla in der Innenstadt aufgesucht, wo die hübsche Kellnerin arbeitete, einmal alleine, ein andermal in Andrés Begleitung.

Das erste Mal, an einem Samstag, arbeitete die hübsche Kellnerin am Ausschank und Max wagte nur ein paar ebenso schüchterne wie leidenschaftliche Blicke in ihre Richtung. Das zweite Mal kam er dienstags ins Fässla und seine Angebetete war nirgendwo zu finden, weshalb er annahm, dass dies ihr freier Tag sei. So schenkte er all seine Aufmerksamkeit dem Gebräu vor seiner Nase, das in Halbliter-Krügen serviert wurde. Er gestand sich ein, wie lächerlich es doch war, während der Arbeitszeit einer so wunderschönen Frau aufzutauchen, in der Hoffnung, dass ein geheimnisvoller Zauber entstünde. Also nahm er sich vor, nicht mehr herzukommen, doch der Vorsatz, diese grünen Augen zu vergessen, erwies sich als eine bitterlich schmerzhafte bis unmögliche Aufgabe.

Kurz vor Beginn des Sommersemesters zog Max los, um seinen üblichen Vorrat an studentischem Arbeitsmaterial, Hefte, Kugelschreiber, Bleistifte und Radiergummis aufzustocken. Diese Einkäufe vor Semesterstart waren für ihn zu einem Brauch geworden, den er mit jedem beginnenden Halbjahr mehr genoss. Für den jungen Mann war der kleine Einkaufsbummel, was dem Erstklässler die Schultüte war.

Das Semester begann am Montag, den 10. April, und Max konnte es kaum erwarten, dass nun endlich die Kurse begannen, wo er Leute kennenlernen würde, die seine Begeisterung für die Literatur teilten. An diesem lang ersehnten Montag erschien Max zehn Minuten vor Kursbeginn im Seminarraum, um sich einen guten Sitzplatz in der zweiten Reihe zu sichern. Er saß weder gerne ganz vorne noch in der letzten Reihe, das Mittelfeld war ihm am liebsten. Das Thema des Seminars war die Entwicklung der modernen Literatur und ihre Erscheinung in den digitalen Medien. Nach und nach füllte sich der Raum mit jungen Menschen, und Max beobachtete neugierig jeden Einzelnen seiner Kommilitonen. Schließlich erschien auch Professor Dr. Heinz, der Seminarleiter. Er war ein großgewachsener Mann, der wirkte, als hätte ihn die Nachkriegszeit, die er in Ostberlin erlebt hatte, hart gemacht. Das Thema der Veranstaltung und der Professor erschienen Max gleichermaßen aufregend und so notierte er eifrig alle wichtigen Daten und sog jedes Wort mit der Gier und Zufriedenheit eines Tieres auf, das sich nur von Worten ernährte.

Die ersten Semesterwochen vergingen wie im Flug. Max hielt sich den ganzen Tag auf dem Campus auf, er aß in der Mensa zu Mittag und besuchte mindestens einmal täglich die Bibliothek. Gegen Abend kehrte er dann in seine Wohnung zurück und entspannte ein wenig oder blieb mit einem Kommilitonen für das eine oder andere Bier in der Innenstadt. Alle vierzehn Tage suchte er seine Tutorin Frau Hofmann in ihrer Sprechstunde auf und Max fand sie so attraktiv wie am ersten Tag ihrer Begegnung. In Anbetracht ihrer Unbekümmertheit beschloss der Student, die Geschichte mit der Leiche am Flussufer nicht mehr anzusprechen. Der Frühling war schon auf der Nordhälfte des Planeten eingekehrt und Max, der immer noch viel freie Zeit zur Verfügung hatte, suchte das Büro seiner Tutorin auf, um sich nach einem zusätzlichen Seminar zu erkundigen, das er während des Semesters belegen könnte. Frau Hofmann nannte verschiedene Möglichkeiten und Max entschied sich für einen Englischkurs, der jeden Donnerstag stattfand und jeweils zwei Stunden dauerte. Er dachte, es könnte nicht schaden, sein Englisch in Form zu halten, weswegen es ihn auch nicht störte, dass das Seminar schon am darauffolgendem Tag beginnen sollte und er nicht an der Abschlussklausur teilnehmen könnte, wie ihm seine Tutorin genauestens erklärte. Es war Mittwochabend und Max verbrachte den Rest des Tages entspannt zu Hause. Er plauderte über Videochat mit seiner Mutter und seinen Freunden in Hamburg und ging nach Mitternacht mit seinen Büchern unter dem Arm zu Bett, um noch zu lesen, bis ihn der Schlaf ereilte.

Am nächsten Tag stand Max früh auf und duschte sich, wobei er sich amerikanische Klassiker der achtziger Jahre auflegte, um sein Englisch bereits ein wenig aufzufrischen. Um acht Uhr sollte der Englischkurs beginnen und Max wollte auf keinen Fall unvorbereitet erscheinen. Er frühstückte nur eine Kleinigkeit, machte sich schnell die Haare zurecht und radelte zur Uni. Der Seminarraum befand sich in einem anderen Gebäude, gleich gegenüber seiner Fakultät. Er war spät dran und musste sich beeilen. Das Gebäude fand er auf Anhieb, es handelte sich um einen eindrucksvollen alten Bau, der sich an eine barocke Kirche aus dem sechzehnten Jahrhundert anschloss und in dessen großzügigem Innenhof jede Menge Bäume und andere Pflanzen wuchsen. Er stellte sein Fahrrad ab und stieg schnellen Schrittes in den ersten Stock, um den Seminarraum zu suchen. Die Belegungspläne waren an den Türen der Räume ausgehängt. Da er den Namen seines Dozenten nicht wusste, suchte er einfach nach einem Schild, auf dem das Wort *Englisch* geschrieben stand, doch auf dem ganzen Gang passte keiner der Pläne zu dem Kurs, in den er sich am Vorabend eingetragen hatte. Es waren kaum Studenten auf dem Flur und Max begann zu zweifeln, ob er im richtigen Gebäudetrakt war, bis ihn eine kleine Gruppe Studenten aus seinen Gedanken riss. Drei junge Leute traten aus einem kleinen Raum am Ende des Ganges auf den Flur, an dessen Tür Max den Raumplan noch nicht überprüft hatte. Er eilte ihnen entgegen, in der Hoffnung, endlich seinen Kurs gefunden zu haben. An dieser Tür war überhaupt kein Schild angebracht, das auf irgendeine Veranstaltung hätte hinweisen können, und Max blickte in ein kleines Zimmer, das Platz für kaum mehr als zwanzig Personen bot und mit alten Tischen und Stühlen und einer schwarzen Tafel spärlich ausgestattet war. Er erkundigte sich bei den jungen Leuten, welche Veranstaltung hier stattfinden sollte.

»Englisch C1«, antworteten die drei gleichzeitig.

»Gott sei Dank! Ich dachte schon, ich hätte mich geirrt«, stieß Max erleichtert aus. »Wartet ihr schon lange?«

»Nein, gerade mal fünf Minuten«, entgegnete einer der Jungs aus dem Trio.

»Es ist zehn nach acht und normalerweise fangen die Kurse um Viertel nach an und enden Viertel vor, deswegen glaube ich, dass alles in Ordnung ist«, meldete sich das Mädchen mit den roten Haaren zu Wort und fügte hinzu: »Setzen wir uns doch einfach schon mal. Der Dozent kommt bestimmt gleich.«

Sie traten ein und nahmen Platz. Da sie nur zu viert waren, setzten sie sich in zwei Reihen, sodass ihre Sitzordnung ein kleines Quadrat ergab. Max saß in der vorderen Reihe, was ihm großes Unbehagen bereitete. Während sie auf den Englischdozenten warteten, tauschten sie sich über ihre Studiengänge und Englischkenntnisse aus und erzählten von einigen Reisen, die sie in englischsprachige Länder unternommen hatten. Das Warten nahm ein plötzliches Ende, als eine junge Frau mit langem, braunem Haar den Raum betrat und mit elegantem Hüftschwung zum Lehrerpult schritt. Beim ihrem Anblick blieb den drei Jungs, aber auch dem rothaarigen Mädchen der Mund offenstehen.

Die Dozentin platzierte ihre Umhängetasche auf dem Tisch und ließ ihren Blick durch den beinah leeren Seminarraum wandern. Max, der jene Augen schon bei zwei Gelegenheiten hatte bewundern dürfen, saß wie versteinert da. Seine Englischlehrerin war keine andere als die schöne Kellnerin aus dem »Fässla«. Der junge Hamburger dankte dem Himmel und das kleine Zimmer mit den abgewohnten Möbeln wandelte sich in eine Oase des Glücks inmitten der kleinen Gassen und der Gebäude der Bamberger Innenstadt.

Elizabeth entschuldigte sich für die Verspätung und erklärte, dass sie nicht sicher sei, ob sich das Seminar aufgrund der geringen Teilnehmerzahl über das gesamte Semester halten könne. Sie sprach ein klares, makelloses Englisch mit einem deutlichen amerikanischen Akzent. Sie erzählte, dass sie aus Chicago sei und Englischunterricht gäbe, solange sie ihre Abschlussarbeit im Studiengang »Internationale Wirtschaft« an der Otto-Friedrich-Universität Bamberg schrieb. Nachdem sie dies geklärt hatte, zog sie einige Zettel aus ihrer Tasche und überprüfte, ob die Namen auf der Teilnehmerliste mit den anwesenden Studenten übereinstimmten.

»Adelheid, Christian ... Bollerhof, Susanne ... Dresslen, Maximilian ...«

»Max«, korrigierte der schlaksige junge Mann mit einem gewinnenden Lächeln und hob kurz zum Zeichen die rechte Hand. Die Lehrerin bedachte ihn mit einem flüchtigen Blick und machte ein Häkchen auf ihre Liste.

»Und Ming Jiang, Yao ...« Die Dozentin blickte erneut in die Runde und verstaute schließlich die Anwesenheitsliste in der Tasche.

»Okay, das sind dann alle«, sagte sie halblaut, die Resignation in ihrer Stimme war wohl der geringen Teilnehmeranzahl geschuldet. Sie legte ein Buch auf den Tisch, wand sich zur Tafel, nahm ein Stück Kreide auf und schrieb in Großbuchstaben ihren Namen an.

Max, der schon in anderen Sphären schwebte, wurde ruckartig zurück in die Realität und auf die harte Sitzfläche seines wackligen Stuhls gerissen, als er las, was seine geliebte Kellnerin und nun auch Dozentin soeben an die Tafel geschrieben hatte. Konnte er seinen Augen trauen? Fast schon wollte er das Zimmer verlassen. Er wusste einfach nicht, ob er träumte, oder ob es sich bei dem, was er da las, um einen makabren Streich handelte. Sein Puls beschleunigte sich und für einen Moment hielt er seine Augen geschlossen. Doch als er sie wieder öffnete, stand mit weißer Kreide an der schwarzen Tafel noch immer jener verfluchte Name geschrieben und blickte ihn herausfordernd an: *E. Railey.*

Max blieb sitzen in der Hoffnung, sich wieder zu beruhigen. Blass und furchtbar nervös ließ er die Zeit bis zum Ende der Stunde verstreichen. Am Kursgeschehen und den gemeinsamen Übungsaufgaben nahm er kaum Teil. Dass die anderen ihn nun wohl für einen komischen Typen halten mochten, war ihm gleichgültig. Komplett in sich gekehrt wog er ab, ob er einfach abhauen sollte, um diesen Kurs und vor allem diese Frau einfach hinter sich zu lassen, oder ob er – was ihm doch sinnvoller erschien – das Gespräch mit ihr suchen sollte.

Als das Seminar zu Ende war, klopften die Studenten zum Beifall auf die Tische, packten ihre Sachen zusammen und verabschiedeten sich bis zum kommenden Donnerstag. Der Raum leerte sich und Max verharrte auf seinem Stuhl, während seine Gedanken rastlos Kreise zogen. Aus einem Impuls heraus rannte er aus dem Zimmer, um die Dozentin einzuholen. Ängstlich, aber entschieden, sprach er sie an.

»Entschuldigen Sie, ich müsste Sie sprechen!« Die schöne, junge Amerikanerin schaute ihn überrascht an.

»Kein Problem. Um was geht es?«

»Um ihren Namen!«, brüllte Max wie ein Verrückter heraus.

»Meinen Namen?«

»Ja, genau. Entschuldigen Sie, dass ich Sie so überrumple, aber ich muss Ihnen etwas erzählen.«

»Herr Dresslen, ist alles in Ordnung? Sie sehen blass aus.«

Max war tatsächlich kreidebleich und er schwitze. In weniger als fünf Minuten fasste er all die seltsamen Ereignisse zusammen, die sich seit seiner Ankunft in Bamberg zugetragen hatten: Der Name auf der Klingel seiner Wohnung, der Mann, der nahe des Gefängnisses tot aufgefunden worden war, die Geschichte der Polizei, die ihm der basketballbegeisterte Freund seiner Tutorin erzählt hatte und die Einzelheiten, die er von seinem Vermieter erfahren hatte, über den verrückten Mann, der vor ihm in seiner Wohnung gelebt hatte, sowie die blau gestrichenen Wände und die Möbel jenes seltsamen Zimmers ... Das Einzige, was er ausließ, war die Geschichte mit dem Schatten, den er eines Nachts nach dem Konzert gesehen hatte, weil er sich über diesen Vorfall nicht einmal selbst im Klaren war.

Als er seine haarsträubende Zusammenfassung beendet hatte, begriff Max, dass er einfach nur noch Klarheit wollte und ihm alles andere egal war. Er hoffte inständig, dass ihn die schöne Frau, die vor ihm stand, nicht für verrückt erklärte, sondern etwas Licht ins Dunkel bringen könnte.

Die Reaktion der jungen Dozentin ließ ihn aufhorchen. Einen Moment lang war sie stumm geblieben und schien mit der Fassung zu ringen. Sie blickte an ihm vorbei und starrte ins Leere. Mit unendlicher Traurigkeit in ihrer Stimme antwortete sie:

»Ich glaube, wir müssen reden.«

Der junge Literaturstudent war fassungslos. Jene Frau hatte sich soeben in eine andere verwandelt.

»Wann? Ich habe den ganzen Tag Zeit.«

»Tut mir leid, jetzt gerade geht's nicht, ich muss sofort weiter. Komm morgen in der Brauerei vorbei. Um zwölf Uhr habe ich Feierabend.«

Nach diesen Worten lief sie schnellen Schrittes zur Tür und verließ das Gebäude.

Max blieb alleine auf der Treppe zurück und konnte kaum fassen, was gerade geschehen war. In Gedanken versunken verließ er die Fakultät und holte sein Fahrrad. Er hatte kein Interesse mehr an den Seminaren, die an diesem Tag noch auf ihn warteten und so schob er sein Rad langsam nach Hause.

Der vernünftige Teil seines Gehirns sagte ihm, dass er nervös und verängstigt war, der andere, dass ihn ein Date mit der Venus mit den grünen Augen erwartete.

DIE KETTENBRÜCKE

NACHTS HATTE MAX kaum Schlaf gefunden. Es war noch nicht acht Uhr und doch war er schon auf, stand in der Küche und machte sich eine starke Tasse Kaffee. Er hatte beschlossen, seinen Alltag ganz normal fortzuführen, damit seine Gedanken nicht weiter um die Geschichte kreisten, die mit diesem seltsamen Namen zusammenhing.

Nach dem Frühstück trat Max in die feuchte Morgenluft. Es sollte ein ungemütlicher Tag werden. Der Himmel war mit dunklen Wolken verhangen und ein träger Nieselregen fiel unerschöpflich auf Bambergs Straßen und Dächer. Max entschied, sein Fahrrad zuhause zu lassen und machte sich auf zur Uni, bewaffnet mit einem Regenschirm. Er bahnte sich seinen Weg durch die nassen Straßen und während er die größten Pfützen möglichst elegant umging, in denen sich der dunkelgraue Wolkenhimmel widerspiegelte, fühlte er sich ein wenig wie einer der Fechtmeister in seinen Lieblingswerken.

Ein drückender Schatten zog sich durch die Gassen der ganzen Stadt, die wie mit dem falschen Fuß aufgestanden schien, schlecht gelaunt und düster.

Der Regen hielt den ganzen Tag an. Die Stunden verstrichen, während Max von einem Kurs zum anderen trottete, kaum etwas aß, aber jede Menge Kaffee trank. Den Leuten, die Max in den Seminaren oder auf den Fluren der Uni begegnete, entging nicht sein blasses und besorgtes Gesicht. Er fühlte sich abgeschlagen und lustlos, und nur André vermochte es, ihm noch das ein oder andere Lächeln zu entlocken, als die beiden Freunde sich nach den Kursen in der Mensa trafen. Sie unterhielten sich ein wenig, bis Max in seine Wohnung zurückkehrte, um sich für sein Treffen mit Elizabeth fein zu machen. Der Gedanke an die Verabredung in der Brauerei mit der hübschen Frau hellte Max Stimmung auf, weil sie ja jede Menge Zeit haben würden, um sämtliche Ereignisse in Ruhe zu besprechen.

Die mysteriöse Geschichte nagte an ihm, und er konnte es kaum erwarten, in diese grünen Augen zu blicken, um in ihnen Antworten zu finden, die ihn für den Rest des Semesters zu beruhigen vermochten.

Um zwanzig vor zwölf verließ Max seine Wohnung. Der Regen hatte aufgehört und gab der Stadt eine kleine Verschnaufpause. Um Punkt zwölf betrat er die Gaststube der Brauerei Fässla. Max war elegant und doch sportlich gekleidet. Dazu hatte er geschlagene zwanzig Minuten vor dem Spiegel verbracht. Festen Blickes und entschlossenen Schrittes bahnte er sich seinen Weg durch die mit Krügen und Tellern beladenen Tische der Gaststube. Kellner eilten durch den Gastraum, wie Roboter, die dem unermüdlichen Takt folgten, den die Küche vorgab. Aus den Hähnen floss pausenlos das Bier, das den Gästen unvergessliche und magische Momente versprach. Max beobachtete das bunte Treiben für eine Weile, konnte die Bedienung aber nicht entdecken. Plötzlich fühlte er sich einsam und ängstlich, wie er so verloren mitten im Raum stand und immer nervöser wurde, als ihn eine zarte Hand an der Schulter berührte und jemand seinen Namen sagte. «Hi, ich bin schon fertig, wollen wir los?", fragte Elizabeth und deutete dabei in die Richtung, aus der Max gekommen war. »Ja, klar, gehen wir«, antwortete dieser und versuchte erfolglos, seine Nervosität zu verstecken.

Still gingen die beiden in die Nacht hinaus, auf der Straße sahen sie sich an, dann ergriff Elizabeth zaghaft das Wort. Ihr Gesichtsausdruck war schwer zu deuten, nur in ihren grünen Augen glaubte Max eine tiefe Trauer zu erkennen. Außerdem wirkte sie noch nervöser als Max sich fühlte.

»Ähm, wenn du magst, können wir einfach ein bisschen Richtung Innenstadt laufen.«

»Ja, klar, wie's dir passt«, antwortete er hastig und lächelte sie an. Schweigend liefen sie nebeneinander her bis zur Kettenbrücke, einem neuen und modernen Bauwerk, das von der Königstraße zur Hauptwachstraße und zum Kern der Innenstadt führte. Ihren Namen hatte die Kettenbrücke den Stahlseilen zu verdanken, die sie trugen. Ebenso wie in vielen anderen europäischen Städten, waren auch ihre Brückengeländer mit Schlössern behangen. Viele trugen die Initialen ihrer verliebten Besitzer und schmückten so dieses Meisterwerk deutscher Ingenieurskunst. Zwischen dem fröhlich bunten Durcheinander von Schlössern fielen Max auch ein paar Handschellen ins Auge. Ein besonders humorvoller Besitzer hatte wohl die Gelegenheit ergriffen, so an seine Ehe zu erinnern.

Elizabeth und Max liefen bis zur Mitte der Brücke und blieben dort schweigend stehen. Ihm gingen tausend unterschiedliche Gedanken durch den Kopf. Er fühlte sich verängstigt und war sich sicher, dass es Elizabeth ähnlich erging. Schließlich nahmen die beiden auf einer der steinernen Bänke Platz, die an beiden Seiten der Brücke wie ein zweites Geländer verliefen. Endlich ergriff sie das Wort.

»Also, was diese Geschichte betrifft, die du mir neulich erzählt hast ... Ich hatte keine Ahnung, aber ... Ich glaube, ich weiß, wer dieser Mann war, der vor dir in deiner Wohnung gelebt hat. Von dem, was du mir erzählt hast, scheint es, als …« – die junge Frau brachte kein weiteres Wort mehr heraus und begann untröstlich zu weinen. Max starrte sie an, vollkommen verwirrt ob der Tatsache, dass diese wunderschöne, fremde Frau neben ihm wie ein kleines Kind weinte. Zaghaft legte er ihr eine Hand auf die Schulter, selbst unfähig, auch nur ein Wort zu sagen. Er war nun noch unsicherer und fühlte sich verloren. Doch Elizabeth gewann ihre Fassung wieder, schniefend trocknete sie ihre Tränen und sah Max tief in die Augen.

»Also, ich bin mir ziemlich sicher, dass es sich bei diesem Mann um Edward Railey handelt.«

»Edward Railey? Wer zur Hölle soll das sein?«

»Mein Vater«, antwortete sie kurzerhand, während ihr Blick starr auf den Fluss gerichtet war, der unter der Kettenbrücke durchfloss.

»Was? Dein Vater?«, gab Max vollkommen perplex zurück, der sich in einer Lage wiederfand, die er sich selbst in den kühnsten seiner vielen Tagträumen nicht ausgemalt hätte.

»Ja, mein Vater, den ich seit zwölf Jahren nicht mehr gesehen habe …«

Der Hamburger Student verhielt in Schweigen, damit ihm kein einziges Detail der Erläuterungen der Chicagoer Kellnerin und Dozentin entging. Ruhiger und mit melancholischem Ton begann Elizabeth zu erzählen, wie sie vor zwölf Jahren in Chicago ihren Vater zum letzten Mal gesehen hatte.

»Mein Vater war ein unglaublicher Mann, der seine Arbeit, aber vor allem seine Familie liebte. Er arbeitete im internationalen Vertrieb in einer der größten Firmen der Vereinigten Staaten, war beruflich viel auf Reisen, vor allem im Ausland, und er war ein sehr kluger und wissbegieriger Mensch, der sich stetig weiterbildete. Meine Mutter war verrückt nach ihm.

Sie war zuhause und kümmerte sich um mich und meine zwei älteren Brüder, da mein Vater geschäftlich so viel unterwegs war. Alles lief wunderbar, aber irgendwann begann mein Vater, sich zu verändern. Er wurde immer stiller und seltsamer, verbrachte immer mehr Zeit im Büro, wir Kinder bekamen ihn höchstens einmal zum Abendessen oder an den Wochenenden zu Gesicht. Meine Eltern stritten jetzt oft miteinander und Vater schimpfte viel mit meinen Brüdern, nur mir gegenüber blieb er so liebevoll wie früher. Ich war immer Papas kleiner Liebling.« Eine einzelne Träne rollte über Elizabeth' Wange. »Er nannte mich immer Prinzessin Ellie. Eines Nachmittags, nach einem riesigen Streit mit meiner Mutter, verließ er das Haus. Ich weiß nur, dass er auf langen Fernreisen war und erinnere mich, dass er uns Karten und Briefe schrieb. Irgendwann kamen keine Karten mehr und meine Mutter erklärte uns, dass er nicht mehr für die

Firma arbeite und Chicago verlassen habe. Eines Tages stand er früh am Morgen in der Wohnung, außer mir hatte niemand bemerkt, dass er da war. Er holte gerade einen Aktenkoffer aus seinem alten Büro, als ich ihn im Flur überraschte. Ich erkannte ihn kaum wieder, sein Blick war nervös, fast paranoid. Er ging auf mich zu, nahm mich in den Arm und meinte, dass er fortgehen müsse, dass er mich über alles auf der Welt liebe und mich beschützen müsse. Als er im Treppenhaus verschwand, schrie ich ihm nach, dass ich ihn hasste. Es war das letzte Mal, das ich ihn gesehen habe. Ein paar Jahre später wurde meine Mutter sehr krank, weswegen sie zu unseren Tanten zog. Es war eine fürchterliche Zeit. Ich hatte immer noch die Hoffnung, dass mein Vater irgendwann zurückkehren würde.

Von meinen Brüdern lebt mittlerweile einer in San Francisco und der andere in New York. Sie fliegen jedes halbe Jahr zu unserer Mutter und unseren Tanten nach Chicago, ich werde wohl erst wieder hinfliegen können, wenn ich mit dem Master fertig bin. Ich sollte sie vielleicht anrufen, um zu ...«

Elizabeth begann wieder zu weinen. Max schwieg, tief berührt von der traurigen Geschichte, und wartete, bis Elizabeth sich wieder beruhigt hatte. Einen Moment lang überlegte er, wie er sie trösten könnte, doch er wagte nicht, sie zu berühren.

»Ich bin mir ganz sicher, dass dich dein Vater wirklich liebte und er deswegen ging, weil er dich wirklich beschützen musste ...« sprach er schließlich in ruhigem Ton.

»Wovor schützen?«, fragte Elizabeth und schaute zum Himmel.

»Ich weiß es nicht ... Wir müssen es herausfinden«, erwiderte Max.

»Es ist nur ... Ich verstehe das alles nicht! Was hat mein Vater in Bamberg gemacht? Warum ist er mich nicht besuchen gekommen? Wer wollte ihn umbringen? Wie konnte mir entgehen, dass wir in derselben Stadt wohnten?«, stieß sie schluchzend aus und warf sich – zu Max vollkommener Überraschung – weinend in seine Arme. Er dachte bei sich, dass sie sich vielleicht schuldig oder einfach nur alleine fühlte und drückte sie fest an seine Brust. »Du wirst schon sehen, wir werden es herausfinden. Es gibt auf alles eine Antwort.«

Sie schwiegen für Sekunden, die sich wie Jahrhunderte anfühlten. Zwei Schatten, die mitten in der Nacht ihr Elend auf einer Bank teilten. Zwei Schatten, die auf den Asphalt der modernen Brücke ein geheimnisvolles Fragezeichen warfen.

»Das Erste, was wir tun müssen, ist, mit meiner Tutorin Hoffmann zu sprechen«, unterbrach Max die Stille.

»Wozu?«, fragte Elizabeth.

»Ihr Freund Julian ist der Sohn des Bamberger Polizeichefs. Wir müssen herauszufinden, ob ...«, stammelte Max, ohne den Satz zu beenden.

»Genau, du hast Recht. Das muss der erste Schritt sein«, entgegnete Elizabeth und befreite Max so aus seiner Verlegenheit. »Wir müssen wissen, was wirklich geschehen ist. Vor allem muss ich dringend wissen, ob mein Vater wirklich ermordet wurde.« Als Elizabeth das aussprach, sah man deutlich den Zorn in ihren Augen. »Aber wir müssen bitte diskret sein.« Elizabeth wollte ihre Vergangenheit nicht aufwühlen und wollte auf keinen Fall, dass irgendjemand, nicht einmal ihr Freund, der Schlagzeuger, davon erfuhr.

»Natürlich, keine Sorge«, entgegnete Max. »Schon morgen werde ich sie treffen, um über meine Abschlussarbeit zu sprechen und du kannst dir ganz sicher sein, dass ich ihr unauffällig Informationen entlocken werde, ohne dabei auch nur irgendeinen Verdacht zu erregen«, fügte er hinzu und dachte dabei an die Abenteuer des berühmtesten Detektivs aller Zeiten, Sherlock Holmes, welcher der genialen Feder seines Lieblingsschriftstellers Sir Conan Doyle entsprungen war.

Sie blickte ihm direkt in die Augen, ohne ihre tiefe Trauer zu verbergen und gab ihm mit einem leichten

Kopfnicken ihr Einverständnis. Von diesem Moment an, dessen war Max sich sicher, würde er diese unendlich grünen, glänzenden Augen nie wieder vergessen.

LAKE MICHIGAN

KURZ VOR ELF UHR AM VORMITTAG klopfte es dreimal entschieden an der Tür von Dozentin Christina Hofmanns Büro.

»Herein.«

Die junge Tutorin saß in einem Drehstuhl vor ihrem Rechner und einem Berg wichtiger Ordner, Hefter und Dokumente. Sie warf einen kurzen Blick auf ihre Armbanduhr und legte ihre Arbeit beiseite, um sich dem Studenten zuzuwenden. Mit einem freundlichen Lächeln bot sie ihm einen Stuhl auf der gegenüberliegenden Seite des Schreibtischs an. Max, dem sie auf einmal nicht mehr so attraktiv erschien, wie noch bei seiner letzten Sprechstunde, setze sich dankend.

»Guten Morgen, Herr Dresslen, pünktlich wie immer. Wie laufen die Kurse? Wie kommen Sie mit Ihrer Masterarbeit voran?«, begann Frau Hofmann das Gespräch.

»Sehr gut, danke. Ich überlege, weil ich mich wirklich mit dem Einfluss klassischer Literatur auf moderne Literatur beschäftigen möchte. Ich habe viel recherchiert und es gibt so viel Material ...«, antwortete Max, der in Wahrheit gedanklich bei etwas ganz Anderem war. Zwanzig Minuten lang besprachen Dozentin und Student, welche Herangehensweise wohl die beste sei, um das Thema, das Max so am Herzen lag, sinnvoll einzugrenzen, wobei die engagierte Akademikerin viele Tipps und Ratschläge zu verschiedenen Theorien und Techniken gab. Der junge Mann, der langsam ungeduldig wurde, wartete vergebens auf einen geeigneten Moment, das Thema des Mordes anzusprechen, über das die Beiden vor nicht allzu langer Zeit auf der Fakultätsfeier geredet hatten. Er wurde immer nervöser und zum Ende des Gesprächs hatte ihn sein Mut vollends verlassen und er beschloss, lieber unverrichteter Dinge zu gehen, um ein andermal wiederzukehren. Er war schon fast zur Tür hinaus, da kamen ihn wieder Elizabeth' große, grüne, traurige Augen in den Sinn, er machte auf dem Absatz kehrt und fragte er die Dozentin unverblümt:

»Übrigens, Frau Hofmann, auf dem Weg hierher bin ich am Gefängnis vorbeigelaufen und da habe ich wieder an den Mann gedacht, der dort tot aufgefunden wurde. Weiß man mittlerweile, ob er wirklich ermordet wurde?«

»Ach ja. Mein Gott, was für ein Unglück. Laut Polizei wurde der arme Teufel umgebracht.« Max erstarrte. »Julian hat mir erzählt, dass die Untersuchungen immer noch laufen und unter Verschluss sind«, fuhr die Dozentin fort.

»Und wissen Sie, wie er getötet wurde?« erkundigte sich Max in einem bemüht beiläufigen Ton. »Vermutlich erstickt. Und es stellte sich heraus, dass er keinerlei Alkohol im Blut hatte, aber sein Körper und seine Kleidung waren in Bourbon getränkt.«

»Das ist ja furchtbar.«

»Ja, furchtbar, bestimmt war der Mann in irgendeine Sache mit einem Häftling verwickelt«, antwortete Frau Hofmann und wand sich dann wieder ihrer Arbeit zu.

Ratlos verließ Max das Universitätsgebäude. Er musste Elizabeth die neuen Erkenntnisse sobald wie möglich mitteilen, hatte aber keine Ahnung wie er es ansprechen sollte. Er fühlte sich traurig und zugleich wütend über die ganze Situation. »Warum ich?«, sinnierte er, während er ziellos über den Grünen Markt im Zentrum der Altstadt streifte, wo wie jeden Tag außer sonntags Markt gehalten wurde. Wie konnte er diese tragischen Neuigkeiten der Frau nahebringen, nach der er sich so sehr verzehrte? Er schlenderte an den verschiedenen Obst- und Gemüseständen vorbei und betrachtete das rege Kommen und Gehen in der Straße. Menschen erstanden Zwiebeln für Suppe, Blumen, um ihre Wohnungen zu dekorieren, Öle und getrocknete Früchte. Menschen, die der herrliche Duft verschiedener Gewürze an Ständen verweilen ließ, oder die einen frisch gebackenen Schokoladencrêpe genossen. Menschen, die ihr Leben lebten in vollkommener Ahnungslosigkeit ob des Mordes an dem Mann, der Max Wohnung in tiefem Blau gestrichen hatte.

Des Trubels überdrüssig schnappte sich Max sein Rad und fuhr zurück zu seiner Wohnung. Auf dem Heimweg beschloss er, seine studentischen Pflichten für diesen Tag beiseite zu lassen. Zuhause angekommen kochte er sich zunächst einen starken Kaffee und machte es sich dann vor seinem Rechner bequem. Vorsichtig schlurfte er das heiße Getränk und öffnete sein Facebookprofil. Sekunden später erschien in der unteren rechten Ecke des Bildschirms ein kleines Chatfenster. Die junge Amerikanerin, die Max erst am Vorabend zu seiner Freundesliste hinzugefügt hatte, schrieb ihn an.

»Hallo. Weißt du schon was Neues?«, lautete die kurze Frage.

»Hallo Elizabeth. Ja, laut Bamberger Polizei war es Mord. Die Untersuchungen sind noch nicht abgeschlossen und weiterhin unter Verschluss«, antwortete Max, ohne noch einmal darüber nachzudenken. Darauf erschien keine Antwort im Chatfenster und Max wusste nicht, was er schreiben sollte. Gerade wollte er ein paar tröstende Worte tippen, da ploppte eine neue Zeile auf. »Gut gemacht, Max. Ich will jetzt wissen, wer ihn umgebracht hat.«

»Okay, wir können ja versuchen, mit der Polizei zu reden und ihnen erklären, dass es sich bei dem Mann um deinen Vater handelt.«

»Nein, ich will nicht, dass irgendjemand davon erfährt. Aber wir müssen herausfinden, wer es war und warum er es getan hat.«

»Okay, das müssen wir gut organisieren. Komm doch bei mir vorbei und wir überlegen uns gemeinsam etwas.« tippte Max.

»Jetzt gleich kann ich nicht«, lautete ihre Antwort »aber in einer Stunde auf der Unteren Brücke? Das ist die Brücke gleich bei dir um die Ecke.«

»Alles klar. Ich mache mir solange schon ein paar Gedanken.«

»Gut. Ich muss los. Wir sehen uns in einer Stunde.«

Max wollte noch etwas antworten, doch Elizabeth war schon offline.

In der folgenden Stunde bis zu ihrer Verabredung lief Max nervös in seiner kleinen Wohnung auf und ab. zwischendurch durchforstete er das Internet nach relevanten Informationen und überflog nochmal alle Polizeiberichte.

Der junge Hamburger lebte ja noch nicht lange in der Stadt und wusste nicht, was er tun könnte, um mehr Klarheit in die ganze Angelegenheit zu bringen. Mit seiner Abschlussarbeit kam er kaum voran, er schwänzte zu viele Vorlesungen und wenn er hinging, war er meist unkonzentriert, aber all das war ihm jetzt vollkommen egal, denn er war nun die Hauptfigur eines Krimis.

Um Punkt zwei Uhr verließ Max frisch geduscht und rasiert seine Wohnung, was ihm das Gefühl gab, fit und aufmerksam zu sein. Die wenigen Meter von seinem Zuhause bis zur Brücke ging er zu Fuß, bewaffnet nur mit einem Notizbuch, einem Kugelschreiber und einer Sonnenbrille. Es war ein herrlicher Frühlingstag, die Sonne stand hoch am Himmel und die Bamberger und die Touristen drängten sich in den kleinen Straßencafés, um so viel wie möglich von den begehrten Sonnenstrahlen abzubekommen. An beiden Seiten der Brücke trafen sich wie gewöhnlich Studenten, um sich über ihre Kurse auszutauschen und ein paar Bier zu trinken. Hin und wieder fanden sich hier auch einige begeisterte Musiker zusammen, die spontan ein Lied anstimmten, das sie mit ein paar Akkorden auf der Gitarre begleiteten. Dies alles verlieh dem Ort etwas Magisches und Max genoss es in vollen Zügen, all diese Menschen zu beobachten. Er überquerte langsam die Brücke, um Elizabeth zu suchen, die er schon bald am anderen Ende, auf der linken Seite erblickte. Sie schien ins Leere zu schauen.

Als er nähertrat, wurde ihm klar, dass ihr starrer Blick dem Gefängnis galt, das von hier aus gut sichtbar direkt am Flussufer lag.

»Wir können eine kleine Runde laufen und uns dann von hinten dem Ort nähern.« schlug Elizabeth vor und zeichnete mit ihrem Finger den Weg in die Luft.

»Wie bitte?«, erwiderte Max verwirrt.

»Ich denke, wir sollten einen kleinen Spaziergang um das Gefängnis herum machen. Hier ist sehr viel los und ich fühl mich nicht wohl. Außerdem ist es vielleicht eine Idee, den Ort zu besichtigen, wo der Mord geschah«, meinte das Mädchen mit ernster Miene.

»Alles klar, gehen wir«, antwortete Max ohne Widerspruch.

Die beiden setzen sich in Bewegung in Richtung auf das Gefängnis. Wie sie so nebeneinander her liefen, ergriff Max die Initiative, um Elizabeth die verschiedenen Theorien zu erläutern, die er aufgestellt hatte und wovon keine wirklich ausgereift war. Die junge Amerikanerin beschränkte sich darauf, ihm mit einem leichten Kopfnicken zuzustimmen, während ihre Schritte immer schneller wurden, als könnte sie so aufhalten, was vor einigen Wochen geschehen war. Max fiel auf, wie glanzlos Elizabeth' Augen waren und wieder glaubte er, darin eine tiefe Trauer zu erblicken. Er dachte darüber nach, dass sie vollkommen ahnungslos gewesen war, dass ihr Vater, der sie vor vielen Jahren in ihrer Heimat verlassen hatte, nun seine letzten Tage, oder vielleicht Jahre in der gleichen Stadt wie sie gelebt hatte. Wie machtlos sie sich wohl vorkommen musste, dieses zu spät erfahren zu haben, viel zu spät ... Max war es gewesen, der sie über den Tod ihres Vaters unterrichtet hatte. Er überlegte, ob ihre Wut auf ihn wohl schon erloschen war, und sie sich in seine Lage versetzte. Für Max war Elizabeth wie ein verschlossenes Buch, das sich in einen Albtraum entwickeln würde, wenn er es nicht öffnen könnte. Er versuchte sich in ihre Situation hinein zu fühlen und malte sich aus, dass in ihrem Kopf ein Meer aus Zweifeln herrschte. Er kam zu dem Schluss, dass er ihr helfen würde, die Wahrheit herauszufinden, koste was es wolle.

Bald standen sie vor dem großen, groben Bau. Das Bamberger Gefängnis reichte vier Stockwerke in die Höhe und maß etwa sechzig Meter in der Länge und vierzig in der Breite. Die Fassade war in grellem Gelb gestrichen, eine Seite lag an einer ruhigen Straße nahe der Sandstraße und die andere am Flussufer, was einigen Zellen einen idyllischen Ausblick schenkte. Max dachte bei sich, dass das zumindest eine kleine Wiedergutmachung für ein Leben hinter Gittern war. Laut seiner Recherchen waren hier etwa dreihundert Menschen inhaftiert. Das Bamberger Gefängnis war kein Hochsicherheitstrakt, die meisten der Gefangenen hatten sich eher kleinerer Delikte schuldig gemacht wie Diebstahl, Erregung öffentlichen Ärgernisses und Körperverletzung. Max hatte sogar gehört, dass arme Menschen, denen es nicht mehr gelang, ihren Lebensunterhalt zu stemmen, einen Raub fingierten, um hinter den sicheren Mauern des Gefängnisses zu landen und ein Bett und regelmäßig eine warme Mahlzeit zu erhalten. Während die beiden jungen Leute das Gebäude umrundeten, berichtete Max Elizabeth von all diesen recherchierten Informationen. Keiner der beiden hatte den Eindruck, dass es sich wirklich um ein Gefängnis handelte. Vielmehr wirkte der klobige Bau wie ein Zentrum, wo junge Menschen mit Senioren eine Runde Schafkopf spielten. Es schien schlicht unmöglich, dass sich dort ein Mörder aufhalten sollte. Vor dem Haupteingang hielten die beiden inne und schauten sich an. Offensichtlich war ihnen die gleiche Idee in den Sinn gekommen. Max öffnete den Mund, um etwas zu sagen, da packte Elizabeth ihn am Arm und zog ihn in durch das Eingangstor.

»Pass auf, wir zwei studieren Soziologie und Soziale Arbeit und wir sind hierher gekommen, um uns einen Eindruck vor Ort zu machen für unser Uniprojekt, alles klar?«

»Einverstanden«, gab Max zurück und die beiden liefen auf das Pförtnerhaus zu, wo sich hinter einigen Bildschirmen der Sicherheitsbeauftragte der Bamberger Vollzugsanstalt aufhielt. Max schätze den Herrn auf etwa fünfzig Jahre, er hatte ein freundliches Gesicht und einen beachtlichen Bierbauch, nur seine Haltung ließ erahnen, dass er in jungen Jahren ein starker und athletischer Mann gewesen sein musste.

»Ich erledige das«, raunte Elizabeth Max zu. »Guten Tag«, begrüßte sie den Beamten und schenkte ihm ihr schönstes Lächeln. »Grüß Gott, wie kann ich Ihnen helfen?«, antwortete dieser wie einstudiert, ohne richtig von seinem Rechner aufzusehen. Dabei drückte er immer wieder die gleiche Taste seines Computers.

»Nun, mein Freund hier und ich, wir arbeiten an einem Projekt für die Uni, es geht um Resozialisierungsmaßnahmen, und da wollten wir wissen, ob wir Ihnen diesbezüglich ein paar Fragen stellen dürften?« Während dessen hatte ein weiterer Polizeibeamter das Pförtnerhaus betreten, der jünger und auch aufgeweckter wirkte.

»Grüß Gott«, wünschte auch dieser.

»Grüß Gott«, gaben die beiden wie aus einem Mund zurück. Dann ergriff der erste Beamte wieder das Wort. »Also ehrlich g'sacht, basst's grad gar net, ich bin ziemlich beschäftigt«, erklärte er in reinstem Fränkisch, während er immer noch unaufhörlich die gleiche Taste drückte, mittlerweile aber ein bisschen energischer.

»Was los?«, erkundigte sich sein junger Kollege.

»Des Drecksprogramm hat sich scho widda aufghängt.«

»Hast du's mal mit Schließen und neu Öffnen probiert?«

»Na glar, des war des erste, was ich probiert hab'.«

»Zeig mal«

Die beiden Beamten begannen eine Diskussion über Technik und Computer. Max und Elizabeth sahen sich vielsagend an, nun waren sie sich sicher, dass in diesem Gefängnis keine Mörder einsaßen.

»Es is' alles schwarz« schimpfte der Ältere.

»Ich versteh des nicht, die anderen Bildschirme laufen alle einwandfrei«, rätselte der Jüngere. Inmitten dieser kleinen technischen Diskussion streckte Max seinen Kopf nach vorne und entdeckte trotz seines eher geringen informationstechnischen Wissens sofort das Problem.

»Wenn sie diese Taste gedrückt halten und dann F5 drücken, verbindet sich der Computer direkt mit dem Gerät, was vermutlich eine Überwachungskamera ist.« Sherlock Holmes war soeben auf die Bildfläche getreten.

Die beiden Beamten sahen sich kurz an und folgten dann der Anweisung. Sofort erschienen auf dem

Bildschirm die Bilder eines langen Flurs. Elizabeth warf Max einen Blick zu. Sie schien sich nicht sicher zu sein, ob das eine gute Idee gewesen war. Der jüngere Polizeibeamte setzte sich und wandte sich wieder seiner Arbeit zu, ohne den beiden jungen Leuten weitere Aufmerksamkeit zu schenken. Der Ältere blickte noch eine kleine Weile auf den Bildschirm, der nun wieder tadellos funktionierte. Niemand sagte etwas. Allmählich wurde Max nervös, bis der Polizeibeamte plötzlich in schallendes Gelächter ausbrach.

»Hahaha, da is er widda!« Der Mann hörte nicht auf zu lachen, sein Gesicht färbte sich rötlich, er schien sich prächtig zu amüsieren. »Ich hab's doch gsacht! Der Kerl is' an Kracher. Net amol einen Monat hier bei uns und jetzt hat er scho zum dritten Mal die Schlüssel vergessen! Ahahaha.« Max streckte noch einmal seinen Kopf nach vorne, um einen Blick auf den Bildschirm werfen zu können. Dort war ein junger Mann zu sehen, der im Flur auf- und ablief und dabei seine Hosen- und Westentaschen durchwühlte. Der jüngere Polizeibeamte erhob sich und blickte ebenfalls auf den Bildschirm. Es schien, als sei es ihm ein wenig peinlich, dass zwei Studenten von der Uni Zeugen dieses Schauspiels wurden. So verließ er das Pförtnerhaus, um den unglücklichen neuen Kollegen aus seiner misslichen Lage zu befreien. Der ältere Kollege begann erneut zu lachen, wischte sich die

Tränen aus den Augenwinkeln und wandte sich dann endlich den beiden Besuchern zu.

»Meine Güde, dieser Neue, des is ned zu glauben ... Also, ihr beiden wolltet mich was wegen an Projekt für die Uni fragen, gell? In fünf Minuten hab ich Schichtende, dann kann ich euch gern an paar Fragen beantworten.«

Erleichtert atmeten die beiden auf.

»Können wir vielleicht auch die Einrichtung sehen?« fragte Max aufgeregt.

»Also dafür langt meine Zeit ned, aber ich kann euch den ersten Stock zeigen, des is eh des Inderessandesde.«

»Toll!«, strahlte Elizabeth, »Vielen Dank!«

Nachdem die besprochenen fünf Minuten verstrichen waren, kehrte der Polizeibeamte von seiner Runde zurück, er drückte ein paar Knöpfte, räumte einige Zettel in Hefter und diese wiederum in metallene Aktenschränke, die zu beiden Seiten des mit Bildschirmen beladenen Schreibtischs standen. Anschließend verabschiedete er sich von seinem Kollegen, jedoch nicht ohne noch ein paar Witze über den neuen Kollegen zu machen. Der jüngere und vermutlich untergeordnete Kollege lachte mit ihm und winkte auch Max und Elizabeth zum Abschied, die gemeinsam mit dem Älteren zum Gebäudeeingang gingen.

»Genießen Sie die Besichtigung, ich hoff', des wird an gudes Projekt, hier können se jede Menge lernen, wie in all unseren Abteilungen«, begann der Polizeibeamte in offiziellem Tonfall und nicht ohne Stolz zu erzählen.

»Das werden wir, Herr Wachtmeister«, antwortete Max in der Hoffnung, den richtigen respektösen Ton getroffen zu haben.

Der Polizeibeamte Krämer, noch immer in Uniform, wies die beiden an, ihm zu folgen. In mehr als zweiunddreißig Jahren seiner Polizeitätigkeit hatte sich niemand so sehr für seine Arbeit interessiert, weswegen er ein wenig aufgeregt war.

»Also, im ersten Stock gibt's kaum Zellen, da sind vor allem unsre Gemeinschaftsräume für Therapien der Häftlinge mit psychischen Problemen. Dann ham wir noch ana Cafeteria und an Raum zum Lesen und Musikhören. Da stenna aach n paar Computer. Der Raum ist bei die Häftlinge besonders beliebt, sie dürfen zwar ned ins Internet, aber viele spielen am Computer oder lesen was«, erklärte Krämer, während er die zwei vermeintlichen Studenten zur Eingangstür führte. Die Flure waren grau und ziemlich düster, und man konnte spüren, dass es ihnen an Licht fehlte – oder an Leben – die Türen waren weiß und mit schweren Schlössern verhangen. Max fühlte sich sehr unbehaglich, Elizabeth jedoch machte einen entschlossenen Eindruck.

»Gibt es hier gefährliche Häftlinge?«, erkundigte sich Max.

»Also, wir ham hier sozusagen von allem. Es gibt scho immer widder mal Auseinandersetzungen. Zurzeit sind sie alle miteinander recht unruhig, aber normalerweise gibt's keine allzu großen Probleme. Manche von die Leut sind schon ihr halbes Leben hier, mit denen bin ich quasi befreundet. Anständige Leut eigentlich, die's halt im Leben hart getroffen hat.«

Diese Antwort beruhigte Max nur zum Teil, jedoch wagte er nicht weiter nachzuhaken und geduldete sich lieber bis zum nächsten Teil der Besichtigung, um sein Interview fortzuführen. Gemeinsam betraten sie die kleine Cafeteria. Zwei Bedienungen standen hinter der Bar, an den Tischen saßen einige Wärter, ein paar teilten sich den Tisch mit Häftlingen. Auf den ersten Blick unterschieden sich die Gefangen nur durch ihre Kleidung vom Personal, wobei die weiße Uniform Max ein wenig an Krankenhauskittel erinnerte. Einer der Häftlinge, ein braungebrannter Mann mit vollem Bart, ließ die Augen nicht von Elizabeth und da er ihr mit seinem durchdringenden Blick folgte, wurde die junge Frau nervös und beschleunigte ihre Schritte.

»Die Cafeteria ist keine große Sache, sie wird vor allem vom Personal genutzt und einigen Häftlingen, die sich durch gute Führung hervortun und uns bald verlassen werden«, erklärte Herr Krämer und winkte den Kollegen und Insassen zum Gruß, bevor er die Besichtigung fortsetzte. Er steuerte jetzt auf eine Tür zu, die von zwei Kollegen bewacht wurde. Die Herren grüßten freundlich und ließen die drei ohne Probleme passieren. Sie gelangten in den großen Aufenthaltsraum, wo die Häftlinge ihre freie Zeit verbringen konnten. Max' Aufmerksamkeit galt natürlich sofort der Ansammlung an Büchern, die in den Regalen stand. »Das ist ja wie die Miniausgabe der Unibib«, dachte er bei sich. Allerdings waren die Leser hier alle jenseits der vierzig und bargen selbst allerlei Geschichten, von denen manche schrecklicher und leidvoller waren als andere. Ohne weiter auf Elizabeth zu achten spazierte Max um die wenigen Regale und fragte sich, welche Art Bücher er wohl hier vorfinden würde. Die junge Frau aber wich nicht von der Seite des Beamten und beobachtete scheu das gute Dutzend Häftlinge, das sich hier aufhielt und wovon jeder der Mörder ihres Vaters sein könnte. Als sie merkte, dass keiner der Gefangenen ihr größere Beachtung schenkte, entspannte sie sich ein wenig und ging zu Max. Dieser, vollkommen in seinem Element gefangen, sprang von Regal zu Regal, fischte hier und da ein Buch heraus, schlug zufällig eine Seite auf und las und beschnupperte gar die staubigen Seiten.

»Max!«, raunte Elizabeth ihm zu. »Was denn?«, fragte der begeisterte Leser mit einer modernen Ausgabe von Don Quijote in den Händen.

»Lass jetzt die Bücher! Ist dir nicht klar, dass einer dieser Männer der Mörder meines Vaters sein könnte?«, flüsterte sie. Max erstarrte, war er doch vollkommen in die Welt des sinnreichen Junkers Don Quijotes versunken und hatte bei dessen Kampf gegen Windmühlen schlichtweg die Mission vergessen, wegen der sie eigentlich hier waren.

»Ich weiß nicht, Elizabeth, auf mich wirkt keiner dieser Typen so, als könne er jemanden umbringen.« Elizabeth blickte ihn wütend an: »Tja, das gilt es eben herauszufinden. Und zwar schnell«, funkelte sie.

»Du hast recht. Warte hier, ich werde Herrn Krämer ein paar Fragen stellen«, erklärte er und ging auf den Beamten zu. Elizabeth setzte sich mit der Ausgabe von Don Quijote an einen freien Tisch und beobachtete die Insassen. Einige lasen in Stille, andere saßen in kleinen Grüppchen zusammen und unterhielten sich, wobei sie ihre Stimmen rücksichtsvoll gedämpft hielten. Mit wenig Interesse blätterte die junge Frau in dem Roman in ihrer Hand.

»Ein Meisterwerk, das dieser Cervantes geschrieben hat. Ein Genie, das seiner Zeit weit voraus war.«

Elizabeth schaute auf und erschrak, den vollbärtigen Mann aus der Cafeteria direkt vor ihrer Nase zu sehen. Fast hätte sie aufgeschrien, konnte sich aber eben noch beherrschen.

»Ich habe es ehrlich gesagt nie gelesen, ich weiß nur, dass es um einen verrückten Typ geht.« Elizabeth' Stimme zitterte leicht und ihr wurde klar, wie nervös sie die Anwesenheit dieses Fremden machte, der sie in der Cafeteria schon so eindringlich beobachtet hatte. Einer der Beamten bemerkte die Unterhaltung und kam auf das ungleiche Paar zu.

»Ja, der Protagonist wurde verrückt und lebte Jahre lang in einer Fantasiewelt, aber er war ein Adliger, der auf dem Totenbett seinen Verstand wiedererlangte und plötzlich alles in vollkommener Klarheit sah«, erklärte der Häftling mit traurigem Blick. Elizabeth erwiderte nichts und suchte mit ihren Augen nach Max und Herrn Krämer. Der Mann mit dem Vollbart ergriff erneut das Wort.

»Es tut mir so leid, deine Geschichte ist ebenso traurig, wie die von vielen hier drinnen.«

»Wovon reden Sie? Sie kennen mich doch gar nicht!«, gab die junge Frau zurück und stand schnell auf. Das Herz schlug ihr bis zur Kehle, achtlos ließ sie den Roman am Tisch liegen, um zu Max zu eilen. Doch der Mann mit dem Bart kam erneut näher, blickte ihr tief in die Augen und raunte ihr zu: »An deiner Stelle würde ich hier keine Zeit mehr vergeuden, der den du suchst, ist nicht mehr hier.«

Elizabeth blieb wie angewurzelt stehen und starrte ihn an ohne ein Wort herauszubringen. »Er ist fort«, sprach der Mann weiter. »er hat seine Strafe abgesessen und ist gegangen. Er meinte, er würde nie wieder in diese Stadt zurückkehren, weil sie verflucht sei«. Elizabeth' Gesicht sprach Bände, während sie versuchte, all die Worte zu begreifen. Dann gab sie wütend zurück: »Und wie heißt bitte der Mann, den ich suche?« – »Das weiß niemand«, gab der Mann geheimnisvoll zurück. »Er kam schon vor über zehn Jahren hier her und niemand kannte seinen richtigen Namen, er ist total verrückt, aber er verbüßte seine Strafe und ging dann fort. Wir nannten ihn alle den Einäugigen.«

»Aber ... woher wissen Sie, dass ...« – Elizabeth blieb keine Zeit mehr, ihre Frage zu beenden, da sich in diesem Moment der andere Beamte auf Hörweite näherte, um den Insassen zurück zu seiner Zelle zu begleiten.

»Ich habe dich sofort erkannt, als ich dich sah. Es tut mir wirklich leid. Viel Glück!«, raunte er ihr noch zu, bevor er mit dem Wächter durch die Tür verschwand. Auf dem Stuhl, auf dem Elizabeth vorher gesessen hatte, entdeckte sie plötzlich einen Umschlag. Vorsichtig öffnete sie ihn und als sie den Inhalt erblickte, rannte sie zu Max, der Herrn Krämer in ein Gespräch verwickelt hatte.

»Entschuldigen Sie bitte, wer ist der Einäugige?«, fragte sie ohne Umschweife. Der Beamte begann zu lächeln. »Ach, der Einäugige war einer unserer Insassen, feiner Kerl, aber ein armer Teufel. Er hat den lieben langen Tag nix anderes gemacht als zu lesen und mit sich selbst zu reden.« Max blickte von einem zum anderen und verstand kein Wort.

»Weshalb war er hier?«, fragte Elizabeth weiter.

»Eigentlich nur Kleinigkeiten. Erregung öffentlichen Ärgernisses, Diebstahl ... Jedes Mal, wenn wir ihn frei ließen, stellte er wieder was an und ein paar Tage drauf war er wieder da. Nur bei seinem letzten Aufenthalt, da war er irgendwie anders. Als wir ihn frei ließen, verabschiedete er sich von allen, die hier arbeiten. War ein komischer Kauz.«

»Wann ist er fort?«, Elizabeth ließ nicht locker.

»Vor ein paar Wochen. Normalerweise kam er uns immer besuchen, wenn er frei war. Wir waren wohl alles, was er an zuhause und Familie kannte. Aber seit seinem Abschied neulich hat ihn niemand mehr zu Gesicht bekommen.«

»Vielen Dank, Herr Krämer«, würgte die junge Frau den redseligen Beamten ab. »Wenn Sie uns nun entschuldigen würden, Sie waren uns wirklich eine große Hilfe für unsere Arbeit, aber wir wollen Ihre Zeit nicht überstrapazieren.« Sie nahm Max bei der Hand und so verließen die jungen Leute unter Herrn Krämers Geleit die Vollzugsanstalt. Max war verwirrt, er überlegte, ob jemand Elizabeth wohl mit irgendwelchen Gefängnisschauergeschichten erschreckt hatte, oder ob sie einfach Angst hatte. Und wie er so grübelte, schlug seine Verwirrtheit in Aufregung um und seine Haut begann zu prickeln. Leichtfüßig und den Kopf wie so oft in den Wolken trat er hinaus auf die Straße. Elizabeth jedoch blieb angespannt. Wieder im Freien, setzen die beiden sich ans Flussufer und Elizabeth erzählte Max vom Vorfall in der Bücherei. Dann holte sie den Umschlag aus ihrer Hosentasche und reichte ihn ihrem Vertrauten.

Es war ein altes Foto, abgegriffen und vergilbt. Darauf war ein großgewachsener Mann in seinen Dreißigern zu sehen, der am Ufer eines großen Sees stand. In der Rechten hielt der Mann eine Angel, sein linker Arm war um ein kleines Mädchen gelegt. Sie war vielleicht sieben Jahre alt, trug ein hübsches weißes Sommerkleidchen und hielt auch eine kleine Angel in der Hand. Unter dem Bild stand in ausgeblichenen, kaum noch leserlichen Buchstaben geschrieben:

Prinzessin Ellie, Lake Michigan, 1997

AM FLUSSUFER

BAMBERG IST EINE STADT VOLLER LEBEN. Ein beachtlicher Anteil der Bevölkerung sind Studenten, die aus allen Teilen Deutschlands und der Welt kommen. Aufgrund seiner Größe ist Bamberg ideal, um dort die Studienzeit zu verbringen. Die jungen Leute kommen in den Straßencafés, in den Gassen der Altstadt und natürlich in den Biergärten zusammen. Mit Regnitz und Main-Donau-Kanal verleihen zwei Wasser der Stadt einen einzigartigen Charme. Sie formen das Landschaftsbild dieser historischen Stadt, die weitgehend vom Krieg verschont blieb.

Bamberg hieß den April willkommen. Es war mild und so bot es sich an, nachmittags einen der zahlreichen Keller und Biergärten aufzusuchen oder im Hain zu grillen. Menschen jeden Alters streiften zu Fuß oder auf dem Fahrrad durch die Straßen. Viele Studenten genossen das sonnige Wetter und gönnten sich eine Pause von der Arbeit in der Bibliothek. Manche lagen am Flussufer und ließen Geist und Körper ein wenig ruhen. Die Jungen träumten von der Zeit nach den Prüfungen und davon, auf Reisen zu gehen, die Mädchen träumten davon, braun zu werden, von der Zeit nach den Prüfungen und davon, auf Reisen zu gehen. Gondeln und Boote trieben auf den Gewässern, jede Menge Paare spazierten durch die Gegend um ihre Liebe zu leben, oder an den Ufern des Flusses zu entspannen. Unter all diesen Paaren fand sich eines, das, die Köpfe zusammengesteckt, ein altes Foto in der Hand hielt und leise seine Gedanken austauschte.

»Wir müssen diesen Einäugigen finden«, sagt sie.

»Aber der Mann im Gefängnis meinte, der Einäugige habe die Stadt für immer verlassen«, antwortet er.

Worte wie Messerstiche. Gemurmel an einem milden und sonnigen Nachmittag in einer Stadt im Norden Bayerns. Lebendige Worte über längst vergessene Geschichten.

»Wir müssen irgendwie an ihn herankommen, er ist der Einzige, der uns Klarheit verschaffen kann.«

»Du hast Recht, aber wie?«, erwidert er.

Worte voller unsichtbarer Erinnerungen, die am Ufer des Flusses in der Luft liegen.

»Wir müssen uns etwas überlegen«, meint sie, während sie auf ihre Uhr blickt. »Ich bin spät dran, meine Schicht beginnt in zwanzig Minuten ...«.

Elizabeth stand auf und machte sich auf den Weg zur Brauerei Fässla, wo siebeneinhalb Stunden Arbeit auf sie warteten. Max hatte Verständnis für ihr abwesendes Verhalten. Ihm schien, als verpuffte die Geschichte wie ein Traum, und alles kehrte zur langweiligen Realität zurück.

»Wir überlegen uns was! Ich kann am Ende deiner Schicht vorbeikommen, dieser verdammte Einäugige muss schließlich irgendwo sein. Wir finden ihn!« Voller Eifer berührte er Elizabeth am Arm, doch sie schaute ihn nur kurz an und wandte sich dann ab.

»Heute Abend treffe ich meinen Freund. Ich muss jetzt los, sonst komme ich zu spät.« Elizabeth winkte noch zum Abschied und ging schnellen Schrittes davon. Max sah, wie sie das alte Foto erneut aus ihrer Tasche zog, betrachtete und wieder verstaute. Der Überschwang der letzten Stunden war verschwunden und Max alleine unter dem strahlend blauen Himmel. In Gedanken ging er die jüngsten Ereignisse durch und überlegte, was er nun tun konnte. Erneut übermannte ihn Traurigkeit und wie von alleine trugen auch ihn die Füße in Richtung Fässla, den Blick an die Frau in der Ferne geheftet, die tollste Frau, die er je getroffen hatte. Die Frau, die kurz darauf entschlossenen Schrittes in der Menge verschwand. Die Frau, die nicht die Seine war.

Das Fässla war an diesem Tag zum Bersten gefüllt. Die Menschen saßen an den Tischen oder drängten sich an die Theke, um das Elixier des Vergessens zu ergattern. Stundenlang eilte Elizabeth zwischen Tischen und Theke hin und her, schleppte leere und volle Bierkrüge und Teller, ließ Rechnungen ausdrucken und kassierte ihre Gäste ab, wobei sie wie immer großzügige Trinkgelder einnahm. Elizabeth war eine hervorragende Kellnerin, aufmerksam und freundlich im Umgang mit den Gästen und stets mit einem Lächeln auf den Lippen. Sie verdoppelte ihren Lohn mit dem beträchtlichen Trinkgeld, das sie gleichermaßen von Jung und Alt, von Frauen und Männern erhielt. Doch an diesem Nachmittag war es anders. Die Wut, die sie im Gefängnis ergriffen hatte, war einer leisen Traurigkeit über die Erinnerung an ihren Vater gewichen.

Es war Mitternacht und Feierabend in der Brauerei. Elizabeth' Freund Paul war gekommen, um sie abzuholen. Er saß mit einem Bier in der Hand am Tresen und wartete, während seine Freundin die letzten Gläser spülte und ihre Sachen packte. Paul war großgewachsen und stark, er war fünf Jahre älter als sie, also einunddreißig, und verdiente seinen Lebensunterhalt als Postbote und Schlagzeuger. Sie hatten sich in einer Bar in Chicago im Anschluss an ein Konzert kennengelernt. Nach einer Zeit als Fernbeziehung konnte er Elizabeth überzeugen, Deutsch zu lernen und ihren Master hier in Bamberg zu absolvieren. Seit drei Jahren waren sie jetzt zusammen und schmiedeten Zukunftspläne. Paul liebte Elizabeth über alles und konnte sich ein Leben ohne sie nicht vorstellen. Doch trotz der langen Zeit, die sie schon zusammen waren, gab es immer wieder diese Momente, in denen Paul seine Freundin nicht wiedererkannte. Urplötzlich verhielt sie sich distanziert und abwesend und wollte allein gelassen werden. Paul vermutete, dass diese Phasen etwas damit zu tun hatten, dass Elizabeth soweit von ihrer Familie entfernt in einem fremden Land lebte. Von der Geschichte über Elizabeth' Vater wusste er nichts.

In dieser Nacht bemerkte Paul, dass Elizabeth sich seltsam verhielt. Nachdem sie die Brauerei abgeschlossen hatte, gingen sie zur gemeinsamen Wohnung am Kunigundendamm, die mit Blick auf den Fluss nur zweihundert Meter vom Fässla entfernt lag. Elizabeth sprach kaum ein Wort. Zuhause angekommen ging sie sofort zu Bett. Paul dachte bei sich, dass dies wieder einer ihrer komischen Tage war und verzichtete lieber darauf, ihr Verhalten zum Thema zu machen. Stattdessen beließ er es dabei, sie nicht zu stören. Viele Fragen würden die Situation nur verschlimmern. Elizabeth brachte die ganze Nacht kein Auge zu. Hellwach lag sie da wie in ständiger Alarmbereitschaft.

Um Punkt acht Uhr morgens klingelte der Handywecker. Max hatte den vergangenen Nachmittag und die halbe Nacht lang gegrübelt, wie er einen Schritt vorankommen könnte und Elizabeth helfen. Doch er war zu keinem Ergebnis gekommen und beschloss, jetzt etwas vernünftiges zu tun. Es hatte keinen Sinn, seine Unikurse zu vernachlässigen, spät ins Bett zugehen und bis mittags zu schlafen, er musste am Ball bleiben. Also packte der junge Mann einen Stapel Bücher in seinen Rucksack und machte sich auf den Weg zur Universität, ein klares Ziel vor Augen. Er musste eine Spur ausfindig machen, die ihn zum Mörder von Elizabeth' Vater führte. Um halb neun also verließ ein gewöhnlicher, mit Büchern beladener Student namens Max Dresslen seine Wohnung. Ein junger Mann, dem nie etwas Außergewöhnliches geschah und der sich gerne seinen Tagträumen hingab. Ganz egal ob er duschte oder aß, ob er auf der Straße, im Seminar, oder auf Reisen war, immer malte er sich die wildesten Abenteuer aus, in denen er spannende Fälle löste und atemberaubende Frauen eroberte. Doch im wahren Leben war er ein junger Mann wie viele andere auch. Seit seiner Ankunft in Bamberg allerdings war er unverhofft zur Hauptperson eines Kriminalromans geworden. Plötzlich fühlte er sich einzigartig und wollte alles Erdenkliche tun, um seiner Rolle gerecht zu werden. Jedoch wünschte er, die Geschichte wäre eine andere gewesen, eine, die schon längst von einem großen Schriftsteller geschrieben worden war. Was Max erlebte, war keine Erzählung, sondern das wahre Leben. Er konnte die Geschichte nicht wählen, die er leben wollte. Das Schicksal hatte seine Geschichte gewählt.

An diesem Frühlingsmorgen lief Max Dresslen also durch die Straßen Bambergs und ahnte noch nicht, dass die Geschichte, deren Hauptperson er geworden war, sein Leben für immer verändern sollte.

DIE KRIEGER DES NICHTS

DIE ERSTEN BEIDEN Vorlesungen vergingen wie im Flug. Wissbegierig lauschte Max den Erläuterungen der Professoren und schrieb eifrig mit. Gleichzeitig dachte er fieberhaft nach, wo er mit der Suche nach Informationen über den Einäugigen beginnen könnte. Nach den zwei Veranstaltungen lief er zur Mensa hinüber, um sich dort mit André zu treffen. Die beiden Studenten aßen gemeinsam zu Mittag und tauschten sich dabei über ihre Lieblingsthemen aus. Max liebte die Mittagspausen mit seinem Kumpel. Sie lachten immer viel und vergaßen die Sorgen des Alltags. Nach einer Weile reichte André Max eine Zeitung, in der er einen Artikel über einen katalanischen Schriftsteller und seinen neuesten Roman entdeckt hatte. Es war einer ihrer Lieblingsschriftsteller. Max las den Artikel nur an, da sprang er wie von einer Tarantel gestochen vom Tisch auf und warf seinem Freund die Zeitung achtlos zu.

»Das ist es! Ich hab's! Danke, André, bist ein Wahnsinns-Freund!«

Eilig packte er seine sieben Sachen zusammen und rannte aus der Mensa. André blieb verdutzt am Tisch zurück und dachte bei sich, dass sein neuer Freund wohl noch durchgeknallter war als er selbst. Max aber ließ die Mensa und seine Fakultät hinter sich und lief eine Gasse zum Wasser hinunter. Nach fünfzig Metern war er schon an seinem Ziel angekommen. Wie so oft betrat er das Gebäude der Teilbibliothek am Kranen. Diesmal jedoch lief er nicht zu den Regalen mit den Klassikern, sondern blieb im Empfangsbereich, wo eine junge Frau mit blondem Haar am Tresen saß und angestrengt auf den Computerbildschirm vor sich starrte.

»Hallo, kann ich dir helfen?«, fragte sie, ohne aufzublicken.

»Gibt es hier ein Zeitungsarchiv?«, fragte Max, dessen Stimme sich vor Aufregung fast überschlug.

»Klar. Im dritten Stock gibt es rechts ein paar Ständer mit Zeitungen aus aller Welt und auch einigen regionalen Zeitungen. Wenn du etwas Bestimmtes suchst, empfehle ich dir aber, zunächst an einem der Rechner über den Katalog zu suchen, das geht sicherlich schneller.«

»Danke, bist ein Schatz«, rief er ihr zu und eilte zur Treppe. Verdutzt löste die Bibliothekarin zum ersten Mal überhaupt an diesem Tag ihren Blick vom Bildschirm und konnte gerade noch sehen, wie ein schlaksiger junger Kerl auf der Treppe in den ersten Stock verschwand.

Die Ecke mit den Computern war nahezu leer, was Max recht war. Er setzte sich an einen der Rechner und gab seine Benutzerdaten ein. Automatisch öffnete sich die Seite des Katalogs der Bamberger Universitätsbibliothek. Zunächst tippte Max die Worte *Einäugiger, Gefängnis Bamberg* in die Suchmaschine. Kein Treffer. Dann probierte er es mit den Begriffen *Strafanstalt Bamberg Einäugiger Diebstahl.* Kein Treffer. Er versuchte es erneut: *Gefängnis Bamberg Bücher.* Vier Treffer. Die Artikel nahmen alle Bezug auf die kleine Bibliothek im Aufenthaltsraum des Gefängnisses. Max begann mit dem längsten der Artikel. Er handelte zunächst vom Tag der Einweihung der Bibliothek und den Verantwortlichen des Projekts, die an der Einweihung teilgenommen hatten. Dann wurden noch einige Daten, Zahlen und andere Informationen genannt, die Max überflog. Da er nichts Interessantes entdecken konnte, ging er zum nächsten Artikel über. In diesem stand nichts über die Einweihung, es war ein kurzer, vor etwa einem Jahr in einer lokalen Zeitung erschienener Bericht. Sein Titel lautete *Kultur lässt sich nicht wegsperren.* Der Autor beschrieb dort, wie die kleine Bücherei einen frischen Wind in die Vollzugsanstalt gebracht habe und dass sie für einige Häftlinge gar ein Hoffnungsschimmer sei. Am

Ende des Beitrags war von einem Insassen die Rede, der die Bücherei täglich aufsuchte, schon fast jedes Buch gelesen habe und nun sogar selbst viele Verse verfasse, die er in einem kleinen Gedichtband gesammelt habe. Auch wenn dieser Band nie veröffentlicht würde, sei jener Insasse zu einer kleinen Berühmtheit in der Strafanstalt geworden. Max Nackenhaare stiegen zu Berge. Zwar gab es keinerlei persönliche Angaben über den Autor dieser Gedichte, doch ließ sich herauslesen, dass die Verse voll unverständlicher, mysteriöser Anspielungen waren.

»Das muss der Einäugige sein«, murmelte Max.

Am Ende des Artikels war ein Gedicht abgedruckt, das die Einleitung des Gedichtbandes darstellte. Aufmerksam las Max die Verse.

POEM MD-O

In meine Zelle aus Stahl dringt Sonne ein
Ich höre Schritte hinter mir donnern,
Nach dem Wolkenbruch war niemand mehr da
Niemand blieb heil unter dem blassblauen Himmel.

Eiserne Piraten durchfurchen das Meer
Selbst unter den Steinen kann ich nicht schlafen.
Wie soll man die ewigen Momente vergessen,
die wir lebten zu unseren Zeiten?

Der Himmel steht offen, alles geht vorbei
Die Krieger des Nichts tragen plötzlich hervor
Ihre alten, blauen, heiligen Verse.

In jener Nacht, schwarz und sternenverhangen
Deuteten Gott und der Teufel mit ihren Fingern
Auf die Stadt der Vergessenen.

Mehrmals las Max das Gedicht und schnell fiel ihm auf, dass Betonung und Musik inkorrekt waren, obwohl er Rhythmik und Metrik kaum Beachtung schenkte. Was ihn wirklich interessierte, war der Inhalt des Poems. Wovon zur Hölle redet der Typ? MD-O? Auch wenn Max sich absolut sicher war, dass der Einäugige der Autor dieses Gedichts sein musste, hatte er keine Ahnung, worauf dieser sich damit beziehen wollte. Das Einzige, was er den Versen klar entnehmen konnte, war, dass der Autor in einem ständigen Gefühl von Angst und Beklommenheit lebte. Nachdem Max auch die anderen beiden Artikel gelesen und dort nichts Relevantes entdeckt hatte, schrieb er das Sonett auf ein Stück Papier und ging hinaus in den direkt am Wasser gelegenen Innenhof der Teilbibliothek, wo er das Gedicht wieder und wieder las.

Der Nachmittag neigte sich dem Ende zu und der junge Student saß immer noch im Steinkreis am

Kranen und grübelte über dem Zettel, der auf seinen Knien lag. Er hatte nun zwar herausgefunden, dass der Einäugige nicht nur ein Literaturbegeisterter war, sondern sogar eigenhändig Gedichte verfasste, doch half ihm auch das nicht weiter, ihn ausfindig zu machen, was ja sein eigentliches Ziel war. Er war erschöpft von der Anspannung und konnte sich kaum noch konzentrieren, also verließ er die Bibliothek, um auf einem kleinen Spaziergang den Kopf frei zu bekommen. Kurzerhand entschied er, den kurzen Weg über die Untere Brücke hin zum Gefängnis zu nehmen. Als er zum Haupteingang der Strafvollzugsanstalt gelangte, wo er am Vortag noch mit Elizabeth gestanden war, betrat er den Hof und ging auf das Pförtnerhaus zu. Herrn Krämer konnte Max nicht entdecken, allerdings seinen jüngeren Kollegen. Unter dem Vorwand, es sei für das Projekt hilfreich, dass die beiden Studenten erfunden hatten, stellte Max dem Beamten ein paar Fragen über den Einäugigen und die Gedichte, die er in der Haft verfasst hatte. Doch das improvisierte Interview brachte ihm keine neuen Erkenntnisse. Der junge Polizist bestätigte Max aber, dass es sich beim Verfasser des Gedichtbandes tatsächlich um den Einäugigen handle und dass man ihn seit seiner Freilassung nicht mehr zu Gesicht bekommen habe. Seine wenigen Habseligkeiten, darunter das

Büchlein mit den Gedichten, habe er damals mitgenommen.

Der Student dankte dem Beamten höflich für seine Zeit und kehrte stirnrunzelnd und nachdenklich zurück auf die Straße. Er war frustriert und wusste nicht, wie mit der Suche nach dieser mysteriösen Person vorankommen konnte. Gleichzeitig verspürte er, wie ihm eben jene Person, mit der er wohl die Liebe zum geschrieben Wort teilte, immer sympathischer wurde.

Ziellos schlenderte er um das Gefängnis herum und fand sich in der Sandstraße wieder, der ersten Adresse für das Bamberger Nachtleben. Angetrieben vom Wunsch, Elizabeth zu helfen, las er immer wieder das Gedicht des Einäugigen, konnte sich aus den Worten aber keinerlei Reim machen. Also beschloss er, zunächst das kleine Weinlokal am Ende der Sandstraße, eine seiner Lieblingskneipen, aufzusuchen. Ihm gefiel dort die Atmosphäre. Außerdem wurde dort sein Lieblingsbier ausgeschenkt und auch die Musik war ganz nach seinem Geschmack. Es war eine sehr kleine Kneipe, die zu jeder Tageszeit voll besucht schien. Neue Studienkameraden trafen sich dort zu einer Runde Schafkopf, alte Freunde saßen über einer Partie Schach zusammen und verliebte Pärchen kauerten mit einem Gläschen Wein in den Ecken. Max hatte Glück und ergatterte einen kleinen freien Tisch.

Er bestellte sich ein Bier und zog wieder den Zettel aus seiner Hosentasche, auf den er die Verse des Einäugigen gekritzelt hatte. Auf den belesenen Studenten machte das Gedicht einen seltsamen Eindruck, der Rhythmus war unregelmäßig und allgemein wirkte das Sonett holprig. Die Reime waren meist unsauber und es gab zu viele Metaphern. Er überlegte, ob das ganze Gedicht eine Metapher in sich sein sollte. Das Leben eines armen Schufts, der die Stunden in Gefangenheit totschlug, indem er las und versuchte, seine Gedanken zu Papier zu bringen, um sich so von seinem Schmerz zu befreien. Max bestellte ein zweites Bier und grübelte weiter über die Verse nach. Beim dritten Bier begann er langsam einen Sinn darin zu finden, als ein Pärchen sich zu ihm an den Tisch setzte und nach ein paar Minuten zu streiten begann. Max ertrug die Gesellschaft der beiden nicht lange, bezahlte die drei Bier und verließ die Kneipe. Er schlenderte die Sandstraße entlang bis vor die älteste und bekannteste Brauereigastwirtschaft Bambergs, die ihre Berühmtheit dem Rauchbier zu verdanken hatte. Dieses Bier gibt Kraft und so kehrte Max auf eine Halbe ein, um gestärkt seiner Literaturinterpretation nachzugehen. Wie das Weinlokal war auch das Schlenkerla zum Bersten voll, Max fand nur einen freien Hocker an der Theke. Er bestellte ein Rauchbier, beobachtete die anderen Gäste und dachte an

Elizabeth. Gedankenversunken packte er erneut das Gedicht aus seiner Tasche und starrte es an. Wieder begann er zu lesen, kam aber diesmal nicht über die erste Strophe hinaus.

Nach dem Wolkenbruch war niemand mehr da
Niemand blieb heil unter dem blassblauen Himmel.

Offensichtlich handelte das Gedicht von einem armen, einsamen Tropf. Das passte perfekt zu dem, was Elizabeth und Max über den Einäugigen erfahren hatten, einem Mann, der sich bewusst bei kleinen Delikten erwischen ließ, um wieder in Haft genommen zu werden, wo er ein Bett und tägliche Mahlzeiten bekam. Die Bedeutung der ersten Strophe war also klar, doch die zweite Strophe blieb Max ein Rätsel.

Eiserne Piraten durchfurchen das Meer
Selbst unter den Steinen kann ich nicht schlafen.
Wie soll man die ewigen Momente vergessen,
die wir lebten zu unseren Zeiten?

Die zweite Zeile, so vermutete Max, bezogen sich wohl auf die Zeit im Gefängnis, das der Einäugige als sein Heim empfand. Die folgenden Verse könnten auf eine Erinnerung anspielen, die er mit Menschen aus seiner Vergangenheit teilte, zum Beispiel einem Familienmitglied, einem Freund, oder einer Frau. Die zweite Hälfte des Gedichts, also die beiden Terzette, ergaben für Max überhaupt keinen Sinn. Sicherlich handelte es auch von persönlichen Erlebnissen des Einäugigen, jedoch fand er keine Interpretationsmöglichkeiten oder auch nur eine leise Spur, wo er weitersuchen könnte. So stand Max eine Weile fast reglos an der Theke, in der Linken das Gedicht, die Rechte fest um den Bierkrug gelegt, aus dem er stetig schlürfte. Um ihn herum drängten sich zahlreiche Frauen und Männer. Sie lachten, tranken und unterhielten sich lautstark. Langsam machte sich bei Max das Bier bemerkbar. Er ging zur Toilette und spritze sich kaltes Wasser ins Gesicht. Als er den Kopf hob und sein Antlitz im Spiegel betrachtete, wurde ihm schlagartig klar, dass er verloren war. Alleine in einer fremden Stadt, in der er ein Abenteuer durchlebte, dass er immer noch nicht begreifen konnte. Dann musste er wieder an Elizabeth denken. Müde kehrte er in den Gastraum zurück, wo er seinen beengten Platz wieder einnahm. Mit einem letzten großen Schluck leerte er sein Glas und widmete sich noch einmal dem Gedicht. Langsam wurde ihm übel, die Hitze und Lautstärke des Gastraums schlugen ihm auf's Gemüt. Er legte den Zettel vor sich auf die Theke, um seinen Pullover auszuziehen. Nachdem er seinen Kopf befreit hatte, sah er, dass sich ein Mann zu ihm an die Theke gedrängt hatte, das Stück Papier aufnahm und die Zeilen des Gedichts überflog, die ihm ein Lächeln entlockten, bevor er den Zettel seinem Besitzer zurückgab. Verblüfft erkannte Max die dunklen Augen in dem bärtigen Gesicht. Vor ihm stand der Mann, der mit Elizabeth im Gefängnis gesprochen hatte.

»Danke«, murmelte er nur. Ihm schwirrten Millionen Fragen durch den Kopf, die er dem Mann stellen wollte, doch dieser ergriff zuerst das Wort.

»Hör' mir gut zu, Junge, ich hab' nicht viel Zeit. Ich weiß, wen du suchst und auch warum. Mit etwas Glück ist er noch in der Stadt. Aber ihr müsst vorsichtig sein und euch beeilen, die Zeit läuft euch davon.«

»Wie kann ich ihn finden?«, fragte Max angespannt. Der Mann mit dem Bart schenkte ihm ein leicht abfälliges Lächeln.

»Es steht alles im Gedicht. Bringen die euch an der Uni denn gar nichts bei? Du musst einfach denken, dann wirst du es erkennen. Die Hauptsache ist, dass du mich nicht getroffen hast und wir nie miteinander gesprochen haben. Und komm ja nicht auf Idee, nochmal im Gefängnis aufzutauchen, verstanden Junge? Wenn ich dich noch einmal dort zu Gesicht bekomme, ich schwöre, dann bring ich dich mit meinen eigenen Händen um.«

Max gefror das Blut in den Adern. Er nickte stumm. Der Mann mit dem Bart wandte sich ab und verließ eiligen Schrittes das Lokal. Max blieb an der Theke zurück. Der Mund stand ihm offen.

»Als Detektiv hab ich's echt nicht so drauf«, dachte er.

Nur langsam begriff er, was soeben geschehen war. Er fasste den Entschluss, nach Hause zu gehen, um im tröstenden Schutz der eigenen vier Wände in Ruhe nachzudenken.

»Du musst einfach denken, dann wirst du es erkennen.« Der Satz ging ihm nicht aus dem Kopf, während er nachhause trottete. Dort angekommen legte er zunächst das Stück Papier beiseite, zog sich aus und nahm eine eiskalte Dusche. Dann machte er es sich vor seinem Rechner bequem. Die Uhr auf dem Bildschirm zeigte noch nicht einmal halb neun an. Mit ein wenig Glück, so dachte er, war Elizabeth noch online und er könnte ihr so über die neuesten Ereignisse direkt Bericht erstatten. Auch wenn er immer noch nicht wusste, was das alles zu bedeuten hatte, so war er doch zuversichtlich, dass sie zu zweit mehr erreichen könnten als jeder alleine. Außerdem hegte er die stille Hoffnung, dass seine Erlebnisse, die nun sogar eine Morddrohung beinhalteten, vielleicht die schöne Amerikanerin beeindrucken würden. Er loggte sich bei Facebook ein und sofort tat sein Herz einen kleinen Sprung. Elizabeth war tatsächlich online. Bevor er sie anschrieb, sah der junge Mann noch schnell in ihrem Profil nach und stellte fest, dass ihr Statuts immer noch »in einer Beziehung« war. Nicht, dass Max sich in irgendeiner Art für ihr Liebesleben interessierte. Es war nur eine kleine Marotte von ihm.

»Ich hab' Neuigkeiten. Du wirst es nicht glauben.« tippte er und erhielt sofort eine Antwort.

»Was ist passiert?«, erkundigte sich Elizabeth. Max fasste ihr so gut er konnte die Geschehnisse der letzten Stunden zusammen.

»Ich komm nochmal schnell bei dir vorbei, okay?«

Max konnte sein Glück kaum fassen. Er atmete langsam aus, dann antwortete er. »Klar, ich bin hier.«

»Bin in zwanzig Minuten da.« – »Bis gleich!«

Max rannte in sein Schlafzimmer. Er musste sich etwas Ordentliches und doch Schlichtes anziehen und unbedingt das kleine Chaos in seiner Wohnung beseitigen. Schnell setzte er noch einen Kaffee auf und spülte das dreckige Geschirr. Er war kaum fertig, als es klingelte. Er drückte den Türöffner und brachte sich an der Wohnungstür in eine möglichst lässige Pose, um Elizabeth zu empfangen. Die junge Frau trat wahrhaftig in seinen Palast aus Büchern und Kaffeetassen ein und ihre pure Anwesenheit erleuchtete den Raum. Still blickte sie sich im Raum um.

»Willkommen in meinem bescheidenen Heim.«

»Danke«, antwortete sie ruhig.

Max zeigte ihr alle Räume und beendete die kurze Führung in seinem Arbeitszimmer. Der junge Mann war aufgeregt und hörte nicht auf zu reden. Er scherzte und erzählte pausenlos während der kleinen Tour durch die Wohnung. Anschließend bot er Elizabeth einen Platz im Arbeitszimmer an. Er hatte zwei Stühle an seinen Schreibtisch gezogen und die ganze Wohnung mit seinem Deospray parfümiert. Doch Elizabeth blieb auf der Türschwelle stehen und blickte regungslos in den kleinen Raum. Ein Schauer lief dem Mädchen über den Rücken und Max entdeckte eine einzelne Träne, die sich über ihre Wange schlich. Das brachte den plappernden Jungen für einige Sekunden zum Schweigen.

»Alles okay? Komm, so unordentlich ist es auch wieder nicht?«, witzelte er unbeholfen in der Hoffnung, sie aufzuheitern.

»Ja, entschuldige. Ich finde die Vorstellung so bizarr, dass mein Vater hier gewohnt hat. Ganz alleine und ...« – Elizabeth brach im Satz ab und schluckte. Sie schniefte kurz, wischte die verräterische Träne beiseite und straffte die Schultern, um all ihre Kraft zu mobilisieren und sich auf die Aufgabe zu konzentrieren, die sie zu lösen hatten.

»Keine Sorge, ich finde das gar nicht komisch. Ich habe meinen Vater nie kennengelernt. Er starb schon vor meiner Geburt und ich weiß praktisch nichts über ihn. Meine Mama hat nie viel von früher geredet, eigentlich weiß ich nur, dass er Daniel hieß.«

»Oh Max, das tut mir leid. Ich hatte ja keine Ahnung!« Der junge Mann hielt dem Blick nur für den Bruchteil einer Sekunde stand, dann winkte er ab.

»Passt schon, kein Problem. Ist halt einfach so.«

Er zog das Gedicht aus seiner Hosentasche und reichte es Elizabeth, die sich am Schreibtisch niederließ und aufmerksam zu lesen begann.

»Wow, der poetische Sträfling, unglaublich. Wo zur Hölle versteckst du dich? Sag schon, wo können wir dich finden?«, fragte sie wütend.

Max setzte sich neben sie, öffnete ein leeres Dokument und tippte das Gedicht ab. Dann starrte jeder der beiden auf seine Kopie des Gedichts und sie begannen laut zu denken und sich über mögliche Interpretationsansätze auszutauschen. Es war das eigenartigste Brainstorming ihres Lebens.

POEM MD-0

In meine Zelle aus Stahl dringt Sonne ein
Ich höre Schritte hinter mir donnern,
Nach dem Wolkenbruch war niemand mehr da
Niemand blieb heil unter dem blassblauen Himmel.

Eiserne Piraten durchfurchen das Meer
Selbst unter den Steinen kann ich nicht schlafen.
Wie soll man die ewigen Momente vergessen,
die wir lebten zu unseren Zeiten?

Der Himmel steht offen, alles geht zu Ende
Die Krieger des Nichts tragen plötzlich hervor
Ihre alten, blauen, heiligen Verse.

In jener Nacht, schwarz und sternenverhangen
Deuteten Gott und der Teufel mit ihren Fingern
Auf die Stadt der Vergessenen.

»Der erste Teil wird uns nicht weiterbringen, da geht es ganz klar um seine Vergangenheit«, erklärte Elizabeth. »Wir müssen die Bezüge auf Gegenwart oder Zukunft suchen.«

»Dieser Psychopath mit dem Bart meinte zu mir, ich soll einfach denken. Also ich habe eine kleine Liste mit allen Orten oder Situationen erstellt, die im Gedicht erwähnt werden, oder auf die es eine Anspielung gibt. Vielleicht geht es gar nicht um Metaphern und er sagt uns wortwörtlich, wo wir suchen müssen: *Zelle, Wolkenbruch, unter den Steinen, sternenverhangen, die Stadt der Vergessenen, …*«

Einen Moment lang dachten die beiden nach ohne zu reden.

»Also gut«, brach Elizabeth das Schweigen »der Typ mit dem Bart meinte zu dir, er sei immer noch hier, damit wäre *die Stadt der Vergessenen* geklärt. Was haben wir noch?«

»Weiß nicht so recht. Es werden auch Personen genannt, auch wenn es eher nach Personifikationen klingt: *Eiserne Piraten, Krieger des Nichts, Gott, der Teufel, ...* Und er spricht in der ersten Person Plural, also in der Wir-Form. Wen meint er wohl? Er und wer noch?«, stellte Max fragend in den Raum.

»Vielleicht meint er meinen Vater. Wenn man das Foto und so bedenkt, ist es doch offensichtlich, dass die beiden sich kannten.«

»Was hältst du von dem Titel?«, fragte Max. »Wie komisch, »Poem MD-O« ... Vielleicht sind es ja römische Ziffern ...«

»... und man muss etwas zählen«, führte Elizabeth Max Gedankengang fort.

»Okay mal sehen ...«, antwortet Max enthusiastisch und denkt laut, »MD-O wäre: 1500-O oder? Das verstehe ich nicht ...«

»*Selbst unter den Steinen kann ich nicht schlafen.* Hältst du es für möglich, dass der Einäugige immer noch im Gefängnis ist?«, fragt Elizabeth aufgeregt. »Wir könnten noch einmal hingehen und nachsehen«, schlug sie hoffnungsvoll vor.

»Ich weiß nicht, Elizabeth. Der Mann mit dem Bart war mehr als deutlich. Wir sollen auf keinen Fall zurück zum Gefängnis kommen. Und er hat mich extra aufgesucht, um mir das zu sagen, er will uns offensichtlich helfen. Vermutlich war er der einzige Freund des Einäugigen dort drinnen«, gab Max zu bedenken.

»Naja«, antwortete das Mädchen unsicher »Es ist gut möglich, dass der Typ mit dem Bart gar kein so guter Freund ist, wie du glaubst und dass er uns einfach nur von ihm fernhalten will. Denk nur daran, wie er dir gedroht hat.«

»Das halte ich für unwahrscheinlich, immerhin hat er dir das Foto gegeben. Trotz der Drohung und der Tatsache, dass er ein Häftling ist, habe ich den Eindruck, dass er uns helfen möchte. Aber er will sich wohl nicht selbst in irgendetwas verstricken. Bis jetzt war er die einzige Person, die ein wenig Licht ins Dunkle bringen konnte«, schloss Max seine Einschätzungen ab und wand sich wieder dem Gedicht auf seinem Bildschirm zu.

»Mag sein«, räumte Elizabeth ein, »Ich gebe zu, dass er auf mich auch aufrichtig gewirkt hat und ...« Weiter kam sie in ihren Ausführungen nicht, da Max wie von einer Tarantel gestochen aufsprang. »Ich hab's! Es ist total logisch! Verdammt, so ein Arschloch! Der Typ hat sich über mich lustig gemacht!! Ich war so blöd! So blöd!« Max drehte völlig durch. Elizabeth saß verdattert daneben, sie verstand überhaupt nichts mehr. »Was denn? Was hast du?!«

»Es ist ein Anagramm!«, erklärte Max sichtlich stolz und seine Stimme überschlug sich fast »Bitte?« – »ja, ein Anagramm.« Max sprach immer lauter und schneller. »Ein Wort oder auch ganzer Satz der entsteht, indem man die Reihenfolge der Buchstaben ändert. Hast du etwa noch nie einen Roman deines Landsmannes Dan Brown gelesen?«

»Ich weiß, was ein Anagramm ist. Ich wüsste nur nicht, wo hier eines sein soll«, gab Elizabeth säuerlich ob dieser Belehrung durch ihren Studenten zurück.

»Na der Titel! Wir haben versucht ihn auf den Text zu beziehen und sind nie auf die Idee gekommen ihn isoliert zu betrachten. Wir sollen *einfach* denken. MD-O, oder wenn man die Buchstaben tauscht: DOM«

BERGAUF

DER DOM! Das ist unsere Spur!«, erklärte Max.

»Sehr gut, lass uns gehen«, erwiderte Elizabeth nicht weniger aufgeregt und schaute Max mit ihren riesengroßen grünen Augen an. Die beiden jungen Leute waren voller Euphorie. Max konnte es kaum glauben, die Antwort war die ganze Zeit direkt vor seiner Nase gewesen. Der Dom! Endlich hatte er das Rätsel geknackt und zu seiner großen Freude auch noch im Beisein von Elizabeth. Der Student wurde einen Moment lang ganz ruhig. Er konnte sich an diesen eindringenden Blick einfach nicht gewöhnen, der ihn immer wieder aus der Bahn warf.

»Okay, lass uns gehen«, stimmte Max ihr zu und ging in sein Schlafzimmer, um seinen Rucksack zu holen.

»Gut, dann los«, wiederholte Elizabeth diesmal deutlich ruhiger, stand vom Schreibtisch auf und lief zur Wohnungstür.

»Auf geht's, Max, was machst du denn so lange?«, fragte die junge Frau ungeduldig.

»Ich packe nur ein paar Sachen zusammen, die nützlich sein könnten«, kam die Antwort aus dem

Schlafzimmer. Elizabeth trat näher, blieb auf der Türschwelle zum Schlafzimmer stehen und beobachtete Max verwundert. Dieser hielt in der linken Hand seinen geöffneten Uni-Rucksack, während er mit der Rechten allerlei Gegenstände sammelte und im Ranzen verstaute.

»Okay, das Gedicht, der Fotoapparat, mein Taschenmesser, ein Stab, ein Stück Schnur, Notizblock und Kuli, ...«, zählte er leise auf.

»Soll ich dir vielleicht noch einen Kaffee aufsetzen, den du dann in der Thermoskanne mitnehmen kannst?«, fragte Elizabeth unwirsch.

»Nein, nein, nicht nötig.«

»Los jetzt! Wozu sollen wir den ganzen Mist brauchen? Eine Kamera, im Ernst? Lass uns jetzt bitte endlich gehen.«

»Schon gut, bin ja schon fertig. Aber wer weiß, was wir da finden«, erwiderte Max und versuchte dabei, einen leicht tadelnden Ton anzuschlagen, klang aber eher kleinlaut. So machten die beiden sich auf den Weg hinauf zur Kathedrale. Max hatte vollkommen recht, keiner der zwei hatte auch nur die geringste Ahnung, was sie dort oben erwartete.

Der Dom von Bamberg steht hoch oben auf einem der Hügel der Stadt. Er wurde im Jahr 1012 fertiggestellt und ist den Heiligen Petrus und Georg gewidmet. Der eindrucksvolle Bau ist von fast jedem Punkt der Stadt aus sichtbar. Blickt man zu ihm hinauf, so wirkt er unecht, wie ein tausend Jahre altes Bühnenbild oder wie ein schlechter Witz der Stadt, die sich mit ihren Bewohnern einen Scherz erlaubt.

Max bezeichnete sich selbst nicht als gläubigen Menschen, jedoch erfüllten ihn solch eindrucksvolle Gebäude mit Ehrfurcht und eine Kirchenbesichtigung gehörte für ihn zu jeder Stadterkundung dazu. In seinen Augen waren es magische Orte und der Dom von Bamberg war eine seiner Lieblingskathedralen. In den kleinen Pausen, die er sich gönnte, wenn er in der Bibliothek arbeitete, lief er gern zum Flussufer, um von dort aus den Dom zu betrachten und sich Geschichten über die Menschen auszudenken, die vor vielen, vielen Jahren in dieser Stadt gelebt hatten und an den Sonntagen zum Dom hinaufgeströmt waren. Er malte sich dann aus, wie sich das Leben der Mönche zugetragen haben könnte, die in der Kathedrale ihrem Herrn dienten und wie das Leben der Gläubigen, die regelmäßig zum Gotteshaus pilgerten. Er dachte sich die wildesten Geschichten aus, die sich in und um dieses eindrucksvolle Gebäude herum abgespielt haben könnten, Geschichten voller Liebe und Leidenschaft, von Betrug und Intrigen, über Menschen, die ihr Leben Gott widmeten und in den kostbaren Bibliotheken der Kirche arbeiteten, wo hunderte, nein tausende Bücher unschätzbaren Wertes beherbergt wurden. Diese Bücher waren voller Wissen und Geheimnisse, voller alter Geschichten, die drohten, in Vergessenheit zu geraten.

Es war kurz vor halb neun, als die beiden jungen Leute die Wohnung in der Concordiastraße verließen und den kurzen, steilen Weg hinauf zum Dom in Angriff nahmen. Die letzten Sonnenstrahlen tauchten die Dächer Bambergs in ein diffuses Licht. Es war ein milder Frühlingsabend, eine sanfte Brise wehte durch die Gassen Bambergs und spielte mit Elizabeth' Haar. Der Fußmarsch zum Dom dauerte keine zehn Minuten, doch waren es zehn Minuten voller Anspannung und Nervosität. Der Weg führte durch kleine Gassen über Kopfsteinpflaster, in welchem man gelegentlich goldene Steine fand, die eine Inschrift trugen, die an ermordete jüdische Bürger Bambergs erinnerten. Max war diesen Weg bestimmt schon zehnmal gegangen, Elizabeth dagegen hatte den Dom zu Bamberg erst zweimal besichtigt, beide Male mit ihrem Freund im ersten Monat nach ihrer Ankunft in der Stadt.

»Bist du nervös?«, fragte Max und schielte schüchtern zu ihr hinüber.

»Ich weiß nicht, Max. Es ist alles so total verrückt, aber egal. Ich muss wissen, was meinem Vater zugestoßen ist«, antwortete sie, ohne den Blick von den zwei Kirchtürmen abzuwenden, die vor ihnen emporragten. Ein wenig außer Atem von dem Anstieg kamen die

Freunde auf dem Domplatz an, und die riesigen Glocken der Kathedrale läuteten lautstark zur Spätmesse, als hießen sie Max und Elizabeth willkommen. Der Domplatz war nahezu menschenleer, an seiner südlichen Seite erhob sich die alte Residenz. Das Gebäude war von beeindruckender Größe und gemeinsam mit dem Kirchenbau bildete dieser Platz eine Sehenswürdigkeit von unschätzbarem historischen Wert. Drei Treppen führten zu den Portalen des Doms, die zumeist von Reisenden oder auch Anwohnern belagert waren, die sich eine kurze Verschnaufpause nach dem Aufstieg gönnten, Fotos machten, oder einfach den Blick über den Platz und die Dächer Bambergs genossen. Doch nun waren die Treppen und Sitzbänke leer, nur ein paar italienische Touristen sowie eine Fünfergruppe mittleren Alters streiften über den Domplatz. Max und Elizabeth liefen direkt auf den Haupteingang des Gotteshauses zu, mussten aber feststellen, dass die Türen verschlossen waren.

»Kann sein, dass sie unter der Woche nur eine der Türen zu den Seitenschiffen aufmachen«, mutmaßte Max und eilte gleich zu einer der besagten Eingänge.

»Mist, auch zu«, rief er Elizabeth frustriert zu.

»Dann lass uns die andere Seite ausprobieren«, schlug diese vor und die beiden umrundeten gemeinsam das Gebäude. Dort angekommen lehnte Elizabeth sich gegen die schwere Tür, die tatsächlich aufging. Auf dem Gesicht der jungen Frau zeichnete sich ein triumphales Lächeln ab. »Vielleicht sind die Türen verzaubert und lassen sich nur von einem Engel öffnen«, dachte Max kurz bei sich, besann sich dann aber, um nicht ganz und gar in seine Tagträumereien abzudriften. Schließlich gab es noch viel zu tun. Die beiden betraten das Kirchengebäude und sogen die schwere, feuchte Luft ein. Der unverwechselbare Geruch nach altem Gemäuer stieg in ihre Nasen und es war kühl. Der Eingangsbereich des Seitenschiffes war klein und ein kleiner Tisch mit Prospekten in verschiedenen Sprachen war das einzige Mobiliar. Die Faltblätter klärten ihre Leser über Bau und Geschichte der Kathedrale auf, tatsächlich lag das tausendjährige Jubiläum des Bamberger Doms nur wenige Jahre zurück. Elizabeth und Max traten durch die Schwingtür vor ihnen und standen nun inmitten des Gotteshauses.

Max zuckte unmerklich zusammen. »Hast du das gehört?« – »Was denn?« – »Jemand hat meinen Namen gesagt!«, zischte der junge Mann, der plötzlich ein wenig blass um die Nase wurde.

»Deine Fantasie geht mit dir durch, Max. Komm, wir laufen ein wenig rum, vielleicht entdecken wir etwas«, gab Elizabeth zurück, die sich beim Anblick des nervös gewordenen Bücherwurms ein Grinsen verkneifen musste.

Max nickte noch immer etwas verunsichert und blickte sich dann in dem beeindruckenden Gebäude um. Sofort empfand er die gleiche Ehrfurcht, die ihn jedes Mal befiel, wenn er diesen tausend Jahre alten herrlichen Bau betrat. Schwere Steinsäulen ragten zur hohen Decke hinauf und teilten so das Gebäude in drei Schiffe, wovon das mittlere das breiteste war. Einige Personen saßen verstreut auf den hölzernen Bänken. Manche hielten den Kopf zum stillen Gebet gesenkt, andere blätterten in Reiseführern und den Infobroschüren, oder saßen einfach nur da und genossen die Stille. Max betrachtete diese Menschen aufmerksam, keiner von ihnen schien der Einäugige zu sein. Die zwei Studenten liefen langsam durch die Gänge und hielten nach irgendetwas Ausschau, dass sie weiterbringen konnte, auch wenn keiner von ihnen zu sagen vermochte, was sie eigentlich suchten. Max begutachtete die verschiedenen Skulpturen, Altäre und Madonnen, während Elizabeth mit forschendem Blick die Kirchenbesucher musterte. Zu ihrem Missmut bemerkten sie, dass der Dom eine Reihe Ecken und Winkel beherbergte, die nicht für Besucher zugänglich waren. Erneut ertönten die Turmglocken und läuteten den Beginn der Abendmesse ein. Ein schwarz gekleideter Priester trat an den Altar, legte sich seine Bücher zurecht und zündete die Kerzen an. Die beiden jungen Leute besannen sich ihrer guten Manieren und setzten sich in eine der hinteren Bänke, um der Messe beizuwohnen. Von dort konnten sie beobachten, dass gut die Hälfte der Kirchenbesucher ihre Kameras und Reiseführer verstaute, um zügigen Schrittes den Dom zu verlassen, während die restlichen Besucher ihr Gotteslob aufschlugen. Der kleine Wortgottesdienst dauerte keine halbe Stunde, währenddessen Max und Elizabeth in angespanntem Schweigen nebeneinander saßen und alle Geschehnisse und Personen genauestens beobachteten. Der Priester entließ die kleine Gemeinde mit einem Segen, die Kirchenbesucher machten das Kreuzzeichen und verließen in Ruhe das Gotteshaus. Die beiden Studenten taten es ihnen gleich und reihten sich hinter den anderen Besuchern auf dem Weg zum Ausgang ein.

»Und das war's jetzt? Wir gehen einfach wieder heim?«, zischte Elizabeth missmutig Max zu. »Bleib einfach an meiner Seite. Und lauf ein bisschen langsamer!«, raunte der ihr zu. »Wir lassen uns unauffällig zurückfallen und wenn alle gegangen sind, drehen wir um und knöpfen uns die Ecken vor, die wir vorhin nicht kontrollieren konnten.«

Max' Plan ging problemlos auf und die beiden waren bald alleine in dem verlassenen Kirchengebäude. Zwar hatte sich der Priester in die Sakristei zurückgezogen, trotzdem mussten die beiden aufpassen, nicht zu viel Lärm zu machen und so schlichen sie auf leisen Sohlen gemeinsam den langen Flur zwischen Haupt- und Seitenschiff entlang bis vor zum Altar. Max warf einen kurzen Blick in die Bücher, die am Altar lagen, konnte aber nichts Interessantes entdecken. Also beschlossen sie, als nächstes die Krypta aufzusuchen, die sich unterhalb des Chors befand. Max und Elizabeth waren noch nicht an den Stufen, die in die dunklen Räume hinabführten angelangt, da hörten sie plötzlich Schritte. Erschrocken gingen sie in die Hocke, schlichen geduckt in den Altarraum, krabbelten über die schweren bunten Teppiche und versteckten sich hinter dem steinernen Altar. Der Priester war aus der Sakristei zurückgekehrt und lief, so wie es schien, zielstrebig auf die beiden Eindringlinge zu, ging dann aber zum Ambo, packte Bibel und ein Gebetsbuch unter den Arm und verließ den Altarraum wieder. Max und Elizabeth hielten vor Aufregung die Luft an und lauschten, bis sich die Schritte des Priesters entfernt hatten und sie eine Tür ins Schloss fallen hörten. Sie waren wieder alleine. Erleichtert krochen sie aus ihrem notdürftigen Versteck und stiegen vorsichtig die Treppen zur Krypta hinab. Die Luft dort unten war schwer und es war zu dunkel, um etwas zu erkennen. Elizabeth lief die Treppen schnell wieder hinauf und kehrte einen Moment später mit einer

Kerze in der Hand zurück, die ihnen als Lichtquelle diente.

»Hier ist nichts«, flüsterte Max und hoffte, dass Elizabeth sein Unbehagen ob der Dunkelheit nicht in seiner Stimme hören konnte. »Dann lass uns den anderen Kellerraum prüfen«, antwortete sie und zog Max mit sich. Sie durchquerten flink das Hauptschiff und stiegen in einen weiteren, größeren unterirdischen Raum hinab, wo sich noch mehr Reliquien und Gräber befanden. Wieder suchten die beiden den Raum nach irgendetwas ab, das ihre Aufmerksamkeit erwecken könnte, wieder waren sie erfolglos. Schon auf den Stufen zurück nach oben, hielten sie wie vom Donner gerührt inne, als ein dumpfer, lauter Schlag durch die Kathedrale hallte.

EIN BLICK IN DIE VERGANGENHEIT

WAS WAR DENN DAS?", fragte Elizabeth fassungslos.

»Los, mach sofort die Kerzen aus!«, raunte Max ihr zu. Schnell eilten sie ins westliche Seitenschiff und versteckten sich hinter einer großen Säule. Von dort starrten sie angespannt zum Haupteingang der Kathedrale. Das Herz schlug ihnen bis zum Hals. Elizabeth griff nach Max Hand und drückte sie ganz fest. Mit aufgerissenen Augen beobachteten sie, wie ein großgewachsener Mann die Kathedrale durch die Tür betrat, durch die auch Max und Elizabeth ins Gotteshaus gelangt waren. Er war ganz in schwarz gekleidet und seine langen, dunklen Haare verdeckten den größten Teil seines Gesichts. Er trug ein altes Buch mit sich, in dem er vorsichtig blätterte. Gezielten Schrittes ging er auf den Altar zu, wobei er so nah am Versteck der beiden Studenten vorbeikam, dass sie die Luft anhielten. Seine Schritte hallten in dem weiten Kirchenraum, als trabe ein Minotaurus durch die Kathedrale. Plötzlich hielt er inne und schaute sich in alle Richtungen um. Max erhaschte einen kurzen Blick auf das Gesicht des Fremden und sah, dass sein linkes Auge von einem dunklen Stoff verdeckt war. Er trug eine Augenklappe.

Der Einäugige lief weiter Richtung Altarraum und setzte sich in eine der vorderen Bänke. Er schlug das Buch auf und begann zu lesen. Max zuckte zusammen, als Elizabeth plötzlich aus ihrem gemeinsamen Versteck heraussprang und den Mittelgang entlang nach vorne rannte, direkt auf den Einäugigen zu.

»Wer bist du und was hast du mit meinem Vater gemacht?!« Der schrille Klang ihrer Stimme drang so laut durch die Kathedrale, dass Max einen Moment fürchtete, die bunten Glasfenster des Doms könnten springen. Er besann sich aber seiner ritterlichen Manieren und eilte zu Elizabeth. Die junge Frau stand mitten im Flur und ihre Hände zitterten, so schien es Max, mehr aus Wut als aus Angst. Der Einäugige schlug sein Buch zu, stand langsam auf und ging auf die beiden Freunde zu, das ihm verbliebene Auge auf Elizabeth gerichtet.

»Mein Name spielt keine Rolle. Aber was ist mit dir? Wie heißt du, Mädchen?«

»Elizabeth«, gab die schöne Amerikanerin zurück.

»Sag mir, Elizabeth, wie kommst du darauf, dass dein Vater und ich uns kennen?«

»Das will ich von dir hören, Einäugiger! Woher kanntest du Edward Railey?«

Bei diesen Worten stand dem Einäugigen, dessen Miene bis zu diesem Moment vollkommen ausdruckslos gewesen war, der Schock im Gesicht. Er ging auf Elizabeth zu, die Hände leicht nach vorne ausgestreckt, als wolle er die junge Frau packen. Er versuchte etwas zu sagen, brach ab, schluckte, probierte es erneut.

»Ellie ... Elizabeth ... Ihr müsst hier sofort verschwinden! Alle beide! Ihr seid hier nicht sicher, ihr törichten Kinder! Los, haut ab!«

»Sicher wovor?!«, schrie Elizabeth den Mann wütend an, während Max wie versteinert danebenstand und diese verrückte Szene beobachtete.

»Ihr müsst gehen, weil sie euch auf keinen Fall mit mir zusammen sehen dürfen.« Die Stimme des Einäugigen war nun etwas ruhiger und klang fast schon versöhnlich. »Pass auf, Ellie, dein Vater und ich waren sehr gute Freunde. Er musste dich und deine Familie verlassen, um euch zu beschützen. Er hat dich über alles geliebt, glaub' mir. Deinem Vater haben wir zu verdanken, dass eine ganze Reihe Menschen ihr Leben retten konnten. Es gibt Menschen, die uns schaden wollen, die auf der Suche nach uns sind. Deinen Vater haben sie erwischt und eines Tages werden sie auch mich kriegen. Aber ihr zwei, ihr begebt euch in Gefahr. Also bitte, geht jetzt und vergesst, dass ihr mich gesehen habt.« Er ging noch einen weiteren Schritt auf sie zu und stand nun so nah bei Elizabeth, dass sie seinen schweren Atem spürte. Einen Moment lang schien es, als wolle er sie am Arm berühren, doch dann zog er seine Rechte schnell wieder zurück. Leise und eindringlich redete er nun auf das Mädchen mit den weit aufgerissenen Augen ein. »Elizabeth, dein Vater hat mir fast täglich von dir erzählt. Er war nur wegen dir nach Bamberg gekommen, er wollte in deiner Nähe sein. Ich verdanke ihm mein Leben, aber ich kann mich jetzt keinem weiteren Risiko mehr aussetzen. Er war ein großartiger Mann, aber diese verdammten Drecksäcke haben es geschafft, ihn dir zu nehmen. Also lass nicht zu, dass alles umsonst war. Jetzt nimm deinen kleinen Freund hier und lebe dein Leben. Was geschehen ist, ist geschehen, aber die Lebenden müssen sich um die Lebenden kümmern. Und jetzt verschwindet endlich!« Mit diesen Worten wendete er sich von der jungen Frau ab und lief, mit dem Buch unter dem Arm, aus dem Kirchengebäude. Ehe Max und Elizabeth verstanden, was geschah, war er fort. Wieder standen sie alleine in der Stille der verlassenen Kathedrale. Max überlegte noch, ob er dem Mann hinterherlaufen sollte, doch es war zu spät und der Einäugige sicher längst in den dunklen Gassen der Stadt abgetaucht. Er blickte zu Elizabeth, die reglos und niedergeschlagen neben ihm stand. Behutsam fasste er ihren Arm und führte das teilnahmslose Mädchen aus der Kirche. Über Bamberg war die Nacht hereingebrochen. Ein frischer Wind zog über den leergefegten Domplatz. Es war totenstill. Max fröstelte.

Sie hatten noch kein Wort gewechselt. Elizabeth wirkte verschlossen und blickte ins Leere. Max dachte fieberhaft über das alte Buch nach, das der Einäugige bei sich getragen hatte. Dass der Mann die Stille der Kathedrale aufsuchte, um darin zu lesen, konnte ein Hinweis sein, dass dieses Buch der Schlüssel zu weiteren Antworten war. Gleichzeitig fühlte Max Furcht ob all der verrückten Ereignisse, inklusive Mord und Drohungen, die sich in den letzten Tagen und Wochen abgespielt hatten.

Derweil wurde das Wetter immer ungemütlicher. Dunkle Wolken zogen am Nachthimmel auf und der scharfe Wind drang unbarmherzig durch die Kleidung der beiden frierenden Studenten. Mit einem Kopfnicken einigten sie sich, den Weg hinab ins Zentrum zu gehen. Wortlos liefen sie durch die Gassen, zwei Schatten unter dem unheilvoll dunklen Nachthimmel, die Köpfe voller Fragen, auf die es keine befriedigenden Antworten zu geben schien.

»Was das wohl für ein Buch war, das der Einäugige bei sich hatte?«, durchbrach Max irgendwann die

Stille. »Vor wem hat er nur solche Angst? Wer ist hinter ihm her? Was haben mein Papa und er getan?«, teilte auch Elizabeth Max ihre Gedanken mit, ohne auf seine Frage einzugehen. »Ich habe einfach keine Ahnung, was ich von all dem halten soll, Max. Vielleicht waren der Einäugige und mein Papa ja Freunde. Und vielleicht haben sie einfach den Verstand verloren. Aber wer immer hinter den beiden her ist, tut das auf jeden Fall aus einem bösartigen Grund. Und ich will herausfinden, was dieser Grund ist, egal wie!« Elizabeth kochte vor Wut, hielt plötzlich inne und drehte sich um, den Blick den Hügel hinauf zum Dom gerichtet. »Hast du das gehört?! Wer immer du bist, ich habe keine Angst vor dir! Verstanden?! Hier bin ich und warte auf dich!«, schrie das Mädchen in die dunkle Nacht. Just in diesem Moment fielen die ersten Regentropfen auf die beiden hinab. Elizabeth begann zu weinen. Sie schluchzte bitterlich und der schüchterne Max nahm sie wie selbstverständlich in den Arm und streichelte ihr tröstend durchs Haar. Schnell löste die hübsche Amerikanerin sich aus der Umarmung und die beiden liefen weiter Richtung Zentrum, wobei sie wegen des immer stärker werdenden Regens ihre Schritte beschleunigten. Sie überquerten die untere Brücke und erreichten den Grünen Markt, wo eine Skulptur, welche die Bamberger *Gabelmoo* nennen, dem Regen trotze. In einer kleinen Passage suchten sie Schutz vor dem Regen. Elizabeth wollte nur noch nachhause. Sie war müde, niedergeschlagen und pitschnass. Sie überlegte, eines der Taxis zu nehmen, die wie immer am Abend am Grünen Markt bereitstanden, um die Kneipen- und Barbesucher der Sandstraße sicher nachhause zu bringen. Sie hatte jedoch kein Geld bei sich und bat Max, ihr ein paar Euro zu leihen. Der wühlte sofort in seinem Rucksack zwischen Kamera, Schreibkram und dem, was er sonst noch alles bei sich hatte. An alles hatte er gedacht, nur nicht an seinen Geldbeutel. Elizabeth beobachtete ihn bei seiner hoffnungslosen Suche, kurz schien es, als wolle sie lachen, tat es dann aber doch nicht.

»Okay, kein Problem, ich bringe dich nachhause. Es ist schließlich schon spät und ich verspüre gerade eh Lust, zu gehen«, erklärte er und hoffte, wie ein Gentleman dazustehen.

»Okay, lass uns gehen«, willigte sie ein.

Fünfzehn Minuten später standen sie vor dem Eingangstor von Elizabeth' Wohnung, durchgeweicht bis auf die Knochen. Mit einer kurzen festen Umarmung verabschiedeten sie sich.

»Gute Nacht. Zieh dir gleich was Frisches an, damit du nicht krank wirst.«

»Ja, danke fürs Heimbringen.«

»Elizabeth ...«

»Ja?«

»Ich ... Also ... Mir tut das mit deinem Vater wirklich leid für dich. Deswegen ... Ich habe überlegt, ich könnte ja versuchen, mich mit der Geschichte des Einäugigen zu beschäftigen. Ich glaube sie ist es wert, erzählt zu werden und vielleicht könnte deinem Vater ja so in gewisser Weise Gerechtigkeit widerfahren.«

»Ich weiß nicht, es ist wirklich ein sehr schöner Gedanke von dir.«

»Ja, und es gäbe bestimmt super viel Material, die Leute im Gefängnis, das Gedicht und noch vieles mehr! Diese Stadt ist so aufregend! Ich meine ... tagsüber wimmelt sie vor Studis und Leben und nachts wird sie zur Stadt der lebenden Toten!«

»Viele von denen sind gar nicht tot, Max. Nur in Vergessenheit geraten.«

In diesem Moment glaubte Max einen Schatten zu sehen, der die Straße querte. Er blinzelte, um seinen Blick zu schärfen, konnte aber nichts ausfindig machen. Elizabeth zog ihren Hausschlüssel aus der Hosentasche und wand sich dem Türschloss zu. Max ergriff kurz ihren Arm.

»Elizabeth!«

»Was?«

»Schlaf gut«

»Danke, du auch.«

Das Mädchen verschwand durch die Eingangstür und Max stapfte los. Es war auch für ihn Zeit, nachhause zu gehen. Auf dem gegenüberliegenden Gehsteig hielt er noch einmal inne und blickte am Haus hinauf, in dem sich Elizabeth' Wohnung befand. Er sah, wie in einem Fenster im ersten Stock ein Licht anging und empfand heftigen Neid auf den Mann, der dort auf die schöne junge Frau aus Chicago wartete. Niedergeschlagen wandte er sich ab und lief, den Blick auf den Boden gerichtet, schnellen Schrittes nachhause. Er traf auf keinerlei Passanten und kein einziges Auto fuhr auf der Straße. Die Stadt lag ausgestorben unter dem Regenguss. Er überquerte den ersten der beiden Flüsse Bambergs und als er den Maxplatz erreichte, waren auch seine Turnschuhe vollkommen durchnässt. Warum hatte er auch kein Regencape, oder zumindest einen Schirm in den Rucksack gepackt? Er legte noch einen Zahn zu, während er durch die Austraße lief. Nur noch fünf Minuten, dann würde er endlich aus der nassen Kleidung schlüpfen und unter die heiße Dusche steigen können. Auf der Unteren Brücke schaute er kurz nach rechts. Das Gefängnisgebäude dominierte seinen Blick, als fordere es Max heraus. Plötzlich heulte ganz nahe ein Motor auf. Erschrocken drehte er sich um und blickte in die grellen Lichter zweier Autoscheinwerfer. Doch es war schon zu spät. Der Aufprall war präzise. Max Körper flog über das niedrige Steingeländer der Brücke in den Fluss. Irgendjemand rief seinen Namen. Dann wurde alles schwarz vor seinen Augen. Er spürte, wie sein Körper unaufhaltsam in die Tiefe sank. Er wollte sich bewegen, aber es gelang ihm einfach nicht. Doch er konnte noch denken. Und er dachte an sein letztes Weihnachtsfest in Hamburg. Gemeinsam mit seiner Mutter. Die schönen Momente. Die Bescherung. Keinerlei Sorgen. Und dann fiel ihm die Frau ein, die er soeben nachhause begleitete hatte. Die Amerikanerin mit den grünen Augen, die tollste Frau, die er je getroffen hatte. Bestimmt war das alles nur ein Traum ...

Sein Körper sackte weiter auf den Grund des Flusses, reglos und ohne Ziel. Vergessen. Das Schwarz wurde zu Blau, einem dunklen Blau. Marineblau.

Max Dresslen beobachtete, wie er im offenen Meer trieb. Er fühlte sich machtlos und ängstlich. Inmitten der Weiten des Ozeans schwamm ein riesiges Ungeheuer auf ihn zu. Ein wiederkehrendes fürchterliches Gefühl ergriff ihn, er war niedergeschmettert, versuchte zu entkommen, konnte aber nicht. Das Ungeheuer zog bedrohlich seine Kreise um Max. Er wollte schreien, doch er konnte nicht. Er wollte sich bewegen, doch er konnte nicht. Er wollte endlich aufwachen, doch er konnte nicht. Das uralte Tier umkreiste ihn und wollte nicht verschwinden. Dann berührte es ihn, packte ihn, verweilte endlich vor ihm, eines der riesigen schwarzen Augen blickte Max ins Gesicht, das Ungeheuer kommunizierte mit ihm, aber es sprach nicht zu ihm. Max vernahm die gleiche Botschaft wie immer und verspürte dieses Gefühl von Verbitterung, das ihn völlig vereinnahmte. *Ich hoffe, du kannst mir verzeihen. Es tut mir unsagbar leid. Es gibt für alles eine Erklärung.*

GEFLÜSTER IN DER NACHT

ALS NACH EINER grandiosen WG-Party drei Studenten sturzbetrunken im strömenden Regen die Regnitz auf der Unteren Brücke überquerten, wurden sie Zeugen einer bizarren Szene. Ein großgewachsener und korpulenter Mann zog einen anderen Mann, der ebenfalls groß, aber viel schlanker war, aus dem Fluss. Der Dicke stützte sich mit seinen großen Händen auf die Brust des Dünneren und drückte in regelmäßigen Abständen zu. Dabei brüllte er ihm Unverständliches zu. Der schmächtige Körper lag reglos da, doch der Dicke führte die Wiederbelebung unbeirrt fort, presste, schrie und beugte sich zur Mund-zu-Mund-Beatmung über das Gesicht. Zwar konnten die drei nicht ein Wort von dem verstehen, was der Mann brüllte, doch ihr Bier- und Schnapsrausch war wie weggeblasen. Schnell zückten sie ihre Handys, alarmierten den Rettungsdienst und rannten zum Flussufer hinunter. Während sie sich der Szene näherten, sahen sie, wie der liegende Körper sich zur Seite legte und Wasser erbrach. Der dicke Mann gab ihm wieder einen

Schlag auf die Brust und brüllte ihn weiter an. Noch immer konnten sie kein Wort verstehen. Der Dicke beließ den schmalen Körper in Seitenlage und rannte davon. Verdutzt blickten die drei dem davoneilenden Lebensretter hinterher, betrachteten den Körper am Boden und warteten auf das Eintreffen des Krankenwagens.

Max Dresslen wachte im Krankenhaus auf und sah in Elizabeth grüne Augen.

Die drei Jungs, hatten die ganze Geschichte den Ärzten erzählt und diese wiederum hatten Elizabeth aufgeklärt. Im Krankenhaus angekommen, war Max noch kaum bei Bewusstsein gewesen. Immer wieder hatte er Elizabeth' Namen gemurmelt, bis sich eine Krankenschwester ein Herz gefasst, in Max Handy die Kontaktliste nach einer Elizabeth durchsucht und die junge Frau angerufen hatte. Es war Max tollem Rucksack zu verdanken, dass das Telefon den Sturz in die Regnitz überlebt hatte. Elizabeth war sofort gekommen und nun waren die beiden Freunde alleine im Krankenhauszimmer.

»Entschuldige, dass ich dich zu so später Stunde angerufen habe ...«, sagte Max mit einem Lächeln. Das Mädchen lachte. »Und siehst du, war doch gut, dass ich den Rucksack dabei hatte.«

»Wie fühlst du dich?«

»Eigentlich gut. Ich kann mich nicht mehr an alles erinnern. Aber ich glaube jemand hat versucht mich zu überfahren. Das letzte, woran ich mich erinnern kann, ist ein Auto, das auf mich zurast.«

»Die Ärzte sagen, du hast keinerlei innere Verletzungen und in deinem Kopf ist auch alles okay.«

»Na das ist doch super!«

»Sie meinen auch, dass du unfassbares Glück gehabt hast, und wenn der Mann dich nicht aus dem Wasser gezogen hätte, wärst du jetzt vermutlich tot.« Elizabeth redete schnell und versuchte, möglichst unbekümmert zu klingen.

»Ich kann mich nur an die Scheinwerfer erinnern. Und die Fahrt im Krankenwagen.«

»Ruh dich erst mal aus. Morgen oder spätestens übermorgen darfst du wieder nachhause. Sie wollen noch ein paar Tests machen, nur um ganz sicher zu gehen.

»Ich fühl mich eigentlich gut, nur die Vorstellung, dass mich jemand umbringen wollte, beunruhigt mich ein bisschen.«

»Also, ein Anwohner kam auf die Polizisten vor Ort zu. Er war wohl auf dem Heimweg und da hat er dich auf der Brücke gesehen. Du bist dort hin und her gerannt, wild gestikulierend, wie auf Drogen, ... Und er sagte auch, dass außer dir niemand auf der Brücke gewesen ist, weder Personen noch Autos«

»Was?! Aber das kann nicht sein, ich ... Das stimmt nicht!! Ich wurde angefahren!«

»Du hast aber keinerlei Prellungen oder andere Verletzungen, die auf einen solchen Aufprall hinweisen. Und in deinem Blut wurden Substanzen gefunden.«

»Wie zur Hölle ...? Ich glaub' das nicht! Elizabeth, ich schwöre dir, jemand ist mir gefolgt und hat versucht, mich umzubringen!«

»Ich glaube dir ja, Max. Wirklich! Aber jetzt musst du dich erst mal ausruhen. Wenn du wieder zuhause bist, reden wir, versprochen. Ich muss jetzt gehen. Erhol dich schön, hier drinnen kann dir niemand was tun.«

»Sobald ich raus darf, gehe ich zur Polizei und dann werde ich denen alles erzählen. Alles was wir wissen, über deinen Vater und den Einäugigen und den Typen mit dem Bart aus dem Gefängnis! Und dass ich angefahren wurde!« Max redete sich in Rage, doch gerade jetzt öffnete sich die Zimmertür und eine Krankenschwester trat herein. Sie wollte Max zu einer Untersuchung bringen. Also verabschiedete sich Elizabeth mit dem Versprechen, ihn in zwei Tagen zuhause zu besuchen.

»Also dann, du Glückspilz. Wir beide gehen jetzt mal in den Untersuchungsraum, da bekommst du noch ein paar Tests gemacht. Und dann bist du hier im Handumdrehen schon wieder draußen und bei deiner hübschen Freundin. Das ist doch was, oder?«, versuchte die Krankenschwester den jungen Mann aufzuheitern, während sie mit routinierten und für Max' Geschmack etwas zu groben Handgriffen die Zugänge ihres Patienten kontrollierte und Fieber maß. »Sie ist nicht meine richtige Freundin«, seufzte der junge Mann und drehte seinen Kopf weg.

Max' Werte waren soweit gut und so erklärten ihm seine Ärzte, er müsse nur noch über Nacht im Krankenhaus bleiben, da man seinen Schlaf überwachen wolle. So verbrachte er eine unruhige Nacht, Kopf und Körper mit Dioden beklebt und verkabelt wie ein Roboter.

Spät sank er erschöpft in einen tiefen und zunächst traumlosen Schlaf. Doch in den frühen Morgenstunden wand und wälzte er sich im Bett. Nassgeschwitzt murmelte er unverständliche Wörter. Die Schwester rief einen Arzt hinzu und die beiden beobachteten, wie sein schmaler Körper kämpfte und sich wie in einem Krampf immer wieder hob und senkte. Dann entspannte er sich plötzlich und Max schlief ruhig bis zum Morgengrauen. Wie unzählige Nächte zuvor war Max Dresslen im weiten Meer getrieben.

Schon vor der Morgenvisite kam die Schwester mit guten Nachrichten. Es sei soweit alles in Ordnung, er sei wohl noch nervös, was aber wegen des Unfalls völlig normal sei. Man werde ihm etwas zum Schlafen verschreiben und ihn dann entlassen.

»Entschuldigung, Sie sagen, es sei alles normal? Aber was ist dann bitte mit diesen Substanzen die man in meinem Körper gefunden hat?«, wollte Max wissen.

»Da mach dir mal keine Sorgen, Junge, dafür stecken sie dich schon nicht in den Knast. Wir waren doch alle mal jung. In zwei Wochen gehst du nochmal zum Hausarzt und dann passt das«, erklärte die Schwester mütterlich und tätschelte Max Arm.

Zwei Stunden später packte er die wenigen Sachen, die er im Krankenhaus bei sich hatte, in seinen Rucksack und verließ die Klinik. Er stieg in den nächsten Bus, der ihn bis zum Busbahnhof im Zentrum brachte. Es war noch nicht Mittag, aber die Sonne stand hoch am Himmel und es wurde langsam warm. Körperlich fühlte Max sich vollkommen gesund und erholt, aber er war ängstlich und durcheinander. Er zog in Erwägung, einfach nach Hamburg zurückzukehren. Wie schön wäre es doch, wieder in vertrautem Umfeld zu sein, wo seine alten Freunde auf ihn warteten. Und seine Mama. In diesem Moment klingelte sein Handy kurz in seiner Hosentasche. Er hatte eine SMS bekommen. Es war Elizabeth, die fragte, wann sie ihn besuchen könne.

Die beiden verabredeten sich auf fünf Uhr nachmittags zu einem Spaziergang durch den Hain. Die Aussicht auf das Treffen mit Elizabeth hob Max Stimmung enorm. Er ließ sich Zeit beim Duschen und Anziehen, setzte sich die Sonnenbrille auf die Nase und erschien überpünktlich am Treffpunkt, wo er strahlend mit einer Hand locker in der Hosentasche auf die hübsche Amerikanerin wartete. Elizabeth kam nur wenige Minuten später und die beiden schlenderten Richtung Park.

»Ich denke, es ist wohl das Beste, wenn wir die ganze Sache vergessen, Max. Es ist schlimm genug, was meinem Vater passiert ist, ich könnte es nicht ertragen, dass noch jemand etwas zustößt. Also lassen wir es einfach dabei bewenden, dass mein Vater, wie und warum auch immer, sein Leben gelassen hat, um mich zu beschützen. Wir wissen nicht, was in der Vergangenheit passiert ist, und vielleicht ist das ja auch gut so. Mein Vater hatte vielleicht keine andere Wahl, aber wir können ein friedliches Leben führen. Es schmerzt, das zu sagen, aber wir sollten auf die Worte des Einäugigen hören. Ich führe hier ein gutes Leben. Es läuft doch alles: die Uni, der Job, Paul ...« – Elizabeth' Worte klangen überzeugend, und sie sprach mit ruhiger, fester Stimme, allerdings, so bemerkte Max, hatten ihre grünen Augen das Leuchten verloren, als habe sich ein Schleier der Resignation darübergelegt.

»Das verstehe ich. Vielleicht hast du recht. Und es ist ja auch dein Leben und deine Entscheidung. Wer bin ich schon, dass ich dir sage, was du zu tun hast.«

»Danke, aber so kannst du das auch nicht sagen. Du bist nicht irgendwer. Du bist ein wirklich guter Freund geworden.« Max war es, als versetze man ihm tausende kleine Nadelstiche. Er nickte stumm. Die beiden schlenderten noch eine Weile die grünen schattigen Wege entlang und unterhielten sich über allerlei Alltägliches: Die Uni, den Englischkurs, Bücher, Partys, Musik, und so weiter. Es fielen Sätze wie *Komm doch einfach mal in der Brauerei vorbei, wenn ich Schicht habe!* oder *Wir sehen uns ja weiterhin regelmäßig in der Uni!* Worte, die der junge Mann niedergeschlagen zur Kenntnis nahm. In der kommenden Woche sollte das Sommerfest der Fakultät Romanistik stattfinden und die beiden Studenten beschlossen, sich dort auf ein oder zwei Bier wiederzusehen. So verabschiedeten sie sich nach einem vierzigminütigen Spaziergang ohne große Umschweife. Ihre Wege trennten sich, zwei kleine Gestalten wanderten durch das Grün und entfernten sich voneinander.

PLANÄNDERUNG

DIE TAGE DARAUF verliefen für Max im gewohnten Gange. Er besuchte pflichtbewusst all seine Univeranstaltungen – natürlich auch den Englischkurs bei Miss Railey – und genoss das herrliche Wetter, das mit dem Monat Mai in die Stadt eingezogen war. André und er besuchten an den Nachmittagen die Keller der Stadt. Während sie über Literatur fachsimpelten, erfreuten sie sich an der warmen Sonne und dem kühlen Bier. Zuhause telefonierte Max viel mit seiner Mutter und meldete sich bei seinen Hamburger Freunden. Er wusste sich tagsüber zu beschäftigen und so gelang es ihm manchmal, die Geschehnisse der letzten Wochen für einen Augenblick zu vergessen. Nachts aber holten sie Max ein. Er ließ die Erlebnisse im Gefängnis Revue passieren und dachte dabei besonders über Elizabeth' Vater und den Einäugigen nach. Und dann noch dieses verdammte Gedicht. Jene vierzehn Zeilen ließen ihn einfach nicht los und raubten ihm den Schlaf. Immer wieder nahm er den Zettel mit der handschriftlichen Kopie des Sonetts in die Hand und lief in seiner Wohnung auf und ab. Etwas zwischen all diesen Worten ließ ihm keine Ruhe. Stundenlang saß er vor seinem Laptop und fügte die Informationen und Eindrücke der letzten Wochen zusammen. Er recherchierte über Schriftsteller, die in Bamberg gelebt hatten und suchte nach möglichen Verbindungen zum Einäugigen, oder zu Elizabeth' Vater, oder irgendetwas, das ihm helfen würde, dieses elende Gedicht zu verstehen.

Es war der Tag, an dem das Romanistikfest stattfinden sollte, und Max freute sich, Elizabeth wieder zu treffen. Am Vormittag hatte er Vorlesungen, anschließend traf er sich zum Mittagessen mit André in der Mensa und später ging er noch zum Joggen in den Hain.

Ab 19:30 Uhr schallte Musik über den Innenhof der Fakultätsgebäude in der Innenstadt. Zwei Erasmusstudenten aus Italien und Spanien kümmerten sich um die Musikauswahl und so wurden, dem Feste angemessen, nur Lieder in spanischer, italienischer, französischer und portugiesischer Sprache gespielt. Der Wetterbericht hatte eine milde Nacht vorausgesagt und die Stimmung war ausgelassen. Studenten und Dozenten tummelten sich in Grüppchen auf dem Innenhof, plauderten, lachten und tranken miteinander. Hierfür war eine provisorische Bar aufgebaut worden, an der es neben alkoholfreien Getränken eine Auswahl verschiedener Biersorten gab. Genau dort war Max mit André verabredet und die beiden Freunde stießen mit einer Halben Kellerbier auf einen schönen Abend an. Schnell folgte die nächste Runde und kurz darauf zauberte André seinen berühmt-berüchtigten giftgrünen Schnaps aus seinem Rucksack.

Auch Max' Masterarbeitsbetreuerin Frau Hofmann und ihr Freund ließen sich das beliebte Unifest nicht entgehen. Unter den Partygästen machte er zudem eine ganze Reihe seiner Kommilitonen und auch den ein oder anderen Dozenten aus. Er fühlte sich rundum wohl unter all den bekannten Gesichtern und genoss das Fest in vollen Zügen. Die meiste Zeit verbrachte er mit André in der Schlange für das nächste Bier. Eben standen die beiden für die vierte Runde an und diskutierten lautstark die Musikauswahl, da entdeckte Max Elizabeth. Sie sah umwerfend aus und zog mit der langen dunklen Mähne und den leuchtend grünen Augen alle in ihren Bann. Max ließ André mitten in der Unterhaltung stehen und eilte zu Elizabeth, um sie zu begrüßen.

»Schön dich zu sehen. Wie geht's dir?«

»Gut, danke. Und selbst?«

Die beiden jungen Leute standen noch eine kurze Weile zusammen und tauschten sich über Belanglosigkeiten aus. Keiner der zwei erwähnte *die Sache.*

Dann traten Elizabeth' Partner Paul und ein paar ihrer gemeinsamen Freunde dazu. Max grüßte alle höflich und machte sich wieder auf die Suche nach André. Wie vermutet fand er seinen Kumpel an der Bar, wo er eben eine neue Schnapsrunde einläutete. Die Nacht war schon fortgeschritten, als Frau Hofmann auf Max zukam, um ein paar Worte mit ihm zu wechseln. Die Menge Bier und Schnaps, die Max schon getrunken hatte, verwandelte den schlaksigen Bücherwurm allmählich in den kühnen d'Artagnan. Während der Unterhaltung musste der Degenheld sich aber genauestens auf seine Worte konzentrieren, um vor der Tutorin keinen schlechten Eindruck zu machen. Elizabeth trat hinzu und sagte, sie sei müde und gehe nun nachhause. Max wünschte ihr eine gute Nacht und während André neben ihm das Gespräch mit Frau Hofmann aufnahm, blickte er seiner Angebeteten nach, wie sie am Arm ihres Freundes eingehakt das Fest verließ. Mit Frau Hofmann und André stand er noch eine Weile beisammen und wie sooft war André der Gesprächsführer, während sein schüchterner Freund ein wenig verträumt daneben stand. Doch dann entschuldigte sich Andre kurz, er wolle mit den DJs reden und sich ein paar Lieder wünschen. Max, der mit Frau Hofmann allein zurückblieb, nutzte die Gelegenheit, um etwas anzusprechen, dass ihn schon die ganze Woche beschäftigte.

»Also, ich weiß ja, dass ich das Thema für meine Arbeit eigentlich schon entschieden habe. Aber ich bin am Überlegen, ob ich es nicht doch nochmal ändere.«

»Theoretisch geht das schon, fragt sich nur, ob du das zeitlich schaffst.«

Max hatte in sechs nahezu schlaflosen Nächten etwa hundert Seiten Material zusammengetragen. Es waren Informationen über wenig bekannte Schriftsteller aus verschiedenen Epochen und Strömungen, sowie eine Zusammenfassung von Max persönlichen Erfahrungen der letzten Wochen. Sein Plan war, diese beiden Sachen zu verbinden und sich so der Frage zu nähern, was Literatur für eine einzelne Person bedeuten kann. Dazu wollte er quasi exemplarisch die Geschichte des Einäugigen im Gefängnis erzählen. Frau Hofmann bat Max, ihr eine E-Mail mit all seinen Überlegungen und Materialien zu schicken und dann sobald wie möglich in ihrer Sprechstunde zu erscheinen. Mit diesen Worten verabschiedete sie sich von ihrem Studenten und ging zu ihrem Basketballfreund. Max blieb alleine zurück. Er konnte kaum glauben, was er eben mit seiner Tutorin besprochen hatte. Fast kam es ihm vor, als habe jemand anderes an seiner Statt gesprochen.

Kurz vor zwei in der Nacht wurde die Feier von den Veranstaltern aufgelöst. Die Gäste machten sich entweder auf den Heimweg oder zogen weiter in Richtung der Clubs, die noch geöffnet waren. Wie immer wollte André noch lange nicht ins Bett gehen. Gut gelaunt forderte er Max auf, ihn und ein paar seiner Kommilitonen in einen Club zu begleiten. Doch Max lehnte dankend ab. Er hatte keine Lust auf Tanzen und außerdem war er zu betrunken. Er würde nachhause gehen. Während er zu seiner Wohnung torkelte, dachte er begeistert über sein Projekt nach. Daheim angekommen, würde er sich gleich an den Rechner setzen und arbeiten.

Der nächste Morgen brach an und Max wachte im Arbeitszimmer auf, mit dem Kopf auf dem Schreibtisch. Der Kopf pochte und sein Hals war steif. Max zog sich bis auf die Boxershorts aus, legte sich ins Bett und schlief weiter. Als er wieder erwachte, war es schon nach Mittag und er fühlte sich um Welten besser. Er schlurfte in sein Arbeitszimmer, schaltete seinen Laptop an und setzte gedanklich die Puzzleteile des Vorabends zusammen. Er hatte mit André gefeiert, Elizabeth getroffen, Frau Hofmann gesprochen.

Vor dem Fenster hatten sich graue Wolken gebildet, die der strahlenden Sonne des Vortages eine kleine Verschnaufpause gönnten. Max wühlte sich durch die Papierberge auf seinem wie immer unordentlichen Schreibtisch und kramte den Zettel mit dem Gedicht hervor. Zum hundertsten Male las er die Zeilen, dann öffnete er sein Emailpostfach und verfasste wie verabredet eine ausführliche Nachricht an seine Tutorin. Er erklärte sein Vorhaben und fügte verschiedene Quellen hinzu. Nachdem er den Text noch zweimal gelesen und für gut befunden hatte, streckte er seine steifen Glieder und drückte auf Senden.

Wie es an verkaterten Tagen seine Gewohnheit war, schlüpfte er anschließend in seine Sportsachen, um seinen Körper beim Joggen zu entgiften. Die Stöpsel seines MP3-Players im Ohr und den Hausschlüssel sicher im Socken verstaut verließ er seine Wohnung Richtung Hain.

LIEBER MAX

NACH EINER GUTEN STUNDE kehrte er schnaufend und verschwitzt in die Concordiastraße zurück. Er mobilisierte seine letzten Kräfte und nahm die achtundfünfzig knarrenden Stufen in Angriff, die ihn noch von seiner kleinen Wohnung trennten. Erleichtert erreichte er die Wohnungstür, zog den Schlüssel aus seiner Socke und betrat sein Zuhause. Als er die Tür hinter sich schloss, entdeckte er einen blauen Umschlag auf dem Boden. Er bückte sich, hob ihn auf, betrachtete ihn einen Moment lang argwöhnisch und öffnete ihn. Es befand sich ein Brief darin, der, wie Max überrascht feststellte, auf Spanisch geschrieben war. Seine Hände zitterten und er hatte Schwierigkeiten, das Papier ruhig genug zu halten, um es lesen zu können.

Lieber Max,

zuallererst möchte ich dich um Verzeihung bitten, dafür, dass ich hier so einfach auftauche. Es ist nicht meine Absicht, dein Leben noch schwieriger zu machen, aber ich muss dich warnen, denn du schwebst in großer Gefahr. Ich hoffe, dass du heute Abend kommen kannst, um mich anzuhören. Ich werde um neun Uhr auf dem Greifenklau-Keller sein und auf dich warten. Bitte komm allein. Ich werde dir alles erklären.

Ich hoffe, du kannst mir vergeben, es tut mir furchtbar leid. Es gibt für alles eine Erklärung.

Dein dich immer liebender Daniel.

Max las den Brief seines Vaters zweimal. Der junge Mann stand unter Schock. Sein größter Traum ging gerade in Erfüllung, doch sein schlimmster Albtraum hatte eben erst begonnen.

TEIL 2

DER VERFLUCHTE POET

DANIEL CORDAL

Atlantischer Ozean, April 1991

DANIEL CORDAL STAND auf dem Achterdeck des Schiffes und betrachtete lächelnd das Foto einer schönen Frau. Er erinnerte sich an ihre Abschiedsworte am Hamburger Hafen. *Komm bald zurück, Schatz, schließlich muss ich Dich diesmal für zwei vermissen.* Er rief sich das Bild der winkenden und immer kleiner werdenden Silhouette am Ufer ins Gedächtnis zurück. Den Abschied seiner Frau prägte er sich jedes Mal genau ein, wenn er für längere Zeit zur See fuhr. Wenn ihn dann auf hoher See das Heimweh ergriff, schwelgte er in diesen Erinnerungen. Und so dachte er auch jetzt an diese schöne, lächelnde Frau, die ein Kind, ihr gemeinsames Kind, erwartete.

Es war Mittagszeit und die Sonne stand hoch am Himmel. Eine raue Stimme drang aus der Schiffsküche und rief die Belegschaft zum Essen. Daniel verstaute das Foto in seiner Hosentasche, wischte sich mit dem Ärmel den Schweiß von der Stirn und gesellte sich mit einem Lächeln auf den Lippen zu seinen Kameraden. Sie fischten in den Gewässern bei Neufundland, östlich der nordamerikanischen Kontinentalplatte, und waren erst seit kurzem hier. Für Daniel blieben noch drei Monate, bis er nachhause zurückkehren durfte.

Daniel Cordal lernte Astrid Dresslen in dem Ort kennen, in dem er geboren und aufgewachsen war. Er stammte aus einem kleinen galicischen Fischerdörfchen an der Atlantikküste, das von Tourismus und Fischfang lebte. Astrid hatte den Ort eher zufällig entdeckt, als sie eines Sommers den Jakobsweg gelaufen war. Seitdem verbrachte sie nahezu jeden Sommer einen Teil ihres Urlaubs in dem beschaulichen Örtchen. Sie genoss die Ruhe des Dorfes mit seinen freundlichen Einwohnern und den schönen Stränden. Und so kam es, dass Astrid Dresslen sich nicht nur in das Fischerdorf, sondern auch in einen seiner Bewohner verliebte. Daniel war ein junger, braungebrannter Mann, der davon träumte, die Welt zu umsegeln. Astrid arbeitete als Lehrerin an einer Grundschule im Westen Hamburgs. Ihre Hobbys waren neben dem Reisen das Lesen und die Malerei. Die Wände ihrer kleinen Wohnung in Hamburg waren mit gemalten Bildern und Fotografien ihrer Reisen tapeziert, die Regale waren mit unzähligen Romanen vollgestopft. Daniel war die junge rothaarige Frau aufgefallen, die täglich stundenlang in ihre Lektüre vertieft am Strand lag. Und Astrid war sich den sehnsüchtigen Blicken des jungen Fischers durchaus bewusst, der wie durch Zufall immer dann schwimmen ging, wenn sie am Strand war, um zu lesen. Keiner der beiden konnte später genau sagen, wer den ersten Schritt machte, aber im Laufe eines Sommers lernten sie sich kennen und kamen sich nahe. Astrid hatte während ihrer Reisen ihr Schulspanisch aufpoliert, Daniel dagegen konnte zunächst kein Wort Deutsch, besuchte dann aber seiner Angebeteten zu Liebe einen Abendkurs. So vergingen drei Sommer, bis Daniel Astrid mit der Nachricht überraschte, er habe sich auf eine Stelle bei einem Hamburger Schifffahrtsunternehmen beworben. In einer Sommernacht im Jahre 1984 fuhr er mit Astrid in einem kleinen Boot aufs Meer hinaus und hielt dort um ihre Hand an. Die junge Hamburgerin willigte ein und die beiden heirateten noch im gleichen Sommer. Es war eine kleine und einfache Hochzeit, zu der nur die Familie und die engsten Freunde geladen waren, aber das verliebte Paar hätte sich den Tag nicht schöner vorstellen können. Im Herbst zogen sie in Hamburg zusammen und Daniel stürzte sich voller Eifer in die Herausforderungen der neuen Tätigkeit. Er verbrachte je fünf Monate auf See und dann vier in Hamburg. Während

Daniels Landgängen verbrachte das junge Ehepaar so viel Zeit miteinander wie möglich. Sie bereisten die Städte Europas und besuchten oft Daniels Familie in Galicien. Nach einiger Zeit zu zweit entwickelte sich der Kinderwunsch und Daniel sah sich nach einer Arbeit um, die es ihm ermöglichen würde, täglich bei seiner Familie zu sein. Eine Firma zeigte Interesse an dem erfahrenen Seemann und bot ihm eine Stelle in der Zentrale am Hamburger Hafen an, die er in wenigen Monaten antreten sollte. Auch der Wunsch nach Familie ging schnell in Erfüllung, denn Astrid wurde sofort schwanger. Das Paar konnte sein Glück kaum fassen. So stach Daniel zum letzten Mal für eine fünfmonatige Reise in See und er fand, dass er mit seinen fast dreißig Jahren genug Zeit mit der harten Arbeit auf hoher See verbracht hatte.

Die dampfend heiße Suppe drohte aus den Tellern der Seeleute zu schwappen. Auf dem Schiff wurde in drei Etappen gegessen. Zuerst durften die Mechaniker und Maschinenführer ihren Hunger stillen, dann die Fischer und zuletzt das Küchen- und Servicepersonal. Daniel saß wie immer mit seinem senegalesischen Kameraden zusammen, mit dem er auch die Koje teilte. Der Mann sprach den ganzen Tag über kaum ein Wort, doch Daniel schätze seine Gesellschaft. Er war ein zuverlässiger und erfahrener

Seemann und außerdem ein feiner Kerl. Davon war der Spanier überzeugt, auch wenn er sich eingestehen musste, dass er so gut wie nichts über seinen afrikanischen Kollegen wusste. Buba hätte dreißig Jahre alt sein können, aber genauso gut auch fünfzig Jahre. Er hatte nur einige wenige Male seine Familie erwähnt und dabei waren seine tiefschwarzen Augen jedes Mal ein wenig feucht geworden.

Es war Anfang April und die Männer waren bei strahlendem Sonnenschein aufgestanden, doch zur Mittagszeit waren dunkle Wolken aufgezogen und ein scharfer Wind blies über Deck. Sie lagen mehrere Kilometer von der Küste entfernt, als eine hohe Welle das Schiff traf und es bedrohlich zum Schwanken brachte. Teller und Gläser rutschten vom Tisch und gingen zu Bruch. Die Mannschaft verschwendete keine Zeit an den Scherbenhaufen und eilte hinaus, ein jeder auf seinen Posten. Daniel und Buba stiegen aufs Deck, um den Fang zu sichern. Noch auf der Treppe bemerkte er den dichten Nebel, der sein Sichtfeld so sehr einschränkte, dass er kaum die Hand vor Augen erkennen konnte. Torkelnd wie Betrunkene eilten sie zu dem riesigen Fischernetz. Doch schnell wurde ihnen klar, dass sie den Wellengang unterschätzt hatten. Vergebens versuchten sie, den Hebel umzulegen, der das Netz einholte. Daniel gelang es kaum, die Arme gegen den schneidenden Wind zu heben und er musste aus voller Kehle brüllen, damit sein Freund neben ihm ihn verstehen konnte. Der sonst so stille Buba redete oder besser schrie wie ein Wasserfall. Immer wieder fragte er seinen spanischen Kollegen, was sie tun sollten und ob es nicht besser wäre, sofort zu verschwinden. Der besonnene Senegalese war hysterisch und genau das jagte Daniel Angst ein. Er versuchte, das Geschrei des Kameraden auszublenden, um sich zu konzentrieren. Plötzlich rannte Buba davon und Daniel blieb zurück. Er musste es alleine schaffen. Mit voller Kraft hängte der junge Mann sich an den schweren Hebel, der sich keinen Millimeter bewegen wollte. Er schnaufte und versuchte es erneut, da schlug eine Welle aufs Deck und drohte, ihn umzureißen. Es gelang ihm, sich am Hebel festzuhalten und so kippte der widerspenstige Knüppel dank der Gewalt des Meeres endlich um. Der Fang war gesichert. Aber Daniel blieb keine Zeit für eine Verschnaufpause. Unsicher blickte er um sich, er hatte keine Ahnung, wo sich die Treppe befand, damit er sich ins Innere des Schiffes und somit in Sicherheit bringen konnte. Unschlüssig kämpfte er sich in die Richtung, von der er glaubte, gekommen zu sein. Er kam nur zwei Schritte vorwärts, da schlug eine weitere, gewaltige Welle auf dem Deck auf, packte ihn und warf ihn mit voller Wucht zu Boden. Verzweifelt versuchte er, sich an der Reling festzuklammern, doch da rollte schon die dritte Welle an. Sie erfasste den hilflosen Mann und warf ihn in den schwarzen Ozean.

In der Stille des tiefen Meeres öffnete Daniel seine Augen und erblickte ein riesiges schwimmendes Ungeheuer, das in umkreiste. Während sein Körper in die Tiefe sank, wechselten sich vor seinem geistigen Auge Bilder in rasender Geschwindigkeit ab. Daniel sah einen Zug, dann ein Taxi und auch eine schmale, gepflasterte Gasse in einer ihm fremden Stadt. Diese Gasse entlang lief ein schlaksiger, junger Kerl mit neugierigem Blick und einem Rucksack voller Bücher.

AN BORD DER SEVEN SEAS

AN BORD DER SEVEN SEAS war der Kaffee exquisit wie eh und je und eine frische Brise wehte Edward Railey durchs Haar. Wie schon unzählige Male zuvor hatte Edward sich auch diesmal für den Komfort des Luxuskreuzers entschieden, um von den USA nach Europa zu reisen. Vor wenigen Stunden hatte er sich von seiner Familie verabschiedet, um für seine Firma mit einem deutschen Unternehmen zu verhandeln. Seine Frau Susan hatte wie jedes Mal, wenn er zu einer längeren Geschäftsreise aufbrach, mit den Tränen gekämpft. Ferdinand und David, seine beiden Söhne, hatten ihn daran erinnert, dass er ihnen die leckere Schokolade aus Europa mitbringen sollte. Seine Tochter Elizabeth oder Prinzessin Ellie, wie er sie gerne nannte, war heute ein Jahr alt geworden.

Während Edward genüsslich seinen Kaffee schlürfte, bemerkte er, wie das Wetter umschlug. Große Wellen bildeten sich auf dem dunkelblauen Meer und schlugen gegen den gigantischen Schiffsbauch der Seven Seas. Ein Sturm zog auf. Der Kapitän forderte in einer Durchsage die Passagiere auf, das Deck aus Sicherheitsgründen umgehend zu verlassen. Das ließ Edward sich nicht zweimal sagen und suchte auf kürzestem Wege die Schiffsbar auf. Draußen donnerte es bereits unheilvoll, als er den eleganten Saal betrat. Er war ein großgewachsener Mann mit einer starken, jedoch nicht korpulenten Figur, der stets besonnen auftrat. Aufmerksam blickte er sich in der gut besuchten Bar um und wählte einen freien Hocker am marmornen Tresen. Neben ihm saß ein großer Mann, dessen lange dunkle Mähne ihm ins Gesicht fiel, während er eifrig in ein blaues Büchlein kritzelte und Edward keinerlei Beachtung schenkte. Der Amerikaner bestellte einen doppelten Whiskey, der ihm umgehend serviert wurde. Skeptisch prüfend hielt er ihn vor seine Augen.

»Der Kaffee und der Service hier sind ausgezeichnet, aber leider bekommt man nur halb leere Whiskeygläser«, seufzte er.

Als der andere das hörte, wendete er sich ihm mit einem gewinnenden Lächeln zu. Er betrachtete Edward einen Moment lang von oben bis unten. Dann sagte er etwas, das Edward nie vergessen sollte.

»Genaugenommen«, gab er in englischer Sprache mit markantem deutschen Akzent zu bedenken, »ist das Glas immer voll, sehen Sie?« Er legte seinen rechten Zeigefinger an Edwards Glas. »Bis hierhin ist das

Glas voll mit herrlichem Bourbon. Und der Rest des Glases ist voll mit Luft und die ist ja sogar noch wichtiger als Whiskey.«

Dann reichte er Edward die Hand. »Florian Wilhelm Treu«, fügte er mit einem Lächeln hinzu. Erfreut erwiderte Edward den Händedruck und stellte sich ebenfalls vor. Neugierig betrachtete er sein Gegenüber. Dieser Mann hatte irgendetwas Magisches, das ihn sofort in seinen Bann zog.

»Ach, Sie fragen sich sicher, was das ist«, mutmaßte der Deutsche und zeigte dabei mit dem Finger auf die rechte Seite seines Gesichts. »Keine Sorge, niemand will glotzen, aber alle tun es. Nur eine alte Kriegsverletzung«, erklärte er und nahm einen genüsslichen Schluck von seinem Drink.

Tatsächlich entdeckte Edward erst jetzt, dass der zottelige Pony des Deutschen eine lange Narbe verdeckte, dort, wo eigentlich das rechte Auge sein müsste.

Die zwei Männer fanden Gefallen an ihrer Gesellschaft und plauderten und tranken miteinander. Florian sprach fließend Englisch, nie musste er lange nach Formulierungen suchen, nur sein starker deutscher Akzent verriet, dass Englisch nicht seine Muttersprache war. Edward fiel der eigenartige Kleidungsstil des Mannes auf. Hose und Jackett des Deutschen waren aus beigefarbenen Leinen, darunter trug er ein weißes Hemd, dessen braune Holzknöpfe bis zum Kragen hinauf geschlossen waren. Die Kleidung war alles andere als neu und eher angemessen für eine Neuverfilmung der drei Musketiere oder gar einen Karnevalsball.

»Mein Aufzug scheint dich zu verwundern«, nahm Florian schmunzelnd zur Kenntnis. »Aber sag mal, was führt so einen schicken Herrn alleine auf ein Kreuzfahrtschiff? Du hast doch sicher Familie«, mutmaßte er. »Ja, ich bin verheiratet und habe drei Kinder«, antwortete Edward. »Die Jungs sind sechs und vier und meine Kleine ist heute ein Jahr alt geworden«, fügte Edward mit der für ihn typischen Genauigkeit hinzu. »Ich bin im internationalen Vertrieb tätig und auf dem Weg nach Hamburg, um dort einen Handel mit deinen Landsmännern abzuschließen. Und ja, dein Auftreten ist auffällig, aber ich mag es. Wenn ich raten müsste, würde ich sagen du bist ein brotloser Künstler, der sich im Morgengrauen auf das Schiff geschlichen und eine der Bedienungen verführt hat, die ihn nun die Reise über versorgt.« Florian lachte schallend und nickte zustimmend. »Also so treffend hat mich noch niemand analysiert, aber in einer Sache irrst du dich. Guck mal da durch das Fenster, siehst du die Köchin?« Er deutete in Richtung der kleinen Küche der Bar. »Essen ist wichtiger als Trinken, mein Freund. Auch wenn du das vielleicht etwas anders siehst. Deswegen wirst du auch die Whiskeys bezahlen, die hier vor uns stehen. Du hast vollkommen recht, ich bin Schriftsteller, habe aber bis jetzt kaum etwas veröffentlicht und lebe von der Hand in den Mund.« Wieder zeigte Florian dieses gewinnende Lächeln und Edward lachte und hob kapitulierend die Hände. »Einverstanden. Es ist übrigens Jahre her, dass ich nur zum Vergnügen ein Buch gelesen habe. Aber die Unterhaltung mit dir fühlt sich ein bisschen an wie ein Abenteuerroman.« Die beiden Männer saßen den ganzen Abend zusammen an der Bar, plauderten und tranken Bourbon. Edward war offensichtlich älter als sein neuer Freund, doch es schien, als habe dieser schon mehrere Leben gelebt. Florian schrieb so ziemlich alles, was ihm in den Sinn kam. Eine Zeit lang hatte er für eine Lokalzeitung seines Heimatortes Bamberg geschrieben, doch war er ständig pleite. Er reiste, so viel er konnte und schrieb die Erfahrungen, die er unterwegs sammelte, in kleinen Notizbüchern nieder, die er immer bei sich trug. Edward waren diese Notizbüchlein aufgefallen und im Laufe der Unterhaltung mit dem Deutschen wagte er, ihn darauf anzusprechen, um seine Neugierde zu befriedigen.

»Was hat es mit all diesen Heftchen auf sich, die du bei dir hast? Und warum sind die blau?«

»Jedes Buch steht für eine andere literarische Gattung.« Florian hob den Rucksack auf seinen Schoß, um eine Hand voll Notizbücher herauszuziehen. »Sieh her, das hier zum Beispiel ist für Kurzgeschichten. Die schreibe ich, wie sie mir in den Sinn kommen. In diesem hier notiere ich Ideen für einen Roman, den ich schreiben möchte. Er soll auf meinem eigenen Leben basieren. Und in dem ...«, Florian hielt mitten im Satz inne, um in seinem Rucksack zu wühlen und zog ein Buch heraus, das kleiner war als die anderen und außerdem war der Einband in einem helleren Blau. »... hier drin sind meine Gedichte. Es sind größtenteils Sonette.«

»Was ist ein Sonett?«, fragte Edward interessiert. Überrascht zog Florian die buschigen Brauen in die Höhe. Er konnte sich nur schwer vorstellen, dass jemand nicht wusste, was ein Sonett ist.

»Nun ja, es gibt verschiedene Arten von Sonetten, aber im Allgemeinen ist es ein Gedicht, das über vierzehn Verse und ein Reimschema verfügt«, erklärte der Literaturbegeisterte so einfach er konnte. »Okay und warum immer diese hässliche Farbe?«, erkundigte sich Edward weiter. Florian schmunzelte, erklärte sich dann aber ausführlich. »Nun, schon Victor Hugo sagte *L'art c'est l'azur* und Rubén Darío, ein hervorragender Poet aus Nicaragua, beschreibt Blau als die Farbe des Traumes und der Kunst, sowie die Farbe der alten Griechen und Homers, die Farbe des Ozeans und des Firmaments. Und ich persönlich empfinde Blau einfach als beruhigend.«

»Ich muss zugeben, dass ich wohl eher ein Kunstbanause bin. Ich habe auch wenig Zeit, mich damit zu beschäftigen. Arbeit und Familie halten mich auf Trab«, gab Edward zu Bedenken. »Was genau ist denn für dich Kunst?«, bohrte Florian nach. »Puh ... keine Ahnung. Das, was in all den Museen hängt, würde ich sagen. Ich habe den Eindruck, es gibt mehr Künstler, als die Welt wirklich braucht.«

Florian verzog das Gesicht, als habe sein neuer Freund ihm körperlichen Schmerz zugefügt. Seufzend rieb er sich die Schläfen und nahm einen besonders großen Schluck aus seinem Glas. Vom exzellenten Bourbon gestärkt wandte er sich erneut dem Geschäftsmann zu. »Weißt du, mein Freund, wenn diese Welt perfekt wäre, dann gäbe es gar keine Kunst und dementsprechend auch keine Künstler, um diese unheilvolle Welt zu korrigieren.«

Auf einmal wurden die beiden von umher eilendem Personal und lauten Rufen, die von Deck zu kommen schienen, abgelenkt. Unter den Bargästen entstand ein nervöses Murmeln. Florian und Edward beschlossen kurzer Hand, die Treppen Richtung Deck hinaufzusteigen, um sich selbst ein Bild der Lage zu machen. Oben angekommen entdeckten sie vier Mitglieder der Crew, die lauthals »Mann über

Bord« schrien, während sie mit schnellen, gekonnten Griffen ein Rettungsboot ins Wasser abließen. Die beiden Männer, die auch aufgrund des Bourbons von der Geschwindigkeit der Ereignisse ein wenig überfordert waren, reckten ihre Köpfe, um die Rettungsaktion zu beobachten. Der Sturm hatte sich gelegt, aber die Nachtluft war frisch und der Himmel immer noch Wolken verhangen, denn kein einziger Stern war zu sehen und nur die Scheinwerfer in Händen der Crew erhellten die Dunkelheit. Den Männern der Besatzung gelang es, den Körper aus dem Wasser in das Rettungsboot und dann hinauf auf das Schiff zu befördern. Ein Arzt stand schon bereit, um den Verunglückten in Empfang zu nehmen. Er beugte sich über den reglosen Körper und leitete die lebensrettenden Maßnahmen ein. Dann war zu sehen, wie der Mediziner seinen Patienten auf die Seite rollte und wie dieser keuchend Wasser erbrach. Er öffnete die Augen und blickte verwirrt um sich. Keiner der Anwesenden aus der Crew kannte den Mann, der auch auf die Fragen des Arztes nur mit hilflosem Kopfschütteln reagierte. Florian, der sich selbstbewusst noch zwei Schritte näherte, entdeckte am Oberarm des Verunglückten das Logo einer deutschen Firma, das die Jacke zierte. Er beugte sich zu dem Mann am Boden und sprach in ruhigem Ton auf Deutsch zu ihm.

»Keine Sorge, Sie sind in Sicherheit«, redete Florian dem Mann gut zu und legte ihm dabei die Hand auf den Arm. Die Geste und die Worte trösteten den armen Schiffbrüchigen und er nickte dankbar. »Wo bin ich?«, fragte er vorsichtig. »Sie sind am Leben, um mehr sollten Sie sich erst einmal keine Gedanken machen. Wie heißen Sie? Sind Sie alleine gereist?«, erkundigte sich Florian. »Ich ... ich weiß nicht«, stammelte der Mann. »Da war ein Ungeheuer und so ein Junge mit Büchern ...« – »Keine Sorge, Sie sind in Sicherheit«, wiederholte Florian geduldig. Fantasierte der arme Mann? »Der Arzt wird sich gut um Sie kümmern. Ich heiße Florian Wilhelm Treu. Und Sie? Wie heißen Sie?«

»Da ... Da ... Daniel. Daniel Cordal.«

»Schön, Sie kennenzulernen, Herr Cordal«, gab Florian mit einem Lächeln zurück.

FREMDE AN BORD

DANIEL VERBRACHTE die Nacht auf der Krankenstation des Kreuzfahrtschiffes. Das medizinische Personal vor Ort hatte noch ein paar Untersuchungen durchgeführt und war zu dem Ergebnis gekommen, dass es Daniel an nichts fehlte, außer ein wenig Erholung. Der Seemann berichtete von dem Schiffsunglück, und die Krankenschwester erklärte ihm, man habe seine Firma über seine Rettung benachrichtigt und in Erfahrung gebracht, dass seine Kollegen wohlauf waren. Daniel fiel ein Stein vom Herzen. Er beschloss, zunächst nicht seine Frau anzurufen, da er die Hochschwangere nicht unnötig aufregen wollte. Florian und Edward blieben bis tief in die Nacht bei ihm. Der Deutsche dolmetschte zwischen dem Seemann und dem medizinischen Personal, während der Amerikaner es sich diskret auf einem Stuhl am Fußende des Bettes bequem gemacht hatte und aufmerksam zuhörte. Nachdem der Arzt und die Schwester sich verabschiedet hatten, unterhielten die drei Männer sich noch eine ganze Weile über dies und jenes. Nach einer guten Stunde wünschten Florian und Edward Daniel eine erholsame Nacht und gingen zu Bett. Sie hatten sich für den kommenden Morgen zum Frühstück verabredet. Edward hatte sich großzügiger Weise bereit erklärt, die anfallenden Kosten des Schiffbrüchigen zu tragen, bis das Schiff in Deutschland anlegen würde.

Nach einer viel zu kurzen Nacht trafen sich die drei Männer wie vereinbart zum gemeinsamen Frühstück im Restaurant. Edward blickte ziemlich mürrisch drein und Florian wirkte etwas blass um die Nase. Überraschenderweise war es der schiffbrüchige Seemann, der einen frischen und ausgeschlafenen Eindruck hinterließ. Der Speisesaal war weit größer als die Bar, aber im selben etwas pompösen Stil gehalten. Ein Kellner wies der Dreiergruppe einen Tisch zu. Das Frühstücksbüfett war mehr als reichhaltig, und Daniel belud hungrig seinen Teller, während die zwei Morgenmuffel sich zunächst dem Kaffee widmeten, um in Gang zu kommen. So saßen sie eine Weile beieinander und genossen den ruhigen Start in den Tag, bis Florian plötzlich ohne ein Wort zu sagen aufsprang und durch eine Tür verschwand, die mit einem »Zutritt nur für Personal«-Schild gekennzeichnet war.

Edward lachte und erzählte dem verdutzten Daniel von Florians Liaison mit der Köchin. Dieser stimmte in das Lachen ein. Froh darüber, dass es ihnen trotz der Sprachbarriere gelang, ein wenig zu kommunizieren, frühstückten sie in Ruhe weiter. Dabei entging dem Amerikaner nicht, wie sich drei Männer an einen Tisch nah bei dem ihren niederließen. Die neuen Gäste blickten immer wieder in ihre Richtung. Irgendetwas an den Dreien war Edward nicht geheuer und so wies er auch seinen Tischnachbarn darauf hin. Daniel warf einen kurzen Blick zu den Männern, zuckte dann unbeeindruckt mit den Achseln und widmete sich wieder seinem reichhaltigen Frühstück. Edward betrachtete die Männer diskret, die sich nur Kaffee bestellten und den Spanier und den Amerikaner unverschämt anstarrten. Mittig am Tisch saß ein großgewachsener Glatzkopf. Er war wohl jenseits der sechzig und komplett in schwarz gekleidet. Zu seiner Linken saß ein weit jüngerer Mann, der in Anzug und Krawatte einen sehr geschäftsmäßigen Eindruck machte. Auf der anderen Seite saß ein kleiner, dicker Typ, der stark schwitzte, obwohl er nur ein Feinrippunterhemd trug. Ein ungepflegter Schnauzbart und unreine Haut vervollständigten das Bild eines Menschen, der wenig auf sein Äußeres achtete.

Die drei Männer machten keinerlei Anstalten, ihre neugierigen Blicke zu verstecken und nun wurde auch Daniel misstrauisch. Plötzlich stand der jüngste der drei auf, rückte sein Jackett zurecht und ging auf Daniel und Edward zu.

»Guten Morgen, die Herren«, grüßte er höflich. Er sprach Englisch, doch Daniel schloss aufgrund seines starken Akzentes darauf, dass er Deutscher sein musste. »Guten Morgen«, erwiderte Edward knapp. Daniel blieb stumm.

»Ich werde mich kurz halten«, fuhr der Deutsche fort. »Wir haben mitbekommen, dass Sie einen neuen Freund gefunden haben und ich komme auf Sie zu, um Ihnen einen wertvollen Rat zu geben. Halten Sie sich von dem Einäugigen fern und Sie werden keine Probleme bekommen.« Ohne auf eine Reaktion zu warten, machte er kehrt und schloss zu seinen Kollegen auf, die bereits an der Tür auf ihn warteten. Gemeinsam verließen sie den Frühstückssaal. Die beiden Zurückgebliebenen schauten sich verdutzt an. Plötzlich begann Daniel, ob der skurrilen Szene, die sich soeben abgespielt hatte, zu lachen. Mit seinem gebrochenen Englisch äffte er den Herren im Anzug nach. Edward jedoch schien so gar nicht zum Lachen zumute. Er ließ seinen Blick suchend durch den Frühstückssaal wandern. Er entdeckte Florian, der auf seine zwei neuen Freunde zukam. »Meine Lieben, es war mir wirklich eine Freude, eure Bekanntschaft zu machen, aber leider muss ich mich nun verabschieden, um mich wieder meinen Aufgaben zu widmen«, erklärte dieser mit einem Lächeln. Er dankte Edward für dessen Großzügigkeit und wünschte Daniel eine sichere Heimreise und Glück für die junge Familie. Hastig klopfte er den beiden Männern, die gar nicht zu Wort kamen, zum Abschied auf die Schultern und eilte davon. Wieder blieben der Seemann und der Geschäftsmann sprachlos an ihrem Tisch zurück. Doch diesmal war auch Daniel nicht zum Lachen zumute. Etwas umständlich aufgrund der Sprachbarriere diskutierten sie das eben Geschehene und kamen zu dem Schluss, dass es das Beste sei, Florian aufzusuchen und zur Rede zu stellen. Zunächst versuchten sie ihr Glück an der Bar, wo sich Florian und Edward am Vorabend kennengelernt hatten. Doch von ihrem Freund als auch von den drei Fremden war nichts zu sehen. Die Seven Seas zählte zu den größeren Kreuzern und den Männern war bewusst, dass sie womöglich das Schiff bis zur Ankunft in Europa auf den Kopf stellen könnten, ohne Florian aufzuspüren. Doch ihre Neugierde ob der Geschehnisse trieb sie voran. Sie wollten unbedingt herausfinden, was es genau mit diesem mittellosen Schriftsteller und blinden Passagier auf sich hatte, den sie in so kurzer Zeit ins Herz geschlossen hatten. Florian hatte Daniel am Vorabend viel Halt gegeben, deshalb verspürte der verunglückte Seemann Dankbarkeit, und Edward fühlte sich vom ersten Moment an von dem Deutschen in den Bann gezogen. Also fassten sie den Plan das Schiff getrennt zu durchzusuchen und sich in zwei Stunden wieder zu treffen.

Edward suchte zuallererst seine eigene schicke Außenkabine auf. Womöglich hatte der Halunke sich dort eingeschlichen, um ein paar wertvolle Sachen zusammenzusuchen, die ihm seine weitere Reise vereinfachen würden. Jedoch fand der Amerikaner seine Kabine leer und so penibel aufgeräumt vor, wie er sie verlassen hatte. Als nächstes versuchte er sein Glück in dem großen Kasino, das die Seven Seas beherbergte. Eine gute halbe Stunde durchforstete Edward die große, verwinkelte Spielhalle und ließ keinen einzigen Automaten oder Pokertisch aus, doch auch hier verlief seine Suche erfolglos. Daraufhin beschloss er, sich an den langen Tresen des Barbereichs im Kasino zu setzen. Er bestellte sich ein Bier und ließ seinen Blick langsam durch die Räumlichkeiten wandern. Noch immer hatte er nicht die leiseste Ahnung, wo der Schriftsteller mit dem fehlenden Auge stecken konnte, doch zumindest fühlte sich Edward in der Atmosphäre der Bar etwas entspannter, was auch am Bier liegen mochte. Nachdem er ausgetrunken hatte, entschied er, sich wieder mit seinem neuen spanischen Bekannten zu treffen. Daniels Suche war ebenfalls erfolglos verlaufen. Der Seemann hatte sich in den Fitness- und Schwimmanlagen umgesehen. Dabei hatte er immer wieder an seine Frau zuhause denken müssen. Er wollte sie anrufen. Doch er fand nicht die Zeit oder vielmehr die Ruhe dazu.

Die beiden Männer zogen noch eine gute Weile durch die Flure des Kreuzers, doch ihr Unternehmen schien hoffnungslos und so kehrten sie in die Bar zurück, um sich eine Pause zu genehmigen. Die Bar war wenig besucht. Nach dem Unwetter der letzten Nacht herrschte heute strahlender Sonnenschein. Die Bewohner des schwimmenden Dorfes genossen die warme Sonne an Deck und die Kinder schleckten ihr Eis in der Waffel. Edward bestellte sich wie gewohnt einen doppelten Whiskey und Daniel nur ein Glas Wasser. Der Blick des Amerikaners wanderte aufmerksam von dem Kellner, der ihn bediente, zu dem kleinen Fenster zur Küche. Unwillkürlich musste der Geschäftsmann schmunzeln. Wahrscheinlich hatte Florian die Küche nie verlassen, schließlich saß er dort direkt an der Quelle und bekam alles, was er zum Leben brauchte. Daniel, der Edwards Blick folgte, verstand auf Anhieb, was sein Freund dachte und beugte sich über den Tresen, um nach der Köchin zu rufen. Edward hielt den Spanier mit einer knappen Geste ab. »Lass das lieber, wir wollen doch kein Aufsehen erregen.« Er winkte den Kellner herbei. »Entschuldigen Sie, darf ich Ihnen eine Frage stellen? Wer ist der Herr, der sich in der Küche aufhält?«, erkundigte er sich höflich. Der Kellner blickte in Richtung der Durchreiche für die Teller und murmelte einen kaum verständlichen Fluch. Daraufhin räusperte er sich und sah wieder seinen Gast an.

»Nun es scheint, als habe unsere Köchin Margarete einen neuen Freund«, erklärte er. »Sie ist eine sehr lebensfrohe Person«, fügte er vielsagend hinzu. »Ich verstehe. Nun, ich würde diesen Herren gerne sprechen, aber ich will ihn jetzt nicht stören. Vielleicht können Sie mir sagen, wo ich seine Kabine finde?«, fragte Edward. Der Kellner lachte. »Nun, zu meinem Pech kann ich Ihnen das wirklich sagen. Margarete teilt ihre Kabine mit dem Herrn. Unsere Kabinen liegen direkt nebeneinander und die Wände sind sehr dünn, wenn Sie verstehen ...« Edward und auch Daniel, der nur die Hälfte verstanden hatte, lachten mit dem redseligen Kellner. »Und wie ist die Zimmernummer von Margarete?«, fragte Edward unverblümt. Der Herr hinterm Tresen zog überrascht die Brauen in die Höhe. »Also ich fürchte, dass ich Ihnen diese Information nicht geben kann«, erwiderte er und griff nach einem Glas, um es zu polieren. Edward nickte verständnisvoll. »Aber vielleicht würden Sie Benjamin Franklin diese Information geben«, schlug er mit seinem gewinnenden Verkäuferlächeln vor und schob einen Hundert Dollar Schein über den Tresen. Der Kellner nickte knapp und ließ den Schein in seiner Westentasche verschwinden. »Kabine Nummer 128, im unteren Stockwerk, gleich neben den Aufzügen.« Mit diesen Worten verschwand er in der Küche und ließ die beiden Männer allein zurück. Daniel strahlte vor Begeisterung.

»Es ist nie verkehrt, eine Hand voll dieser grünen Schlüssel bei sich zu haben«, erklärte Edward schmunzelnd.

Sie wollten den Abend abwarten, um Florian aufzusuchen, und so verweilten sie ein wenig in der Bar. Es gelang ihnen überraschend gut, sich zu verständigen. Daniel bemühte sein eingerostetes Schulenglisch und notfalls kommunizierten sie mit Händen und Füßen. Außerdem brachte der Seemann Edward ein paar Worte Spanisch und Deutsch bei und so verging die Zeit wie im Flug. Später am Abend bat Daniel Edward, ihn kurz zu entschuldigen. Der werdende Vater vermisste seine Frau und beschloss kurzerhand, sie sofort anzurufen. Er wollte ihre Stimme hören und von all den verrückten Sachen erzählen, die ihm zugestoßen waren. Und natürlich wollte er sich nach dem Baby erkundigen. Die Gedanken bei Frau und Kind schlenderte er durch die Flure des Kreuzers, in der Hoffnung, ein Telefon zu finden. Er pfiff die Melodie eines Liedes, das er und Astrid besonders mochten, nahm die nächsten Treppen, die nach oben führten, durchquerte einen weiteren Korridor und gelangte über eine weitere Treppe zwei Stockwerke tiefer zu einem Telefon. Der Apparat stand auf einem kleinen Tisch in einer Nische, die ein wenig Diskretion gewährte. Neben dem Telefon fand Daniel einen Notizblock und einen Füller. Er hob ab und wählte die Nummer aus dem Kopf. Das Meer war nach dem sonnigen Nachmittag wieder unruhig geworden und die Seven Seas schaukelte auf den Wellen. Daniel hatte Schwierigkeiten, das Gleichgewicht zu halten. In der Telefonleitung ertönte das Freizeichen, und der Seemann wartete ungeduldig darauf, dass seine Frau endlich abhob. Doch auch nach einer Minute nahm niemand den Anruf entgegen. Dass Astrid nicht zuhause sein könnte, hatte Daniel völlig außer Acht gelassen. Frustriert legte er auf, um es gleich nochmal zu probieren, erneut erfolglos. Enttäuscht kehrte er zu seinem amerikanischen Freund in die Bar zurück. Dieser saß unverändert am Tresen, hielt ein frisches Glas Bourbon mit Eis kühlend an seine Wange und blickte nachdenklich ins Leere. Als Daniel sich zu ihm gesellte, blickte er auf. »Also los, lass uns Florian aufsuchen, ich will jetzt endlich wissen, was der Kerl im Schilde führt«, forderte Edward ihn voller Tatendrang auf. Der Spanier nickte zustimmend und folgte seinem Freund.

Die Unterkunft der Köchin war nicht weit von der Bar entfernt und die beiden Freunde fanden die Kabine schnell. Zufrieden stellten die Männer fest, dass Krach aus dem Inneren der Kabine drang. Sie lauschten einen Moment, dann klopfte Edward entschieden dreimal an die Tür. Niemand reagierte. Edward versuchte es mit lautem Rufen. Derweilen tobte draußen das Meer voller Wut und brachte die Seven Seas zum Schwanken, so dass die beiden Männer sich am Türrahmen festhalten mussten, um nicht den Boden unter den Füßen zu verlieren. Aus dem Schlafraum kam noch immer keine Antwort. Daniel, der es leid war, keine Antwort zubekommen, nahm einen Schritt Anlauf und warf sich zu Edwards Bewunderung mit voller Kraft gegen die Tür. Er war ein Seemann, stark und hart im Nehmen. Die Tür hielt nicht stand, tatsächlich war sie gar nicht verschlossen gewesen, und so rauschte der kräftige Spanier krachend in den Raum, sein amerikanischer Freund gleich hinter ihm. Sie kamen vor einem ungemachten Bett zum Stehen, auf dem die Köchin lag. Ihre Augen waren voller Entsetzen geweitet und sie schrie laut auf, während sie versuchte, ihren spärlich bekleideten Körper mit Bettlaken zu bedecken. Am Fußende des Bettes stand ein Fernseher, der laut aufgedreht war. Bevor einer der drei aus der Verblüffung entkam, tauchte Florian aus dem kleinen Bad der Kabine auf. Er trug Lederhosen und sein Oberkörper war nackt.

Beim Anblick der Szene vor ihm brach er in schallendes Gelächter aus. »Na so eine Überraschung, was bringt euch denn hier her?«, fragte er lachend, als wäre nichts gewesen. Margarete, die am Kopfende des Bettes kauerte, sagte kein Wort und blickte die

Männer finster an. »Wir müssen dich sprechen«, erwiderte Edward ernst. »Ach, aber das hat doch sicher bis Morgen Zeit. Ihr kommt furchtbar ungelegen«, gab Florian zurück. Doch Edward warf Florian einen eindringlichen Blick zu, den der Deutsche sehr wohl verstand. Edward kam nicht nur finanziell für Florian auf, er verfügte auch über ausreichend unangenehme Informationen über den Schriftsteller und sogar seine Geliebte. Florian nickte resignierend, wand sich an Margarete, die noch immer stumm auf dem Bett saß, tauschte ein paar Worte mit ihr und gab ihr einen Kuss. Die Köchin sammelte flink ihre Kleidung zusammen und verließ dann freundlicherweise den Raum.

»Also, was gibt es zu besprechen?«, eröffnete Florian das Gespräch, während er drei Bier aus dem kleinen Kühlschrank zog. »Wer waren diese Männer?«, fragte Edward ohne Umschweife.

»Oh bitte, sagt nicht, dass ihr mich wegen dieser drei Volltrottel gesucht habt. Über die braucht ihr euch keinerlei Gedanken zu machen«, winkte der Deutsche ab.

»Und warum folgen sie dir?«, hakte Daniel nach.

»Nun, wie soll ich sagen. Sie sind Anhänger eines meiner Werke, nur leider sind sie etwas überkritisch.« Die Diskussion der drei Männer wurde jäh unterbrochen, als Florians Freundin wieder zur Kabine hereinstürmte, dicht gefolgt von den drei mysteriösen Männern. Einer verschloss die Tür hinter sich, während ein Anderer begann, das kleine Zimmer zu durchwühlen und dabei mit wüsten Beleidigungen und Flüchen um sich warf, die Edward und Daniel nicht verstehen konnten. Die Köchin wurde wieder aus dem Zimmer geschickt und die drei Männer verteilten sich im Raum. Alles ging schnell und keiner der drei Freunde wusste, wie er reagieren sollte. Daniel und Edward hatten sich aus ihren Stühlen erhoben, Florian saß noch immer auf der Bettkante, nur in der kurzen Hose und mit einer Flasche Bier in der Hand. Plötzlich zog der größte und vermutlich älteste der Fremden eine Pistole und richtete sie auf Florian. Gleichzeitig zog sein kleiner dicker Kamerad eine Waffe, mit der er auf Edward zielte. Der dritte und jüngste im Bunde schien unbewaffnet. Er positionierte sich mit verschränkten Armen vor der Tür. Angewidert und voller Wut blickte Edward zu dem schwitzenden Mann, der ihn mit der Waffe mit Schalldämpfer bedrohte. Der Amerikaner sah zu Florian, dessen Blick verschlossen blieb und zu Daniel, dessen Augen nervös umherirrten.

»Gut gemacht«, brach der ältere, in schwarz gekleidete Mann das Schweigen »Deinetwegen müssen wir nun nicht nur Dich zur Hölle schicken, sondern diese beiden armen Teufel mit dazu.«

In Florian, so schien es Edward, stieg die Panik hoch. Daniel sah zum Fenster hinaus und beobachtete das Meer. Draußen tobte ein wütender Sturm. Der kleine Raum wackelte von links nach rechts, als hänge er an einem übergroßen Pendel.

»Bringen wir das zu Ende«, sprach der Mann in Schwarz und legte zum Schuss bereit die zweite Hand an die Waffe. Dann ging alles ganz schnell. Ein heftiger Ruck erschütterte das Schiff. Zwei Schüsse fielen. Ein Teil des Mobiliars wurde in die Höhe gerissen und krachte wieder zu Boden. Der Mann in Schwarz lag auf dem Bett und Daniel obenauf. Edward hatte dem verschwitzten Dicken einen Schlag mit der Faust versetzt und Florian den Mann umgerissen, der die Tür versperrte. Die drei Freunde stürmten aus der Kabine und den Flur hinunter. Einzig der Jüngere der drei Männer reagierte und rannte mit einer Waffe in der Hand den Fliehenden hinterher. Edward versicherte sich, dass keiner von ihnen verletzt war und lenkte sie in einen belebteren Teil des Schiffes. So schnell ihre Füße sie über die schwankenden Korridore trugen, rannten sie im Zickzack durch die Etage. Ihr Verfolger verschoss sein ganzes Magazin, ohne einen von ihnen zu erwischen und schien die Jagd aufzugeben. Sie stolperten weiter, bis sie den großen Festsaal erreichten, wo trotz des Sturms ein Ball stattfand. Im Saal herrschte ein ziemliches Durcheinander und die drei mischten sich unter die Leute. Die Musik hatte aufgehört und Künstler, Servicepersonal wie auch Gäste hielten Tische und andere Objekte im Raum fest. Doch das Meer gönnte der Seven Seas eine Verschnaufpause. Die Musiker begannen wieder zu spielen und die Veranstaltung konnte weitergehen. Schon eilte ein aufmerksamer Kellner zu Daniel, Edward und Florian an den Tisch, um den neuen Gästen einen Begrüßungssekt zu servieren. Edward lieh dem halbnackten Florian sein Jackett. Nachdem sich der Puls der Männer normalisiert hatte, blickten Edward und Daniel Florian wütend an.

»Ich denke, du schuldest uns eine Erklärung«, sagte der Amerikaner streng.

»Tja, traue niemals einer Köchin, hä?«, versuchte Florian zu scherzen, doch den anderen war nicht zum Lachen zumute. Dann ergriff der Spanier das Wort:

»Ich habe soeben einen Typen überwältigt, um dir das Leben zu retten und ich habe den Eindruck, dass du etwas ziemlich Übles zu verbergen hast.« Florian und Edward starrten Daniel an, dessen Augen vor Wut leuchteten. »Ich habe eine schwangere Frau zuhause, die auf mich wartet, und wenn du mir nicht sofort sagst, was los ist, dann bringe ich dich eigenhändig um.« Florian hielt den Kopf einen Moment lang gesenkt. Dann blickte er auf und sah einem nach den anderen ins Gesicht. Edward, der seinen Blick stumm erwiderte, schien es, als habe Florian zum ersten Mal seine Rolle abgelegt und stand nun als er selbst vor ihnen.

»Du bist nicht auf Reisen, sondern auf der Flucht. Was zur Hölle hast du angestellt?«, fragte er ihn. Florian antwortete nicht sofort, seine Finger spielten nervös an dem kleinen Rucksack mit den Büchern herum, den er immer bei sich trug. Er schluckte.

»Es tut mir wirklich leid. Ich wollte euch nicht in Schwierigkeiten bringen. Ich würde euch meine Geschichte auch nicht erzählen, wenn Ihr jetzt nicht längst in derselben Gefahr wärt wie ich.« Er blickte die beiden mit seinem einen, verbliebenen Auge eindringlich an. Er hatte die wilde Mähne, die sonst sein halbes Gesicht verdeckte, hinter die Ohren gestrichen, und die große Narbe kam deutlich zum Vorschein. »Das, was ich euch nun erzählen werde, ... also, es wird euch schwerfallen, es zu glauben.«

»Nun rück endlich raus mit der Sprache! Schluss mit dem blabla!«, fuhr Daniel ihn an. Endlich begann Florian, seine Geschichte zu erzählen.

»Okay. Ich fasse mich kurz. Alles, was ich euch bisher von mir erzählt habe, entspricht der Wahrheit. Ich schreibe. Und ich habe auch schon ein paar Sachen veröffentlicht. Das Problem ist, ...«, Florian zögerte, fuhr dann aber fort: »Das Problem ist, dass ich unter so einer Art Fluch leide.«

»Freundchen, sag mal, willst du uns jetzt auch noch für blöd verkaufen? Pass mal gut auf, wir sind keine naive Küchenhilfe, die du mit deinen Geschichten beeindrucken kannst!« Daniel stand kurz vorm Platzen. »Also los jetzt! Was hast du angestellt? Schuldest du diesen Typen Geld? Bist du ein Mörder?«

Diese Frage traf Florian. Niedergeschlagen fuhr er fort.

»Nein, ich bin kein Mörder. Ich bin ein Schriftsteller, der keinen Penny hat und ein armes Schwein.«

»Und was ist das für ein Fluch?«, fragte Edward ruhig.

»Was ich schreibe ..., was ich schreibe, wird zur Wirklichkeit. Aber nicht sofort und auch nicht alles, sondern nur die schlimmen Sachen, das Unglück. Es gab eine Zeit, da lebte ich noch in Bamberg, meiner Geburtsstadt, und schrieb eine ganze Reihe Kurzgeschichten und Gedichte. Diese drei Typen von vorhin, sie kommen aus dieser Region und mit dem jüngsten von ihnen bin ich zur Schule gegangen, allerdings waren wir nie wirklich befreundet. Ich hatte damals keine Ahnung, was passieren würde, ich schrieb einfach den lieben langen Tag. Ein paar Geschichten wurden von einem kleinen lokalen Verleger veröffentlicht, einige trug ich meinen Freunden vor, andere habe ich niemals auch nur einer Person gezeigt. Eines Tages schrieb ich eine Geschichte, in der ich ein Auge verlor.« Florian hielt kurz inne, Daniel und Edward blickten sich unschlüssig an. Dann fuhr der Deutsche fort. »Wenige Wochen später hatte ich einen Unfall mit dem Roller und ratet mal, was geschah.« Daniel deutete mit dem Finger auf seine Narbe.

»Also gut, du hast eine Geschichte geschrieben, in der du ein Auge verlierst und kurz darauf verlierst du dein Auge tatsächlich bei einem Verkehrsunfall. Das kann auch einfach Zufall gewesen sein, meinst du nicht?«, gab Daniel zu Bedenken.

»Ja, das dachte ich zunächst auch. Aber zur selben Zeit schrieb ich auch einen Roman, der von einem Verbrechen in Bamberg handelte.«

»Einem Verbrechen? Ich glaube, ich weiß, worauf du hinauswillst. Und an diesem Verbrechen sind drei Männer beteiligt?«

»Genau«

»Wie jetzt?« Daniel verstand nur Bahnhof. »Du hast über ein fiktives Verbrechen geschrieben, das dann wirklich geschehen ist? Und was haben diese drei Typen damit zu tun? Was sind das für Romane, die du schreibst?«

»Es ist alles nicht so einfach zu erklären. Aber so in etwa, ja ...«

Edward und Daniel begannen zu begreifen.

»Nur so aus Neugier, wie heißt dieses Buch?«, fragte Edward.

»Die Stadt der Vergessenen«, erwiderte der Einäugige.

Daniel begann zu grübeln. Bamberg. Er hatte noch nie von dieser Stadt gehört. Er sog tief Luft ein und blickte hinauf zu der mit Fresken verzierten Decke des Festsaals. Er dachte an seine Frau und sein ungeborenes Kind. Der spanische Seemann ahnte nicht, dass noch sechsundzwanzig Jahre vergehen sollten, bis er seinen Sohn zum ersten Mal zu Gesicht bekommen würde.

DIE STADT DER VERGESSENEN

DIE MUSIKER SPIELTEN das letzte Lied für den Abend. Drei Männer saßen schweigend am Tisch, ein jeder in seine Gedanken versunken. Als der Saal sich langsam leerte, beschlossen sie, einen Ort aufzusuchen, wo sie vermutlich in Sicherheit wären und wo der Einäugige in Ruhe seine Geschichte um den verfluchten Roman weitererzählen konnte. Edward meinte, dass sie am besten geschützt wären, solang sie unter Menschen blieben. Es waren nur noch zwei Tage bis zur Ankunft im Hafen von Hamburg. Nach der turbulenten Witterung zeigte sich Poseidon etwas wohlwollender und das Schiff glitt ruhig über das Meer. Sie einigten sich auf das Kasino. Schließlich war dieses rund um die Uhr geöffnet, denn das Laster der Spielsucht kannte weder Tag noch Nacht.

Die Nacht war längst hereingebrochen, doch im Inneren der Spielbank war von der Finsternis, die auf dem Ozean herrschte, nichts zu erahnen. Sie nahmen an einem Roulettetisch Platz und Edward erstand eine handvoll Chips, sodass sie kleine Wetteinsätze machen konnten, während sie sich unterhielten. Edward und Daniel wollten die ganze Geschichte des Schriftstellers hören, doch Florian hatte keine Eile, das heikle Thema wiederaufzunehmen. Er blickte sich interessiert im Raum um, lächelte und tat, als wäre nie etwas gewesen. Getränke wurden serviert. An ihrem Roulettetisch war außer ihnen nur der Croupier, der ausreichend Abstand hielt, sodass seine Gäste sich ungestört fühlten. Daniel forderte Florian auf, endlich zu erzählen, wovon genau dieses verfluchte Buch handelte, das allem Anschein nach der Grund war, weshalb sie jetzt in Gefahr schwebten. Edward blieb ruhig und nippte an seinem amerikanischen Whiskey. Im Kasino herrschte in dieser Nacht ein reges Treiben und niemand schenkte den Männern am Roulettetisch große Beachtung. Florian rückte ein Stück näher an den Tisch, setzte einen Chip auf Rot und steckte mit seinen Freunden die Köpfe zusammen.

»Ihr müsst wissen, dass Bamberg ein Ort ist, an dem nicht viel Aufregendes passiert. Als ich zur Schule ging, war das Schreiben die einzige Möglichkeit für mich, meiner Fantasie ihren Lauf zu lassen. Ich verfasste Kurzgeschichten und Gedichte, die ich meinen Klassenkameraden und manchmal sogar meinen Lehrern zeigte. Alle liebten meine Geschichten und bettelten darum, eine Figur in einer meiner

Erzählungen zu werden. Und der blonde Typ, der jüngste von den Dreien, dieser selbstgefällige Mistkerl war damals mein Sitznachbar. Er heißt Frank Schmidt und die anderen zwei sind seine Onkel. Der Glatzkopf heißt Marius und der Fettwanst ist Julius.« Beim letzten Namen verzog Edward angewidert das Gesicht.

»Frank war ein Ekel, der mich immer aufzog und ärgerte. Seine Onkel sind stadtbekannt. Sie besitzen einen Antiquitätenladen und machen allerlei krumme Geschäfte mit Büchern und anderen alten Sachen. Nun war es so, dass diese Drei fest davon überzeugt waren, in Bamberg Bücher zu finden, die eine ganze Reihe wilde Geheimnisse bergen. Sie interessierten sich für Alchemie, alte Geschichte und auch Religionen. Ich hörte von Treffen in ihrem Laden in den frühen Morgenstunden mit einer Reihe dubioser Typen, die über die wildesten Theorien redeten. Einmal erzählte mir Frank, sie hätten ein Experiment gemacht, dass sie alle reich machen würde. Ich habe diesem Idioten kein Wort geglaubt, aber die Geschichten packten mich, und so begann ich eines Tages, darüber zu schreiben.«

Florian machte eine kurze Pause und trank einen Schluck. Edward hörte zu, ohne mit der Wimper zu zucken. Daniel war ebenso aufmerksam und lauschte voller Spannung. Der Deutsche fuhr fort.

»In der ganzen Stadt erzählte man sich Geschichten über diese geheimen Treffen im Antiquitätenladen, und in den Straßen kursierten die wildesten Gerüchte: Sie würden Katzen töten, um aus deren Blut einen Trank herzustellen, der vor allen Krankheiten bewahre. Es sei ihnen einmal gelungen, einen Stein in pures Gold zu verwandeln. In ihrer Büchersammlung befänden sich Werke, die Tausende Jahre alt und ein riesiges Vermögen wert seien. Es wurde von den kuriosesten Funden und Schätzen berichtet. Das habe ich natürlich alles nicht geglaubt. Ich hörte auch von einer Art Geheimbund von Schriftstellern, deren Werke stets vor der Öffentlichkeit ferngehalten wurden, und dass diese Schriftstücke Kodierungsschlüssel enthielten, mit denen man irgendwelche Mysterien der Geschichte lösen könne, und dass sie Informationen über Päpste, Eroberer oder andere historische Persönlichkeiten enthielten.« Florian kommentierte diesen Teil der Geschichte mit einer abfälligen Geste. Daniel und Edward hingen an den Lippen des Deutschen. Dieser beugte sich noch ein wenig weiter zu seinen Zuhörern vor und fuhr im Flüsterton fort:

»Als mein erster Roman fertig war, hatte ich meine Schulzeit bereits beendet und somit auch Frank nur noch selten zu Gesicht bekommen. Das Werk hatte kaum mehr als fünfzig Seiten, war also nicht mal ein wirklicher Roman, eher eine Kurzgeschichte. Die

Handlung basierte auf den Geschichten, die man in den Bamberger Brauereien hörte, und ich hatte natürlich alles noch ein wenig auf die Spitze getrieben und ausgeschmückt, um meine Story möglichst interessant zu machen. Für die Protagonisten verwendete ich die Namen von realen Personen, ich hatte ja keine Ahnung, was geschehen würde. Ich schrieb also so eine Art Gangstergeschichte. Ich wusste, dass dieser, sagen wir Geheimclub, mit vielen Antiquitäten- und Buchhändlern aufgrund seines fragwürdigen Geschäftsgebarens zerstritten war. Es ging um unlauteren Wettbewerb und andere Gaunereien von Seiten der Familie Schmidt und ihren Anhängern. Ich nahm dies also als Grundlage für die Handlung des Romans. Die Geschichte begann damit, dass Frank und sein Onkel Julius in einen Mordfall verwickelt wurden. Ein Polizist ist ihnen auf der Spur und so beschließen sie, ihn zu beseitigen. Sie rammen das Auto des Polizisten und dieser kommt ums Leben. Nachdem ich das letzte Kapitel verfasst hatte, verstaute ich all meine Notizen in meinem Schreibtisch, zusammen mit vielen anderen Geschichten, die noch nicht für die Öffentlichkeit bestimmt waren.« Florian machte eine Pause, doch Daniel drängte ungeduldig.

»Und dann? Was ist dann passiert?«, fragte er aufgeregt. »Kurz darauf geschah der Unfall, bei dem ich mein Auge verlor«, erwiderte Florian.

»Aber was geschah mit dem Roman?«, fragte Edward, der ebenso gespannt war wie Daniel, sich aber um seine gewohnt ruhige Haltung bemühte. Außerdem glaubte er, die Antwort schon zu kennen.

»Nach dem Unfall lag ich eine ganze Weile im Krankenhaus und bekam viel Besuch, unter anderem auch von Frank Schmidt. Er wusste von dem Gedicht, in dem ich mein Auge verloren hatte und zeigte großes Interesse an der Geschichte über seine Familie. Ich sagte ihm, dass ich sie nie zu Ende geschrieben hätte und versuchte ihn loszuwerden. Jetzt kommen wir zu dem heiklen Teil der Geschichte. Wenige Wochen darauf las ich in der Zeitung von einem Verkehrsunglück. Ein Polizist und sein Sohn waren exakt an der Stelle und in der Art und Weise angefahren worden, wie ich es in meinem Roman geschrieben hatte.« Daniel konnte nicht fassen, was er soeben hörte, doch Florian fuhr unbeirrt fort.

»Der Polizist starb und sein Sohn landete schwer verletzt im Krankenhaus. Der Fahrer des anderen Wagens wurde nie gefunden und der Artikel enthielt keinerlei Angaben zu den beteiligten Personen, nicht mal die Namen der Opfer.«

»Und dann? Wie haben die Typen herausgefunden, dass du es warst, der ... Naja, also, du weißt schon«, fragte Daniel nach.

»Eines Tages, als ich nachhause kam, fand ich meine Wohnung völlig verwüstet vor, als seien Einbrecher am Werk gewesen. Meine Aufzeichnungen zu *Die Stadt der Vergessenen* waren verschwunden. Noch am selben Tag haute ich ab aus Bamberg. Mir war klar, dass ich in Schwierigkeiten steckte, aber ich schwöre euch, bis gestern hatte ich keine Ahnung, dass mir diese drei Spinner auf den Fersen waren.«

»Und nun wollen sie dich umbringen und uns beide gleich mit dazu?«, fragte Edward so ruhig, als ginge es um das Leben eines vollkommen Fremden, das bedroht wurde.

»Diese Typen sind sehr einflussreich. Frank kümmert sich mittlerweile um den Antiquitätenladen, Marius ist in die Politik gegangen und arbeitet in einem bayerischen Regierungsministerium und Julius ..., tja, dieser Drecksack sorgt dafür, dass das Imperium dieser Familie immer weiter wächst. Angeblich sind sie in halb Europa vertreten. Sollte jemals jemand Wind davon bekommen, was damals wirklich geschah, wäre die ganze Familie mitsamt ihren Geschäften ruiniert. Ich bin die einzige Person, die sie zu Fall bringen könnte. Zumindest glauben sie das. Ich selbst halte es für unwahrscheinlich, dass irgendwer meiner Geschichte Glauben schenken würde, schließlich habe ich den Roman ja nicht mal mehr.« Florian schloss seine Geschichte mit einem resignierenden Seufzen ab.

»Warum versuchst du nicht, mit ihnen zu reden? Erklär ihnen, dass dir diese verrückte Geschichte eh niemand abnehmen würde und dass sie dich einfach in Ruhe lassen sollen«, schlug Daniel vor. Der Seemann wollte einfach nur in Ruhe und Frieden zu seiner Familie zurückkehren.

»Diese Typen gehören nicht zu der Sorte Menschen, die sich mit halben Sachen begnügen. Der Tod dieses Polizisten ist der einzige ungelöste Kriminalfall Bambergs der letzten Jahre und es gibt eine Menge Menschen, die nur zu gerne sehen würden, dass die Familie Schmidt stürzt. Ihr habt die Typen doch selbst erlebt.« Mit seiner Rechten vollführte Florian eine Geste, als erschieße er seine beiden Zuhörer mit einer Pistole. Die Drei schwiegen.

Die Seven Seas glitt durch das weite Meer, das im Mondschein schimmerte. Der Luxuskreuzer und die glänzende Decke des Ozeans, hingebungsvoll und behutsam wie zwei Liebende, die sich heimlich treffen in einer Nacht, auf die kein Morgen folgen sollte. Die Meeresoberfläche genoss die Streicheleinheiten des Schiffskiels und die Wellen, deren Rauschen einer Melodie glich, tänzelten um den Schiffsbauch und trugen den Kreuzer weiter, seinem Ziel entgegen.

Irgendwann in diesen Tagen umschrieb ein mittelloser Schriftsteller die Seven Seas als Zeus' Meisterwerk in Form eines riesigen weißen Stiers, auf dessen

Rücken er zu seiner Angebeteten Europa gelangen würde.

Im Inneren des Schiffs saßen drei Männer, denen noch nicht klar war, dass sich ihre Schicksale vereinen würden. Keiner von ihnen hatte dies gewollt. Die Literatur und die Geschichte hatten sich gegen sie gestellt und nun mussten sie kämpfen. Wehrlos und alleine würden sie sich einer Entscheidung stellen, die ihre Leben unabwendbar verändern würde. Für immer.

DANIELS ENTSCHEIDUNG

DANIEL RIEB SICH mit zwei Fingern die Stirn. Er konnte an nichts anderes als an seine Frau und sein Kind denken. Mit jeder Sekunde näherte sich der Augenblick des Wiedersehens. Er ließ seine Hand auf den Tisch sinken und sah Florian an oder vielmehr die lange Narbe in Florians Gesicht. Er konnte es noch immer nicht fassen. Sein Blick glitt zu Edward, der das Glas Whiskey an seine Lippen setzte, ohne wirklich davon zu trinken. Seine Augen waren verengt und die Stirn lag in Falten, als versuche er, im Kopf eine komplizierte Gleichung zu lösen. Sie waren erschöpft, doch das Adrenalin wirkte stärker als die Müdigkeit, und Daniel wusste, dass sie so schnell wie möglich eine Lösung finden mussten. Nein, er würde nicht nachhause fahren können, bevor sie eine Lösung gefunden hatten.

Nicht weit entfernt, in einer der Außenkabinen des Schiffes, hielt ein anderes, zwielichtiges Trio ein nicht weniger zwielichtiges Treffen ab. Der bereits in die Jahre gekommene, großgewachsene Herr stand kerzengerade und richtete das Wort an die beiden anderen, die in den Sesseln vor ihm saßen. Der eine war klein und dick, der andere jung und vornehm. Der Vornehme murmelte ungeduldig etwas vor sich hin und der Dicke hielt eine Pistole in der Rechten, während er sich mit dem linken Ärmel die Schweißperlen von der Stirn wischte. Die Nacht war kühl, aber der jüngere von Frank Schmidts Onkeln transpirierte, als säße er in der Sauna. Es war Zeit für sie, einen Plan zu schmieden.

»Ihr Hornochsen habt sie davonkommen lassen! Wer weiß, wo dieser Möchtegern-Poet und seine zwei kleinen Freunde sich verkrochen haben. Wenn ihr das nicht verbockt hättet, lägen die drei jetzt auf dem Meeresgrund!«, zischte Julius Schmidt seine beiden Verwandten an und machte aus seiner Verachtung keinen Hehl. Er zog einen Ordner voller Dokumente aus einer schwarzen Ledertasche. »Nun, ganze Arbeit, Männer. Nach diesem Debakel reicht es nicht mehr, nur den Hippie loszuwerden. Mittlerweile sind die anderen zwei sicherlich auch über unsere Angelegenheiten ins Bild gesetzt worden«, schloss er und sah seinen Bruder Marius mit eisigen Augen an, der sein weißes Hemd komplett nassgeschwitzt hatte. Frank dagegen machte einen entspannten Eindruck, als wäre er nur ein Tourist, der die Schiffsreise genoss. Der Dicke hievte sich aus dem Sessel und ergriff das Wort.

»Keine Sorge, Brüderchen, wir haben noch zwei Tage bis Hamburg und die drei sitzen hier in der Falle. Ruhen wir uns also ein wenig aus und morgen beseitigen wir dann das Problem.«

»Sei kein Idiot«, erwiderte Frank. »Es sind nun zwei mehr.« Der Neffe sprach ruhig und blickte in die Dunkelheit vor dem Fenster. »Wir werden mit aller Vorsicht an die Sache herangehen müssen, sonst geht der Schuss wieder nach hinten los.«

»Frank hat Recht«, stimmte Julius ihm zu. »Es wird schwieriger, aber ich denke, ich habe da eine Idee. Wir sollten bei dem ursprünglichen Plan bleiben. Für die zwei findet sich eine andere Lösung. Einer der beiden ist, wie ich herausgefunden habe, sehr reich. Und der Andere ist schlichtweg zu dumm«, erklärte er und lachte diabolisch.

Die ersten Sonnenstrahlen blitzten am Horizont, als Daniel seine Augen öffnete. Er war eingeschlafen und lag auf einer gut gepolsterten roten Couch in einer der Sofaecken des Kasinos, wo noch immer reger Betrieb herrschte. Edward und Florian saßen in zwei Sesseln neben ihm. Noch eineinhalb Tage und er würde zuhause sein. Astrid, in deren Bauch sein Kind heranwuchs, würde ihn mit strahlenden Augen empfangen. Er rieb sich die müden Augen, setzte sich auf und starrte stumm ins Leere. Edward verließ ohne ein

Wort die Sofaecke und kam mit Kaffee und etwas zu Essen für alle zurück. Florian griff mit einem dankbaren Lächeln nach einer Kaffeetasse und Daniel tat es ihm gleich. Die drei frühstückten im Stillen, während die ersten, langen Sonnenstrahlen durch das Fenster auf das rote Sofa fielen. Es versprach, ein herrlicher Tag zu werden, und das Deck der Seven Seas füllte sich bereits mit Gästen.

Seit Stunden hielten sie sich im Kasino auf und so schlug Edward vor, gemeinsam auf sein Zimmer zu gehen, wo sie sich frisch machen könnten. Stets auf der Hut schlichen sie aus dem Kasino, über ein paar Flure und Treppen hin zu Edwards Kabine. Dort angekommen bewaffneten sie sich mit Edwards Golfschlägern. Zuerst ging der Amerikaner unter die Dusche und die anderen Zwei positionierten sich wachsam im Flur des kleinen Appartements, anschließend wurde rotiert. Nach einer guten halben Stunde saßen die Freunde, von der kalten Dusche erholt zusammen, und Florian unterhielt die kleine Gruppe mit lustigen Anekdoten. Es ging auf Mittag zu, das Trio hatte es sich auf dem kleinen Balkon der Außenkabine bequem gemacht und lauschte dem rhythmischen Rauschen der Wellen. Plötzlich ergriff Florian das Wort. »Also gut, das Schiff ist riesengroß und hier sind so viele Leute, vielleicht finden sie uns ja nicht, und jeder von uns kann unbemerkt nach Hause zurückkehren.« Daniel sah hoffnungsvoll auf. Der Gedanke gefiel ihm. Edward jedoch hielt seinen Blick stumm auf die Wellen gerichtet. »In diesem Fall möchte ich mich bei euch beiden herzlich für eure Gesellschaft bedanken und wünsche euch alles Glück der Welt für eure weiteren Leben«, fügte Florian hinzu und erntete ein Lächeln von seinem spanischen Freund. Die Miene des amerikanischen Geschäftsmannes blieb hingegen unverändert. Dann ergriff auch er das Wort. »Das klingt hervorragend. Ich möchte nichts lieber, als zu meiner Familie zurückzukehren. Allerdings fürchte ich, dass der Ärger gerade erst begonnen hat.«

Genau in diesem Moment drang ein klapperndes Geräusch von außen an ihre Ohren. Die drei Männer sprangen alarmiert auf von den Stühlen und griffen nach ihren Golfschlägern. Jemand machte sich an der Eingangstür zu schaffen. Der Türknauf drehte sich langsam. Die Freunde standen mit den erhobenen Waffen in der Kabine und machten sich darauf gefasst, den ersten, der zur Tür hereintrat, niederzuschlagen. Edward malte sich aus, dass es der Dicke wäre. Die Tür öffnete sich nach innen und ein gellender Schrei drang durch das kleine Appartement und den Flur. Das Zimmermädchen legte die Hand auf seine Brust, als erleide es gleich einen Herzanfall. Sie rief und heulte etwas in einer fremden Sprache und stürmte Hals über Kopf davon. Drei mit Golfschlägern bewaffnete Männer sahen sich verdutzt an und waren unschlüssig, ob sie lachen sollten oder nicht. Edward hängte das Hinweisschild an den Türknauf, auf dem *Bitte nicht stören* stand. Anschließend kehrten sie zurück ins Appartement.

Dort wurden sie von drei anderen Männern erwartet, die wie am Vortag ihre Pistolen auf sie gerichtet hielten. »Hinsetzen!«, befahl der Glatzkopf knapp. Florian und Daniel verweilten in Schockstarre, sie hatten sich noch nicht einmal ausreichend von dem Schrecken erholt, den ihnen das Zimmermädchen eingejagt hatte. Edward dämmerte, dass es sich bei der Dame um ein Ablenkungsmanöver gehandelt hatte. Er verfluchte sich, weil er den Trick nicht durchschaut hatte. Der schwarz gekleidete Mann ergriff erneut das Wort. Seine tiefliegenden, halb geschlossenen Augen, das mit Furchen durchzogene Gesicht und die Waffe, die ruhig in seiner Hand lag, ergaben ein furchteinflößendes Bild.

»Ich denke, jedem hier im Raum ist der Grund für dieses Treffen klar, deswegen will ich gar nicht lange herumreden. Verehrter Herr Treu, endlich treffen wir aufeinander. Sie können sich sicher vorstellen, dass es nicht einfach war, einen Versager, der sich Poet schimpft, ausfindig zu machen.«

»Die Freude ist ganz meinerseits«, erwiderte dieser gepresst. »Allerdings, wenn Sie gestatten, bevorzuge ich die Bezeichnung verfluchter Poet. Versager sind in meinen Augen Muttersöhnchen, die sich nie im Leben etwas selbst erarbeiten mussten, weil sie mit einem verdammten goldenen Löffel im Mund geboren wurden«, fügte Florian mit einem verächtlichen Blick in Franks Richtung hinzu, der aber tat, als fühle er sich nicht im Geringsten angesprochen.

»Wie du willst, du *verfluchter* Clown. Folgendermaßen wird es hier nun ablaufen. Ich sage es nur einmal, also passt lieber gut auf. Du wirst den Rest der Reise in unserer Gesellschaft verbringen und wir verlassen in Hamburg gemeinsam das Schiff und fahren auf direktem Wege nach Bamberg. Der verehrte Herr Railey bleibt einfach an Bord und darf gesund und munter zu seiner Familie zurückkehren, vorausgesetzt, er hält sich an alle Vereinbarungen.« Edward sagte kein Wort und starrte weiterhin angewidert den Dicken an, der seine Waffe auf ihn gerichtet hielt. »Und nun zu unserem Seemann hier ...«, fuhr Julius Schmidt fort. »Du kannst tun und lassen, was immer du willst. Aber du darfst nie wieder auch nur einen Fuß nach Deutschland setzen.« Als Daniel dies hörte, konnte er sich nur mit all seiner Willenskraft davon abhalten, sich auf den Mann zu werfen. Dieser jedoch sprach weiter. »Wenn mir zu Ohren kommt, dass ihr Euch in irgendeiner Art nicht an diese Vereinbarung haltet, sterbt ihr. Eure Frauen werden sterben und eure Kinder werden sterben, sogar jene eurer Kinder, die noch nicht einmal geboren sind.«

Nachdem Julius seinen Vortrag beendet hatte, schnappte Frank Florians Rucksack mit den Büchlein, packte den verfluchten Poeten am Arm und bugsierte ihn Richtung Flur. Der dicke, schwitzende Typ überreichte Edward Papiere, auf denen verschiedene Bankverbindungen notiert waren. Währenddessen trat der Alte ganz nah an Daniel heran und sprach mit leiser, drohender Stimme auf ihn ein. »Ich sag es dir noch einmal, solltest du nur darüber nachdenken, nachhause zu gehen, wird dein Kind niemals das Tageslicht erblicken. Die traurige Nachricht vom Schiffsbruch ist längst in Deutschland angekommen, also sei kein Idiot und stell dich weiter tot. Zwinge mich nicht, dich umzubringen, verstanden?«

Daniels Herz raste wie verrückt, es pochte hinter seinen Schläfen, in seiner Kehle und in seinen Augen. Er konnte nur noch verschwommen sehen. Julius Schmidt hielt den Lauf seiner Pistole weiter auf den zitternden Spanier gerichtet. Plötzlich verlor dieser den Kopf vor rasender Wut und verpasste seinem Peiniger eine harte Kopfnuss, wobei er genau die Nase des großen Mannes traf. Dieser stöhnte kurz auf, taumelte etwas zurück, fiel aber nicht zu Boden. Daniel und Edward starrten den Glatzkopf verblüfft an, der daraufhin hässlich grinste, wobei er seine kleinen, spitzen Zähne zeigte. Dann verließen die drei Angreifer mit Florian in der Mitte das Appartement. Dieser warf noch einen letzten Blick über die Schulter. Aus seinem verbliebenen Auge flossen Tränen der Wut und Verzweiflung.

»Daniel Cordal, es tut mir so unsagbar leid.«

Daniel war außer Stande sich zu beruhigen. Er und Edward waren noch immer in der Kabine des Amerikaners, der seinem Freund einen Tee zubereitete. Er schob Daniel die Tasse mit dem dampfenden Getränk zu, sah ihn voller Mitgefühl an und schenkte sich dann selbst den Rest seiner Flasche Bourbon in ein Glas.

In Daniel tobte es und die Worte brachen nur so aus ihm heraus.

»Diese Typen sind doch total durchgeknallt! Ich werde doch nicht einfach klein beigeben und meine Familie verlassen! Was denkt dieser Spinner? Ich werde in Hamburg auf direktem Wege zur Polizei gehen und ihnen alles erzählen! Diese Wahnsinnigen rennen hier mit Feuerwaffen herum, die gehören alle festgenommen!«

Der Seemann glühte und tobte noch immer vor Zorn. Edward fürchtete, dass sein spanischer Freund jeden Moment die Nerven verlieren würde.

»Ich will mit dir jetzt sicher nicht über das Geld reden, dass ich verlieren werde. Aber wir hängen da gemeinsam drin. Mach dir keine Sorgen, du bist nicht allein.«

»Danke, das ist nett. Wir gehen in Hamburg gemeinsam von Bord und zur Polizei. Einem Mann wie dir wird man zuhören. Gott, Allmächtiger, meine Frau glaubt, ich sei tot!« Fassungslos legte er seine Hände an den Kopf und legte diesen dann in den Nacken. Er starrte zur Decke, um sich ein wenig zu beruhigen.

»Nochmal: Wir hängen da gemeinsam drin und du bist nicht allein. Aber ich halte es für keine gute Idee, dass du sofort nachhause zurückkehrst.«

»Was redest du da? Drehst du jetzt auch noch durch?«

»Daniel, bitte beruhige dich. Wir werden gemeinsam kämpfen.«

»Gemeinsam kämpfen?! Dafür ist die Polizei da!« Die Stimme des verzweifelten Spaniers überschlug sich.

Edward wartete einen Moment, bevor er im ruhigen Ton antwortete.

»Das stimmt zwar, aber ich fürchte, dass uns die Polizei in diesem Fall nicht helfen kann.«

»Was redest du für einen Unsinn? Warum warst du die ganze Zeit so still? Edward, ernsthaft, was zur Hölle läuft hier ab?«

»Daniel, bitte, beruhige dich. Ich will es dir erklären. Wir werden das schaffen, aber wir müssen clever sein. Und stark. Ich will, dass du jetzt ein Krieger bist!«

»Ein Krieger? Ich sage dir, was für ein Krieger ich bin. Ein Krieger des Nichts! Und nun erkläre mir endlich, was es mit deinem mysteriösen Gehabe auf sich hat. Ich weiß, dass die Geschichte hier sehr teuer für dich werden kann. Aber den höchsten Preis bezahle ich.«

»Daniel, es tut mir aufrichtig leid. Ich wollte es dir genau in dem Moment erzählen, als das Zimmermädchen hereinplatzte.« Edward machte eine kurze Pause, stellte sein mittlerweile leeres Glas ab und atmete tief durch. Dann fuhr er fort:

»Gestern, während ihr beide geschlafen habt, bin ich an Florians Rucksack gegangen. Etwas an diesem verfluchten Roman ergab für mich einfach keinen Sinn. Pass auf, Florian meinte doch, es sei eigentlich kein richtiger Roman, weil er so kurz sei. Ich fürchte, dass er nicht ganz ehrlich zu uns war.« Während der Amerikaner redete, schaute er seinem Freund unentwegt in die geröteten Augen. »Ich habe alles, was sich im Rucksack befand durchgesehen und ein Notizbuch gefunden, das allem Anschein nach die Fortsetzung von *Die Stadt der Vergessenen* ist. Es ist wohl so eine Art zweiter Teil, es war alles handschriftlich und durcheinander. Es waren einzelne Kapitel ohne Reihenfolge.«

Daniel starrte seinen Freund an. Seine weit aufgerissenen Augen bettelten um Erklärung.

»Daniel, in diesen Aufzeichnungen stand etwas über einen spanischen Seemann, der Schiffsbruch erleidet und über einen Jungen, der das träumt. Und dieser Junge reist von Hamburg nach Bamberg.«

»Auf welchem Weg kommt der Junge nach Bamberg? Sieht er aus wie ein Student?«, unterbrach Daniel ihn, der nicht fassen konnte, was er soeben erfuhr.

»Ja, ich habe nur ein paar Zeilen lesen können, aber ja, es geht um die Ankunft eines jungen Studenten in Bamberg.« Daniel vergrub das Gesicht in seinen großen Händen. Er schluchzte und eine Träne rollte über seine Nase und tropfte auf den Tisch.

»Edward ...«, stammelte er verzweifelt, atmete tief ein und ließ die Luft langsam aus dem Mund strömen. Dies wiederholte er einige Male, bis er sich ausreichend beruhigt hatte, um zu sprechen. »Edward, sag es mir, wie heißt dieser Junge?« Der Amerikaner blickte den mit den Tränen kämpfenden Mann vor sich voller Mitgefühl an und erwiderte: »Max Dresslen«.

Der Spanier brach heulend in sich zusammen. Edward legte ihm zum Trost eine Hand auf die Schulter und sagte nichts. Die beiden verweilten etwa eine Minute in dieser Haltung und dieser Moment knüpfte ein Band der Freundschaft zwischen dem spanischen

Seemann und dem amerikanischen Geschäftsmann, das nie reißen sollte. Daniel wischte sich die Tränen aus dem Gesicht und blickte Edward in die Augen.

»Es wird alles gut werden, Edward. Wir suchen einen Weg. Ich habe nicht vor, meine Familie im Stich zu lassen. Ich werde sie beschützen, koste es, was es wolle. Notfalls bezahle ich mit meinem Leben.«

Edward Railey nickte und schenkte seinem Freund ein zuversichtliches Lächeln. Die beiden dachten auch an ihren Freund Florian und beteten zu Gott, dass ihm nichts zustoßen werde. Edward wollte daran glauben, dass sich mit der Zeit alles regeln würde. Er trat auf den Balkon seines Luxusappartements und dachte an seine Familie. Wenige Minuten später kehrte er zu Daniel in die Kabine zurück, der nun gefasster wirkte. Edward klopfte ihm aufmunternd auf die Schulter. Er wagte es nicht, seinem vom Schicksal so hart getroffenen Freund mehr von dem zu erzählen, was er in den Notizbüchern gelesen hatte. Daniel murmelte unentwegt den Namen seines ungeborenen Sohns. Max Dresslen. Er hatte die Wahl zwischen Wut und Geduld und letztendlich entschloss er sich für Geduld.

EIN LANG ERSEHNTES WIEDERSEHEN

Bamberg, April 2017

MAX VERSTAUTE den Brief in seiner Jackentasche. Sein Vater war am Leben! Am liebsten wollte er ihn sofort sehen, anstatt bis zum nächsten Tag warten zu müssen. Doch er sah ein, dass ihm nichts anderes übrig blieb, als sich ein wenig zu gedulden. Er setzte sich auf die Kante seines Bettes und grübelte. In Gedanken ging er die Erlebnisse der letzten Wochen durch. Er dachte an seine Mutter und daran, dass er sie anrufen sollte, entschied dann aber, vorerst zu warten. Schnell schweiften seine Gedanken zu Elizabeth und ihren schönen grünen Augen und sofort lief ihm ein Schauer über den Rücken. Seine Laune stieg, da er jetzt wohl allen Gefahren zum Trotz mehr über den mysteriösen Tod von Elizabeth' Vater erfahren würde und der hübschen Frau somit helfen könnte. Immer noch tief in seine Gedanken versunken entledigte er sich seiner Kleidung und legte sich ins Bett. Wider Erwarten fiel er schon nach wenigen Minuten in einen tiefen Schlaf. Zum ersten Mal in seinem Leben schlief Max traumlos.

Es war mittags, als der Student aus seinem Bett kroch. Das Treffen mit seinem Vater sollte erst um neun Uhr stattfinden, somit galt es, noch mehrere Stunden totzuschlagen. Er frühstückte, duschte und räumte sorgfältig seine Wohnung auf. Anschließend ging er aus dem Haus. Der Frühling in Bamberg trug eine ganz besondere Farbe. Man konnte den Eindruck gewinnen, Regengott und Sonnengott hätten eine Übereinkunft, sich in ihrer Arbeit regelmäßig abzuwechseln. Der Eine richte dem Anderen aus, er nehme sich ein paar Tage frei und möge ihn doch einfach anrufen, sobald er benötigt werde. An diesem Tag war der Sonnengott im Dienst und die Bewohner der Stadt erfreuten sich an dem schönen Wetter. Strahlende Gesichter spazierten durch die Innenstadt, überwanden die schimmernde Regnitz auf einer der vielen Brücken oder kamen in den Tiefen des Hains zusammen.

Ohne ein konkretes Ziel schlängelte Max durch das rege Treiben auf dem Markt und beobachtete die Menschen seiner neuen Heimat. Er genoss den fröhlichen Trubel. Unvorstellbar, dass er erst vor wenigen Tagen an genau diesem Ort nur knapp einem Mordanschlag entkommen war. Seine Füße trugen ihn weiter über die Kettenbrücke und kurz darauf stand er vor der Brauerei Fässla. Er zögerte. In dem Brief stand, er solle alleine kommen. Doch eine Kraft, die stärker war als seine Zweifel, zog ihn ins Innere der Gaststätte. Er blickte sich suchend im Gastraum um, doch er konnte Elizabeth nicht entdecken. Eben wollte er sich bei der Dame hinter dem Tresen nach der Kollegin erkundigen, da erblickte er die Amerikanerin an einem der hinteren Tische. Sie saß mit ihrem Freund zusammen und aß. Max fragte sich, ob das Grün ihrer Augen nicht ein wenig an Leuchtkraft verloren hatte. Sie lächelte ihren Freund an, aber auf den sensiblen Hamburger wirkte ihre Miene wie eine schlechte Tarnung ihrer Trauer. Ihm war nicht wohl bei der Vorstellung, das Paar zu stören, also machte er auf dem Absatz kehrt und verließ den Gastraum. Mit hängendem Kopf schlurfte Max zur Straße hinaus, die Augen auf das alte Kopfsteinpflaster am Boden gerichtet, als er plötzlich seinen Namen hörte. Sein Herz tat einen kleinen Hüpfer und ein Lächeln machte sich auf seinem eben noch so traurigen Gesicht breit. Er drehte sich um und erblickte Elizabeth an der Schwelle des alten Holztores der Brauerei. Eine griechische Muse war soeben vom Berge Parnass herabgestiegen.

»Hallo Max, ich dachte doch, ich hätte dich gesehen. Wolltest du etwas essen?«, fragte das Mädchen aus Chicago, an dessen Seite plötzlich der Freund auftauchte. Max wurde rot und hatte keine Ahnung, was er antworten sollte.

»Ich … äh … habe schon gegessen«, brachte er heraus. Paul stellte sich kurz vor, was Max höflich erwiderte. Fieberhaft suchte Max nach einem witzigen und charmanten Spruch, um die Situation zu retten, doch ihm fiel nichts ein. Paul erklärte, dass er nun wieder zur Arbeit müsse. Er verabschiedete sich, gab seiner Freundin einen flüchtigen Kuss auf den Mund, schnappte sich sein Rad und verschwand um die nächste Kurve. Eine solch glückliche Wendung hatte Max nicht erwartet. Nach der verkorksten Begrüßungsrunde fasste er Mut und erzählte Elizabeth von dem Brief.

»Hör mal, ehrlich gesagt bin ich nicht grundlos hier. Es gibt da etwas, das ich dir erzählen möchte«, sagte er trotz seiner Nervosität in ruhigem Ton. Die junge Frau zog eine Grimasse, die Widerwillen ausdrückte und erwiderte nichts. Hastig zog er den Umschlag mit dem Brief aus seiner Jackentasche, überreichte ihn Elizabeth und widersetzte sich somit gleich der ersten Anweisung, die er in seinem Leben von seinem Vater erhalten hatte. Elizabeth öffnete den Umschlag, warf einen Blick auf den Brief und reichte beides dem Besitzer mit einem Blick zurück, der noch mehr Missfallen ausdrückte.

»Ich verstehe kein Wort, ich kann kein Spanisch«, erklärte sie knapp. Max wurde knallrot, grinste dann frech und faltete sich das Papier sorgsam zum Vortrag zurecht. Er räusperte sich kurz und übersetzte den Brief laut. Elizabeth wirkte überrascht und Max glaubte, das Funkeln in ihren Augen wieder leuchten zu sehen. Das Mädchen zögerte und wand sich dann von ihm ab.

»Ich freue mich für dich, aber das geht mich nichts an.« Sie blickte Max in die Augen und lief ohne ein Wort des Abschieds davon. Der Literaturstudent blieb zu einer Salzsäule erstarrt auf dem Bürgersteig zurück. In seiner baumelnden Rechten hielt er noch immer den Brief seines Vaters. Währenddessen begann ein feiner Regen auf die Straßen Bambergs zu rieseln, ein Vorbote für den Platzregen, der keine Minute später vom Himmel fiel. Der Regengott war zur Ablöse angetreten und Max blieb nichts anderes übrig, als sich und seinen Kummer unter dem Wolkenbruch nachhause zu schleppen. Der starke Regen hielt an und die schweren Tropfen prasselten laut auf die Dächer der historischen Stadt. Gleichzeitig ertönten die Glocken einer der unzähligen Kirchen und läuteten die zweite Stunde des Mittags ein. Die ehrbaren Steuerzahler der oberfränkischen Stadt blickten durch die geschlossenen Fenster ihrer Wohnungen hinaus und die Professoren und Studenten beobachteten den Regenguss von ihren Plätzen in den warmen Vorlesungssälen. Einige vom Wetter überraschte Touristen eilten zurück in ihre Hotels, Kellner und Postboten stellten sich in den Hauseingängen unter. Dem Wetter schutzlos ausgeliefert überquerte Max die Luitpoldbrücke, dicht hinter ihm lief ein hochgewachsener blonder Mann unter einem riesigen schwarzen Regenschirm. An der roten Fußgängerampel am Ende der Brücke holte er Max ein. Mit einer Geste bot er dem pitschnassen jungen Mann den Schutz seines Schirmes an, doch dieser deutete mit dem Zeigefinger zum Himmel und schüttelte leicht den Kopf, um dem Anderen zu verstehen zu geben, dass der Regen schon fast aufgehört hatte. Anschließend überquerte er, ohne auf grün zu warten, die freie Straße. Der blonde Herr klappte den Schirm zusammen und schaute dem Jungen nach, wie er Richtung Busbahnhof verschwand. Die Wettergötter spielten Max offensichtlich Streiche. Er lief weiter durch die Fußgängerzone, über die Untere Brücke und erreichte durchgeweicht bis auf die Knochen endlich seine Wohnung. Dort angekommen riss er sich die nasse Kleidung vom Leib und stieg unter eine dampfend heiße Dusche. Wieder aufgewärmt und in frischer, trockener Kleidung setzte er anschließend einen Kaffee auf. Max war aufgeregt, denn in wenigen Stunden würde er seinen Vater, den er sein Leben lang für tot geglaubt hatte, treffen. Gleichzeitig war er untröstlich, dass Elizabeth seine Einladung, ihn zu begleiten, ausgeschlagen hatte. Das Gefühlschaos lähmte ihn und so saß er fast zwei Stunden lang in seiner kleinen Küche und spielte mit der Kaffeetasse, die er längst ausgetrunken hatte. Tausend Fragen schossen durch seinen Kopf. Wie sein Vater wohl sein würde. Und was er wohl wusste. Und was das alles mit Elizabeth' Vater zu tun hatte. Und wie er dieses Mädchen je aus dem Kopf bekommen sollte. Das Tageslicht drang nur noch schwach durch die Fenster und irgendwann saß Max im Halbdunkel in seiner Wohnung. Um halb neun griff er nach seinem sorgsam gepackten Rucksack, schlüpfte in Turnschuhe und Jacke und verließ die Wohnung. Er stieg die alte hölzerne Treppe hinunter und die Stufen knarrten und ächzten, als würden sie jeden Moment unter Max Füßen zusammenbrechen. Er erreichte den Hausflur, trat hinaus auf die Straße und ließ die Tür hinter sich zufallen. Sein Herz tat einen Sprung ob der Überraschung, die dort auf ihn wartete. Elizabeth stand auf der anderen Straßenseite. Der junge Mann versuchte, seine flatternde Nervosität in den Griff zu bekommen, was dummerweise dazu führte, dass er sich verschluckte. Er räusperte sich einige Male und ging dann langsam auf Elizabeth zu. Diese entdeckte den voll bepackten Rucksack, lachte ungezwungen und gab Max einen Klapps auf die Schulter.

»Bestens ausgerüstet wie immer, hm?«, scherzte sie. Der Junge mit dem Rucksack lief knallrot an.

»Elizabeth. Was ... ähm ... also was machst du denn hier?«, brachte er über die Lippen.

»Ich habe es mir anders überlegt«, gab sie leicht zurück. Max starrte sie entgeistert an, besann sich dann aber mit einem Blick auf seine Armbanduhr und setzte sich in Bewegung. Die Röte in seinem Gesicht reichte immer noch bis über beide Ohren. »Also los, mal sehen, was mein Alter zu erzählen hat«, scherzte Max und versuchte zu verbergen, dass er nicht ganz Herr seiner Nerven war. Die beiden machten sich auf den Weg zum Greifenklau, wo Daniel Cordal sich zur selben Zeit ein Bier bestellte.

Schweigend liefen die jungen Leute die steile Kaulbergstraße hinauf, gelangten zu einem kleinen Platz, den sie überquerten und betraten die alte Brauerei. Im Eingang zögerte Max einen Moment. Er fragte sich, ob es die richtige Entscheidung war, in Elizabeth' Begleitung zu kommen. Ihm kam seine ahnungslose Mutter in den Sinn und er erinnerte sich daran, wie man ihn aus dem Wasser gezogen hatte. Schlagartig wurde ihm bewusst, dass sein Vater sein Retter gewesen sein musste, ein erfahrener Seemann und dieselbe Gestalt, die nachts in seiner Straße lauerte, um ihn zu beschützen. Der junge Mann hatte so viele Fragen und bisher so wenige Antworten. Er gab sich einen Ruck und trat hinaus auf die herrliche bestuhlte Terrasse. Aus einem Impuls heraus nahm er Elizabeth an die Hand und bahnte sich mit ihr den Weg durch den gut besuchten Biergarten, wobei sein Blick über die Tische streifte, die restlos besetzt waren. »Mein Vater hat den idealen Ort gewählt«, dachte er bei sich und das Herz schlug ihm bis zum Halse. Sie hatten die Terrasse fast durchquert, als er ihn entdeckte. In der hintersten Reihe saß der Mann mit schwarzem Hut und schwarzem Mantel alleine an einem Tisch, die rechte Hand um den tönernen Bierkrug vor sich gelegt und seinen linken Arm auf der Lehne des Stuhls neben sich. Diese Haltung ließ Max unwillkürlich an einen Seemann denken, der nach langer Zeit auf hoher See seinen Landgang in einer Hafenkneipe genoss. Anscheinend ist er auch ein Bierliebhaber, überlegte Max, während er sich mit Elizabeth an seiner Seite langsam Daniel näherte. Sie waren nun nur noch wenige Schritte entfernt und Max blickte zum ersten Mal in das braungebrannte, von Falten gezeichnete Gesicht seines Vaters. Sein Herz zog sich zusammen und er zitterte. Daniel erhob sich vom Tisch und blickte Max stumm entgegen, dann glitt sein Blick zu Elizabeth und Max spürte, wie sich ihre Hand aus seinem Griff löste.

Daniel forderte die beiden mit einer höflichen Geste auf, am Tisch Platz zu nehmen. Die beiden Studenten setzten sich Daniel gegenüber und als Max sich seinen Stuhl zurechtrückte, beobachtete er, wie sein Vater sich verstohlen eine kleine Träne aus dem Augenwinkel wischte. Er nahm seinen Hut ab und sein kräftiges dunkles Haar kam zum Vorschein. Im flackernden Licht der Kerze, die in der Mitte des Tisches stand, betrachtete Max zum ersten Mal in seinem Leben die Gesichtszüge eines Mannes, die den seinen glichen. Tatsächlich war die Ähnlichkeit nicht zu leugnen. Jeder, der die beiden Männer zusammen sah, hätte keinerlei Zweifel, dass es sich um Vater und Sohn handeln musste. Sie musterten sich stillschweigend, dann ergriff Daniel an Elizabeth gewandt das Wort. Die Miene des Mädchens war streng und dem Spanier schien, dass es wütend war. »Das mit deinem Vater tut mir aufrichtig leid. Niemand konnte verhindern, was geschehen ist. Es tut mir wirklich leid.«

Max spürte, wie schwer es seinem Vater fiel, diese Worte zu sagen. Elizabeth' Blick blieb ernst. Schnell antwortete sie. »Danke. Kannst du mir nun bitte erklären, was mein Vater in Bamberg machte und wer ihn getötet hat?« Die feindliche Haltung der jungen Frau überraschte Daniel, jedoch störte er sich nicht daran. Ein Seufzer entglitt ihm, als die drei von einem Kellner unterbrochen wurden, der an den Tisch trat, um die Bestellung seiner neuen Gäste aufzunehmen. Max fühlte sich hin- und hergerissen. Elizabeth offensive Art hatte ihn verunsichert. Daniel bestellte derweilen Bier für sie alle.

»Die Angelegenheit ist heikel, aber es gibt nun kein Zurück mehr. Sobald sich der Biergarten leert, gehen wir los.« Daniel sprach in ruhigem, höflichen Ton zu den beiden. »Florian wartet draußen auf uns, aber wir müssen Acht geben. Es ist möglich, dass wir uns jetzt gerade in Gefahr befinden.«

»Wer ist Florian?«, fragte Elizabeth. Daniel zeigte ein Lächeln, wie es nur ein aufrichtiger Mann haben konnte. »Florian ist ein guter Freund«, erwiderte er. Und fügte hinzu. »Er ist auch der Grund, weshalb wir alle in dieser Lage stecken.«

»Der Einäugige!« entfuhr es Max.

»Genau«, antwortete Daniel und warf instinktiv einen Blick Richtung Ausgang.

VERFOLGUNGSJAGD

DIE NACHT BREITETE allmählich ihren schwarzen Mantel über Bambergs Dächern aus und der verregnete Nachmittag wich einem milden Abend. Es war die Zeit, wenn die Kneipen ihren Hauptumsatz erzielten. Die Restaurants leerten sich und die Bewohner der Stadt zog es weiter zu den Kneipen und Bars in der Sandstraße. Inmitten des Gewimmels fröhlicher Menschen mit schäumenden Krügen in der Hand lief eine attraktive Blondine, eine schwarze Aktenmappe fest umklammernd. Sie schlängelte sich an den Menschentrauben vorbei von der Sandstraße in die Concordiastraße und wand sich dann nach links. Wenige Meter vor der Unteren Brücke stoppte sie vor einem Geschäft.

Zur Straße hin wirkte der Laden, der schon vor Stunden geschlossen hatte, verlassen, doch im hinteren Teil des Hauses tauchte eine antike Lampe einen kleinen Raum in warmes Licht. Zwei Männer saßen dort an einem schweren Eichentisch, der eine ein großgewachsener Mann mit düsterem Blick, der andere ein schwitzender Fettwanst.

Es war bereits das zweite Zusammentreffen zwischen Frau Hofmann und diesen Männern. Beim ersten Mal hatten die Herren die junge Dozentin in ihrem Büro überrascht. Die drohenden Worte erzielten die gewünschte Wirkung und so brachte Frau Hofmann jetzt die geforderten Unterlagen über Max Dresslen und seine Masterarbeit. Im Gegenzug erhielt sie das Versprechen, dass einige Informationen zu ihrer Person, die ihren Ruf sowie ihre Stelle an der Universität gefährden könnten, nicht ans Licht kommen würden. Ihre Aufgabe endete mit dem Ausliefern der erwünschten Dokumente. Mehr hatten die Herren nicht von ihr verlangt, und so verließ sie das Antiquariat bereits nach wenigen Minuten, begleitet von einem Gefühl der Erleichterung, aber auch mit schlimmen Gewissensbissen. So engagiert Frau Hofmann ihrer Tätigkeit an der Fakultät auch nachging, verfügte sie doch nicht über alle Qualifikationen, die für diese Stelle erforderlich waren, stattdessen aber über einige wertvolle Kontakte, die dafür gesorgt hatten, dass man über den Mangel an Qualifikation bei der Einstellung großzügig hinweg geschaut hatte. Wie die Schmidts das herausgefunden hatten, sollte Frau Hofmann ein Rätsel bleiben. Sie hatte es nicht gewagt, zu fragen.

Sobald Julius und Marius Schmidt wieder allein waren, machten sie sich über die Dokumente her, die die Dozentin geliefert hatte. Im schwachen Licht des Hinterzimmers durchforsteten sie hektisch die Unterlagen, auf der Suche nach den für sie relevanten Informationen. Schließlich hielt der jüngere der Brüder inne, zog triumphierend ein Blatt mit seinen Wurstfingern aus dem Stapel und begann zu lesen.

„Da haben wir es, ich wusste, der Kerl hat ein Händchen dafür, wir sollten ihn nicht entkommen lassen." Sein kahlköpfige Bruder erhob sich und warf einen langen dünnen Schatten an die Wand. Er griff das Papier und verstaute es in seiner Jackentasche. „Gehen wir und treffen wir Frankie. Und zwar schnell." Sie packten ihre Sachen zusammen, verließen ihr Quartier über den Hintereingang und verschwanden im Getümmel der Sandstraße.

Die Zeiger auf Florian Wilhelm Treus Armbanduhr rasten so schnell, als wären sie selbst auf ein paar Bier auf dem Keller gewesen und wüssten nun nicht mehr, in welcher Geschwindigkeit sie sich bewegen sollten. Schließlich musste ein jeder, der sich Bamberger schimpfen wollte, zumindest einmal beim Greifenklau gehörig einen über den Durst getrunken haben.

Die Nacht brach herein und die Gäste verließen allmählich den zugigen Biergarten. Daniel, Max und Elizabeth hatten ausgetrunken. Max fühlte sich unsicher und Elizabeth machte auf ihn einen übellaunigen Eindruck. Daniel blieb zurückhaltend und noch immer hatte er den beiden jungen Leuten nichts über die Seven Seas erzählt. Er hatte den beiden nur mitgeteilt, dass sie alle in Gefahr waren und bald aufbrechen müssten. Er beobachtete die junge Frau, deren Blick mal gehetzt, mal wütend, mal traurig wirkte. Nun trank er den letzten, abgestandenen Schluck seines Bieres und wischte sich verstohlen über die Augen. Er war hin- und hergerissen. Einerseits war er sich der Notwendigkeit bewusst, den Plan ganz genau einzuhalten, andererseits durchlebte er den Augenblick, auf den er sein halbes Leben lang gewartet hatte. Tief in seinem Herzen überwog seine Freude die Sorgen. Doch er musste den Zeitplan einhalten. Er hatte geschworen, auf seinen Sohn aufzupassen, was bis jetzt auch funktioniert hatte. Nun galt es, das Versprechen einzulösen, das er Edward gegeben hatte. Max Entscheidung, sich auf die Spur des Einäugigen zu begeben und dessen Geheimnisse auszugraben, hatte ein Erdbeben verursacht, und nun mussten die zwei jungen Leute lebend aus der Gefahrenzone gebracht werden. Doch der nächste Schritt des Plans würde sich als weit komplizierter erweisen.

Um halb elf erhob sich Daniel vom Tisch und forderte die beiden Studenten auf, es ihm gleichzutun.

Er hatte bereits für alle bezahlt und so verließen die Drei den Greifenklau. Als sie durch das Tor hinaustraten, startete eine Seitenstraße entfernt ein alter, marineblauer BMW. Ein Seemann, von der Welt der Toten zurückgekehrt, ein Engel mit grünen Augen und ein aufgeregter Max Dresslen überquerten den kleinen Platz vor der Brauerei. Florian fuhr auf die kleine Gruppe zu und hielt. Daniel stieg vorne ein und wies Max und Elizabeth an, auf der Rückbank Platz zu nehmen. Der Einäugige sprach kein Wort und fuhr, den Blick auf die Straße gerichtet, den Kaulberg hinab. Daniel drehte sich um und sah nach den beiden stillen Mitfahrern. Max blickte seinen Vater mit aufgerissenen Augen an, dann sah er wieder nervös zu dem Mädchen an seiner Seite. Einen Atemzug später brach Elizabeth das Schweigen.

„Wer verfolgt uns?"

„Im Moment niemand, ich habe die ganze Zeit Ausschau gehalten und nichts entdeckt", antwortete Florian, „aber sie können jede Sekunde auftauchen."

„Und wohin fahren wir dann?", fragte die junge Frau weiter, Angst schwang in ihrer Stimme mit.

„Weg von hier", gab Daniel knapp zurück, während er aus dem Fenster sah.

„Aber wohin?", hakte Max verunsichert nach.

„In mein Geheimversteck", erwiderte Florian mit einem breiten Lächeln.

Max beobachtete, wie Elizabeth nervös ihre Hände knetete und sich immer wieder wie zum Wachwerden das Gesicht rieb. Er selbst verspürte Aufregung ob des spannenden Reiseziels. Daniel und Florian blickten stillschweigend in die Dunkelheit hinaus und gaben Acht, nicht verfolgt zu werden. Am Fuße des Kaulbergs angekommen, bog der BMW scharf nach rechts ab und raste auf einer schmalen steilen Straße den nächsten Berg hinauf. Elizabeth knallte gegen die Autotür und Max reichte hastig seine Hand zu ihr, um sie festzuhalten. Florian entschuldigte sich für den ruppigen Fahrstil und verwies auf das Taxi, das ihnen folgte. Max kannte den Weg, er führte zu einem weiteren seiner Lieblingsorte, dem Spezikeller. Doch folgte der Einäugige der Straße nicht bis zu dem hoch gelegenen Biergarten, sondern brachte den BMW auf halber Höhe abrupt zum Stehen und drängte seine Fahrgäste mit dem Verweis auf die Verfolger zum schnellen Ausstieg. Er selbst schloss den mehr schlecht als recht am Straßenrand geparkten Wagen ab und förderte einen großen Eisenschlüssel aus seiner Westentasche, während Daniel die jungen Leute auf die andere Straßenseite scheuchte. Sie standen vor einem großen, hölzernen Tor, das Max schon oft bei seinen Fußmärschen hinauf zum Spezikeller aufgefallen war. Florian machte sich mit dem Schlüssel an dem alten Schloss zu schaffen. Die Tür ging auf und sofort schob Daniel Max und Elizabeth ins Innere. Florian verschloss die Tür hinter ihnen und legte zusätzlich einen schweren Holzriegel vor. In der Düsternis erinnerte der Ort Max an Katakomben. Der junge Mann lag mit seiner Einschätzung nicht falsch, denn der Gang, in dem sie sich aufhielten, diente während des Zweiten Weltkriegs dem Schutz der Bevölkerung im Falle einer Bombardierung sowie als versteckte Fabrik. Natürlich hatte der Ort auch lange Zeit als Lager für Bierfässer gedient. Der Gang war feucht und düster, es war kühl und der Ort hatte etwas Geheimnisvolles, das den abenteuerlustigen Max faszinierte. Seine kindliche Begeisterung steigerte sich, als er die vier Schutzhelme mit Kopflampen entdeckte, die der Einäugige nun an die kleine Gruppe verteilte. Sie setzen sich die Minenarbeiterhelme auf und vier Lichter erhellten das dunkle Gemäuer. Florian ging voraus. Die Katakomben stellen für jene, die sich nicht auskennen, ein wahres Labyrinth dar. Ohne einen erfahrenen Führer kann man sich leicht verlaufen und eine Ewigkeit umherirren, bis man zu einem Ausgang gelangt. Max bemerkte, dass Florian sie stetig abwärts führte und dass die Luft mit jedem Schritt schwerer wurde. Die Gänge waren nicht alle gleich. Manchmal taten sich die engen Wege zu großen Räumen auf, in denen Gerätschaften oder alte hölzerne Fässer standen. Der an der Stadtgeschichte interessierte Student wusste, dass ein Teil des Stollens für Besichtigungen hergerichtet worden war, doch Florian führte die kleine Gruppe in eine andere Richtung. Nach einigen Minuten des eiligen Abstiegs hörten die vier vom Eingang her einen ohrenbetäubenden Lärm. Jemand versuchte, das von Florian verrammelte Tor zu öffnen. Die dumpfen Schläge wiederholten sich in einem gleichmäßigen Rhythmus und ließen Max ängstlich zusammenzucken. Doch der junge Abenteurer bemühte sich, Elizabeth gegenüber seine Angst zu verbergen, indem er ihr beruhigend zuredete. Die junge Frau konzentrierte sich auf den Weg und sprang fast leichtfüßig über den unebenen Untergrund. Nach einer Weile hörten die dumpfen Schläge auf und Florian warf seinem Freund einen triumphierenden Blick zu. Sie durchliefen zwei weitere Korridore, durchquerten einen großen Raum, in dessen Ecken haufenweise Metallschrott lag und landeten schließlich in einem kleinen, rundum gemauerten Raum. In eine seiner Wände war eine schwere Eisentür eingelassen und unterhalb der Raumdecke gab es zwei schmale Fenster, die mit rostigen Gitterstäben versehen waren. Florian förderte einen weiteren großen Schlüssel aus seiner Westentasche und öffnete die schwere Tür. Die vier traten hinaus ins Freie und ließen die düsteren Katakomben hinter sich. Erleichtert sog Max die frische Nachtluft ein. Er hatte den Ort sofort erkannt, an dem sie sich jetzt befanden. Er liebte diesen Ort über alles und lauschte dem Rauschen des Flusses und den Stimmen, die von oben zu ihnen herunter klangen. Auch wenn Max an eben dieser Stelle noch vor Kurzem um sein Leben bangen musste, so beruhigten die bekannten Geräusche doch die flatternden Nerven des jungen Mannes.

Am Ufer der Regnitz im Schutz der Unteren Brücke lagen ein paar Holzbretter, die von weißen, feinen Schnüren zusammengehalten wurden. Der Einäugige hatte dies vorbereitet, damit die Gruppe zu der kleinen Insel übersetzen konnte, die sich direkt unter der Brücke befindet, auf halbem Weg zum anderen Flussufer. Neben dem improvisierten Boot lagen zwei alte Plastikpaddel, die Daniel und Florian an beiden Seiten des Floßes verwendeten. Elizabeth und Max fuhren rücklings und hielten den Blick starr auf die Tür gerichtet, durch welche sie wenige Sekunden zuvor zum Fluss hinausgetreten waren, doch keiner der Schmidts war zu sehen. Daniel und Florian ruderten im Stehen. Es kostete ihre ganze

Kraft, gegen die Strömung anzukämpfen, um nicht davon getrieben zu werden. Max kam das Übersetzen zu dem kleinen Inselchen wie eine Ewigkeit vor, obwohl es in Wahrheit kaum eine Minute dauerte, bis Daniel seinen Fuß auf festen Boden setzte. Das Floß am Ufer zurücklassend rannte die Gruppe mit Florian voran los. Max blickte erneut zu der Tür am anderen Flussufer. Er erwartete, dort die Figur eines seiner Verfolger zu entdecken, doch auch diesmal konnte er niemanden sehen. Die Gruppe kletterte zu einer schmalen Gasse hinauf, die um Schloss Geyerswörth herumführte. Daniel und Florian halfen Elizabeth und Max hinauf und stiegen dann selbst nach oben. Die Gruppe wandte sich nach rechts und erreichte die Geyerswörthstraße. Die vier eilten weiter, auch wenn sie nun, da sie sich wieder unter die Bamberger Bevölkerung mischten, das Tempo ein wenig drosselten. Sie ließen das Gebäude der Touristeninformation links liegen und liefen weiter, bis sie zur Querstraße Nonnenbrücke gelangten. Dort hielten sie kurz an, gingen dann gemäßigten Schrittes weiter, bis sie wieder zu Atem kamen. Max war erschöpft und gleichzeitig aufgeregt, ihm fiel auf, dass weder Florian noch sein Vater schwächelten, von Elizabeth ganz zu schweigen, die nun vorauslief. Sie wandten sich jetzt nach rechts, ließen das Studentenwohnheim hinter sich und liefen zügig über den Mühlwörth am Flussufer entlang stromaufwärts. Am anderen Ufer erhob sich majestätisch die Villa Concordia. Max dachte an seine Wohnung, die sich ebenfalls auf der anderen Seite des Flusses befand und er konnte sein Wohnzimmerfenster ausmachen. Genau in diesem Moment stieg Florian über das Geländer, welches Fußgänger davor schützen soll, in den Fluss zu stürzen und forderte den Rest der Gruppe auf, es ihm gleichzutun. Ohne zu zögern sprang er in ein weißes Motorboot, das kaum Platz für zwei Personen bot. Aus dem Boot heraus wies er seine Begleiter an, sich zu ihm zu gesellen, während er den Motor startete.

„Schnell, diese verdammten Bastarde sind uns wahrscheinlich schon dicht auf den Fersen. Auch wenn sie damit sicher nicht gerechnet haben", raunte er den anderen zu und grinste dabei über beide Ohren. Das Boot war viel zu klein für vier Passagiere und so war Elizabeth gezwungen, sich halb auf Max Schoß zu setzen.

Der junge Hamburger war augenblicklich der glücklichste Mann auf der Welt. Mit seiner freien Linken suchte er eine Möglichkeit, sich auf dem wackligen, beengten Boot festzuhalten. Dabei beobachtete er seinen Vater, der sich sicher aus dem Boot lehnte, das Gleichgewicht balancierte und Ausschau nach eventuellen Verfolgern hielt. »Ein echter Seebär«, dachte der

Junge, dem unwillkürlich Esproncedas *Canción del pirata* in den Sinn kam, das er aus Kindheitstagen kannte. Er summte das Lied still in seinem Kopf, während das kleine, überladene Motorboot die Regnitz hinauf rauschte. Oben auf der Brücke standen drei Männer, die dem Boot zähneknirschend hinterher sahen. Die vier Personen auf der Flucht fuhren mit Vollgas flussaufwärts und erreichten nach wenigen Minuten die beschauliche Stille des Hains bei Nacht. Sie näherten sich der Buger Spitze und Florian drosselte die Geschwindigkeit. Während sie die Stadt hinter sich ließen, atmeten Daniel und Florian erleichtert auf. In der Abgeschiedenheit des Flusses beschlossen sie, jetzt den zwei Studenten die Geschichte zu erzählen, die sich vor über sechsundzwanzig Jahren an Bord der Seven Seas zugetragen hatte. Elizabeth wirkte erleichtert, endlich die Antworten zu bekommen, auf die sie die ganze Zeit gewartet hatte. Daniel sprach im ruhigen Ton, während Florian sich darauf beschränkte zuzuhören. Er lächelte leicht, doch immer, wenn Edwards Name fiel, verzog sich das Gesicht des Einäugigen zu einer schmerzvollen Grimasse. Max lauschte gebannt den Worten seines Vaters, der nun erzählte, wie die Schmidts Florian fortbrachten und Edward und Daniel in der Kabine zurückblieben. Nachdem Daniel zu Ende erzählt hatte, herrschte einen Moment lang Stille. Elizabeth' Gesichtsausdruck war verschlossen, ihr Blick ging ins Leere. Max dagegen, der hoch konzentriert nicht eine Silbe der Erzählung seines Vaters versäumt hatte, blickte voller Unverständnis von Daniel zu Florian. Im Stillen empfand der junge Literaturstudent für den Einäugigen eine tiefe Ehrfurcht, was er allerdings aus Angst, Elizabeth damit zu kränken, für sich behielt. Zögernd ergriff er das Wort.

»Also wenn ich das richtig verstehe, dann wollt ihr uns sagen, dass dieser Mann hier in der Lage war, mein Schicksal zu schreiben … oder vielmehr unsere Schicksale …« Er machte eine kurze Pause, suchte nach den richtigen Worten. Mit einer Geste plötzlicher Einsicht breitete er seine Hände vor seinem Oberkörper aus. »Edward wusste oder vermutete zumindest, dass er sterben würde, richtig?« Max sah dabei seinen Vater an und bemerkte nicht die Tränen, die über die zarten Wangen von Prinzessin Ellie rannten. Daniel, der die Tränen der jungen Frau sehr wohl bemerkte, sprach nun die Worte aus, die ihm seit vielen Jahren auf der Seele brannten. Er blickte Elizabeth in die Augen. »Ja. Ich vermute, er wusste es. Ich habe es vorhin schon einmal gesagt. Dein Vater war ein großartiger Mann, der Beste, den ich je kennengelernt habe.« Max griff nach Elizabeth' Hand und legte sie in die Seinen. Diesmal verursachte diese Geste der Intimität kein nervöses Herzrasen bei ihm. Er liebte diese Frau so sehr und jede Träne, die sie vergoss, fühlte sich an wie ein Tropfen Blut aus seinem eigenen Herzen. Es gab noch so viele Fragen, doch Max nahm Elizabeth einfach nur tröstend in seine Arme. Die Umarmung erbrachte die gewünschte Wirkung und das traurige Mädchen beruhigte sich allmählich. Vielleicht waren es auch die lieben Worte über ihren Vater, die ihr Trost spendeten. Max lockerte seine Umarmung und blickte zu Daniel.

»Papa«, begann der junge Mann zum ersten Mal in seinem Leben einen Satz, »nach all den Jahren hoffe ich doch, dass das hier mehr als nur ein Fluchtplan ist. Wir müssen Gerechtigkeit einfordern, für diesen Polizisten und für Elizabeth' Vater, für die grausame Verfolgungsjagd auf Florian und für die Jahre, die uns genommen wurden. Ich sterbe lieber bei dem Versuch, als dass ich mein Leben lang auf der Flucht bin.« Bewegt hörte Daniel den Worten seines Sohnes zu und zeigte mit einem leichten Nicken, dass er Max Vorschlag in Betracht zog. Florian, der Max mit der gleichen Aufmerksamkeit zugehört hatte, beschleunigte das Boot wieder. Elizabeth sagte kein Wort, jedoch war Max überzeugt, dass die Amerikanerin keine Alternative akzeptieren würde. In diesem Moment fühlte er sich dem Mädchen auf eine Art und Weise verbunden, wie sie nicht einmal der Tod hätte trennen können.

ES GIBT FÜR ALLES EINE ERKLÄRUNG

NACHDEM FLORIAN das elegante kleine Motorboot an der Buger Spitze vertäut hatte, deckte er es mit einer dafür vorgesehen grauen Plastikfolie ab. Mit Florian und Daniel an der Spitze lief die Gruppe entlang einer breiten Straße, die quer durch den Wald Richtung Pettstadt führte. Daniel kannte den Weg, er hatte ihn schon viele Male genommen. Max hielt mühelos Schritt, während er aus seinem Rucksack eine Flasche Wasser und eine Tafel Schokolade zog, die er zunächst Elizabeth und dann den Männern anbot. Nach etwa dreißig Minuten strammen Fußmarschs führte Florian die Gruppe auf einen wohl selten benutzten Waldweg. Zügig stapften sie durch Laub und Unterholz, hielten sich mit den Armen die Äste vom Leib, die den schmalen Pfad durchkreuzten und gelangten so bald an ihr Ziel. Es war stockfinster, als sie die im Dickicht verborgene Hütte erreichten. Das Häuschen oder vielmehr der Schuppen weckte in dem Literaturstudenten sofort Erinnerungen an eine Passage in einem seiner Lieblingsbücher, wenn nicht sogar *dem* Lieblingsbuch. Doch zunächst verteilte Florian kleine Aufgaben unter allen Anwesenden und riss Max somit fort von Mittelerde zurück in die Realität in den fränkischen Wäldern. Nachdem Max und Elizabeth ausreichend Holz für die Nacht gesammelt hatten, betraten sie den Unterschlupf des Einäugigen. Er bestand zum größten Teil aus einem Raum, der Ess- und Wohnzimmer zu gleich war. Zusätzlich gab es eine kleine Küche mit Holzofen und einen abgetrennten winzigen Schlafraum, der lediglich mit drei schmalen Matratzen am Boden ausgestattet war. Die Hütte hatte etwas Behagliches, das selbst Elizabeth für einen Moment ein Lächeln auf das Gesicht zauberte. Max Blick fiel sofort auf die kleine Bibliothek, die der Einäugige sich eingerichtet hatte und die sich über den ganzen Raum erstreckte, dessen Wände mit schön gezimmerten Holzregalen verkleidet waren. Florian entfachte ein Feuer im Herd und freute sich über Max Begeisterung. Er forderte ihn auf, ein wenig in den Büchern zu stöbern. Der junge Mann schnappte sich ein schmales, in grün gebundenes Büchlein mit dem Titel *Reisetagebuch* und packte es ohne einen prüfenden Blick hineinzuwerfen in seinen Rucksack. Er erklärte Florian, dass er es bald lesen würde. Dieser lächelte und gratulierte Max zu seiner hervorragenden Wahl. Daniel hatte es sich in einem alten Sessel gemütlich gemacht und beobachtete die Szene schmunzelnd. Aus ein paar Würstchen, Kartoffeln und Gemüse, die im Vorratsschrank lagerten, bereiteten sie sich ein einfaches, aber wohltuend warmes Abendessen. Die vier versammelten sich an dem kleinen Tisch. Florian und Daniel waren jetzt bereit, die Fragen der zwei jungen Leute zu beantworten. Kaum dass sie Platz genommen hatten, ergriff Max das Wort.

»Was habt ihr all die Jahre gemacht? Warum habt ihr nie versucht mit uns Kontakt aufzunehmen? Und warum warst du im Gefängnis?«

»Die Schmidts wollten, dass ich für sie arbeite«, antwortete der Einäugige. »aber das wollte ich natürlich nicht. Ich wusste, dass sie Edward erpressten und dass sie deinem Vater gedroht hatten. Andererseits hatte ich nicht einmal ein Dach über dem Kopf und auf der Straße fühlte ich mich nicht sicher.«

»Und warum bist du nicht einfach fortgegangen, um dein Leben woanders neu anzufangen?«, erkundigte sich Elizabeth zur Überraschung aller anderen.

»Ich glaube, ich war einfach zu verzweifelt und vielleicht war ich ja wirklich ein bisschen verrückt, wobei ich das nicht glaube. Die Leute reden gerne und stecken Menschen in Schubladen. Ich glaube nicht, dass niemand meine Gedichte versteht. Außerdem bin ich wohl einfach ein Romantiker, ich wurde hier geboren. Vorhin, als wir den Kaulberg hinuntergefahren sind, kamen wir an dem Haus vorbei, ich dem ich aufgewachsen bin. Ich finde hier die Ruhe und Inspiration, die ich zum Schreiben benötige. Passt auf, ich muss euch ein Geheimnis anvertrauen.« Max spitzte aufgeregt die Ohren. Er war begeistert von seiner neuen Lebenslage. Daniel wiederum warf seinem alten Freund einen verwunderten Blick zu. In Elizabeth' Gesicht ließ sich nichts außer konzentrierter Aufmerksamkeit lesen. Der Einäugige fuhr mit seiner Erzählung fort.

»Sicherlich denkt ihr, dass ich nach allem, was geschehen ist, das Schreiben aufgegeben haben sollte. Aber tatsächlich wird, wie ich bereits erwähnt habe, nicht alles, was ich schreibe, wahr. Eines Tages durchsuchte ich meine Geschichten und sortierte jene aus, die sich später wirklich zugetragen hatten. Das Ergebnis war unglaublich. Nahezu alle Texte, die keinerlei Auswirkungen auf mein Leben oder das Leben anderer hatten, waren in den kleinen blauen Notizbüchern niedergeschrieben, die ich mir früher in der Buchhandlung Hübscher kaufte. Ich hatte sie mir zugelegt, weil ich die Farbe so schön fand, aber offenbar hat dieses Blau den Zauber gebrochen.«

Fassungslos blickte Max zu Elizabeth, die weit weniger beeindruckt schien als er. Doch bevor einer beiden etwas erwidern konnte, ergriff Daniel das Wort.

»Das, was Florian euch erzählt, mag vielleicht nach Unsinn und reinem Aberglaube klingen, aber es scheint die Wahrheit zu sein. Die Schmidts verlangten von Florian, dass er ihnen mit seiner scheinbaren Gabe bei ihren teuflischen Plänen helfen solle. Ich stand unter ihrer ständigen Überwachung. Seit über zwanzig Jahren führe ich ein Schattenleben. Ich habe dich aus der Ferne aufwachsen sehen und viel auf hoher See gearbeitet. Ich war mal hier und mal dort, reiste ziellos durch die Welt. Oft war ich in Gesellschaft von Edward oder Florian. Wenn ich versucht hätte, Kontakt zu dir aufzubauen, Max, dann hätte 'weiß Gott was' geschehen können. Diese Typen sind gefährlich und unberechenbar.« Daniel seufzte und ein Schatten legte sich über sein Gesicht, da er wusste, welche Frage nun folgen würde.

»Was genau geschah mit meinem Vater? Hat er den Verstand verloren? Wurde er Alkoholiker?« Elizabeth verzichtete darauf, von den letzten Treffen mit ihrem Vater zu erzählen, sie war sich ohnehin sicher, dass alle Anwesenden im Bilde waren. Sie beschränkte sich auf klare Fragen, deren Antworten endlich Licht ins Dunkle bringen würden. Max sah Elizabeth voller Zärtlichkeit an und blickte mit dem Scharfsinn eines frisch Verliebten hinter die Fassade der tapferen jungen Frau und erkannte das verletzte und verlassene kleine Mädchen.

»Elizabeth, dein Vater arbeitete Jahre lang, so hart er konnte, damit er diese Dreckskerle zufrieden stellen und gleichzeitig für seine Familie sorgen konnte. Immer wenn ich beruflich in die USA kam, suchte ich ihn in seinem Büro auf. Er arbeitete zwölf Stunden täglich, manchmal sogar mehr. Er war besessen von dem, was uns geschehen war. Es ging ihm immer schlechter, bis er eines Tages seine Arbeit hinwarf und nach Deutschland zog. Er lebte hier schon lange, bevor du ankamst. Als ich von seinem Umzug erfuhr, beschloss ich ebenfalls nach Bamberg zu kommen, damit wir uns alle drei zusammentun könnten. Außerdem war ich sehr besorgt um meinen Sohn, schließlich wussten wir aus Florians Geschichte, dass auch Max' Wege irgendwann nach Bamberg führen würden. Wir wussten nicht, wann es geschehen würde, aber ich wollte vor Ort sein.« Daniel sprach mit so viel Aufrichtigkeit und Leidenschaft, dass es schlicht unmöglich war, ihm auch nur im Geringsten zu misstrauen. Florian schenkte seinem Freund ein Lächeln und setzte die Erzählung fort.

»Eines Tages erschien Edward bei mir im Gefängnis. Von den Schmidts abgesehen, war er mein erster Besuch seit langem. Ich war unruhig, denn mir war klar, dass etwas Schlimmes passieren würde. Edward wirkte verstört und sehr aufgebracht. Er erklärte mir, wir müssten der Geschichte endlich ein Ende setzen und dass er vorhabe, die Schmidts umzubringen.« Die junge Amerikanerin zuckte schockiert zusammen. »Er hatte in gewisser Weise den Verstand verloren. Er sagte, ich solle mir keine Sorgen machen und dass er nicht vorhabe, mich mit hineinzuziehen. Sein Plan bestünde darin, die Schmidts auszuspionieren, und wenn sie alle drei in ihrem Geschäft wären, hineinzugehen und sie alle auf einmal zu erledigen. Er sagte mir, die Vorstellung, dass er dabei auch sterben oder für den Rest seines Lebens im Gefängnis landen könnte, bereite ihm keinerlei Angst. Mir jagte er natürlich schreckliche Angst ein. Etwas war mit deinem Vater geschehen. Er war nicht mehr wiederzuerkennen. Ich kann nur vermuten, dass die Kenntnis über seinen frühen Tod ihn in den Wahnsinn getrieben hatte. Als Daniel nur kurze Zeit später ebenfalls erschien, schöpfte ich neuen Mut. Gemeinsam würden wir stark sein, denn, wie ihr wisst, ist geteiltes Leid nur halbes Leid.«

»Bei meiner Ankunft«, übernahm nun wieder Daniel das Wort, »erkannte ich sofort, dass uns die Situation außer Kontrolle geraten war. Ich redete auf Edward ein, dass er seinen Plan überdenken solle. Nach all diesen Jahren war auch ich von Verzweiflung geplagt, aber ich hatte noch immer die leise Hoffnung, dass wir eine andere Lösung finden würden. Doch Edward lebte mit der Ungewissheit, wann und wie er sterben würde. Florian und ich taten alles Erdenkliche, um die Situation wieder in den Griff zu bekommen. So ging es noch ein paar Monate. Was dann geschah, wisst ihr bereits. Sie kamen uns zuvor und wir konnten sie nicht aufhalten. Und während wir beide Edwards niederträchtige Ermordung betrauerten, tauchte Max in Bamberg auf und richtete sich in genau der Wohnung ein, in der noch wenige Wochen zuvor Edward gelebt hatte und die nun wieder vermietet wurde.« Max schwieg und dachte an seine Ankunft in Bamberg zurück, erinnerte sich an die Taxifahrerin und die blau gestrichenen Wände in seiner Wohnung in der Concordiastraße. Er dachte über Florians Geschichte nach und über Elizabeth und darüber, wie das Schicksal sie alle zusammengeführt hatte. Schließlich löste er sich von seinen Gedanken und sah das Mädchen neben sich an. Das Grün ihrer Augen war noch intensiver als zuvor. Es schien, als wären diese wunderschönen Augen die ganze Zeit von einem schützenden Schleier verborgen worden, der nun, da Elizabeth die Wahrheit über ihren Vater erfahren hatte, verschwunden war. »Ich kann ihr bis in die Seele blicken«, fuhr es Max durch den Kopf, eh er den Blick von ihr löste und an die Männer gerichtet das Wort ergriff.

»Alles klar, wir müssen uns also überlegen, wie wir die Morde, die diese Missgeburten begangen haben, beweisen können. Wie sieht euer Plan aus?« Florian und Daniel tauschten einen Blick aus, bevor Daniel mit tiefem Groll in seiner Stimme antwortete.

»Wir müssen sie mit ihren eigenen Waffen schlagen. Wir benötigen Aussagen, die ihre Schuld belegen. Aber wir müssen Florians Roman dabei außer Acht lassen, weil uns das niemand glauben würde.« Dann ergriff Florian das Wort und es schien, als wolle er etwas sagen, das ihm schon sehr lange auf dem Herzen lag. »Seht her, ich konnte Edwards Tod nicht verhindern. Das schwöre ich euch. Ich habe in meinem Roman geschrieben, dass er sterben wird. Allerdings hatte ich nicht die leiseste Ahnung, dass dieser Mensch wirklich existierte und ich wusste auch nicht, wie er ermordet wird.« Während er dies erklärte, sah der Einäugige Elizabeth an, doch in ihrem Gesicht war keinerlei Wut oder Vorwurf zu lesen. Es schien, als vergebe sie dem unglücklichen Schriftsteller. Max, der verhindern wollte, dass die junge Frau erneut von Trauer erfasst wurde, lenkte die Unterhaltung zurück zu ihren Plänen. »Das ist es!«, verkündete er selbstbewusst. »Wir lassen sie ihre eigene bittere Medizin schlucken. Wenn ich euch richtig verstanden habe, wissen sie nichts von diesem Ort hier. Wir können sie also ausspionieren und ihnen nachspüren. Bestimmt finden wir etwas, womit wir sie zu Fall bringen.« Der junge Hamburger sprach zuversichtlicher, als ihm zumute war. Ihm war durchaus bewusst, dass sein Plan wenig Fundament aufwies und dass Monate oder gar Jahre verstreichen könnten, ohne dass sie etwas Konkretes in Erfahrung bringen würden. Florian und Daniel nickten zustimmend. Elizabeth tat es den beiden Männern gleich, jedoch wirkte ihre Geste zögerlich und wenig überzeugt. Der Plan galt als beschlossen und die vier Bewohner der gemütlichen Hütte räumten das Geschirr vom Tisch und richteten sich für die Nacht ein. Florian zauberte ein paar alte Decken und sogar frische Bettwäsche aus einem Schrank und verteilte sie. Dann zog er eine der Matratzen aus der Kammer in den Wohnraum, auf der Daniel schlafen würde. Er selbst machte es sich in dem alten Sessel gemütlich und überließ den beiden jungen Leuten die kleine Kammer. Es war weit nach Mitternacht, sie waren alle erschöpft und legten sich unverzüglich schlafen. Der Abstand zwischen den zwei Matratzen in der kleinen Kammer betrug kaum die Armlänge eines Literaturstudenten. Elizabeth lag auf dem Rücken und blickte zur Decke. Sie schien entspannt, aber auch irgendwie durcheinander oder auch unzufrieden. Max konnte ihr Gesicht in der Dunkelheit nicht deuten. Der junge Hamburger kauerte völlig angespannt auf der äußersten Kante seiner Matratze, so nah bei Elizabeth wie möglich. Die Tür zum Wohnraum war nur einen schmalen Spalt geöffnet.

Max' Geist war hellwach vor Aufregung und kämpfte gegen seinen Körper an, der erschöpft nach Erholung verlangte. Der Junge suchte die Unterhaltung, doch Elizabeth antwortete ihm nur einsilbig, woraufhin Max den Mut verlor und verstummte. Er überlegte, ob er es wagen sollte nach ihrer Hand zu greifen, oder sich gar zu ihr zu legen, sie zu küssen! Doch die wunderschöne Frau im Bett neben ihm schien daran keinerlei Interesse zu haben. Sie wirkte in sich gekehrt und abwesend. Niedergeschlagen entschied Max, sie in Ruhe schlafen zu lassen und sich lieber darauf zu konzentrieren, wie er ihr helfen könne. »Schlaf gut, Elizabeth. Ich versichere dir, die Schmidts werden für ihre Taten bezahlen.« Das Mädchen rollte sich auf die Seite und sah Max in die Augen. Der Junge erstarrte vor Nervosität. »Gute Nacht, Max«, sagte sie und drehte sich zurück zur Wand.

Im Wohnraum herrschte eine ganz andere Atmosphäre. Daniel lag auf seiner Matratze, die Arme hinter dem Nacken verschränkt und strahlte. Er war wohl der Glücklichste unter den Personen, die sich in der kleinen Hütte aufhielten. Er schwelgte in Tagträumen über seinen Sohn und seine Frau und grübelte, wie sie die niederträchtigen Schmidts schlagen könnten. Florian lehnte entspannt in seinem Sessel und las. Er hatte die Beine auf einen Stuhl hochgelegt und sein rechter Zeigefinger flog über die aufgeschlagene Doppelseite von *Los versos del capitán* des wunderbaren Pablo Neruda. Die Ausgabe enthielt die spanischsprachige Originalfassung der Gedichte auf der linken Seite, welche Florian mittlerweile fast verstehen konnte, da er sie schon so oft gelesen hatte. Die für das Verständnis notwendige deutsche Übersetzung stand auf der rechten Seite. Nach einer Weile blickte er auf und bemerkte, dass alle eingeschlafen waren, woraufhin er den dicken Gedichtband beiseite legte und sein gesundes Auge schloss. Im frühen Morgengrauen, noch bevor es ihm gelang, ein paar Stunden erholsamen Schlaf zu finden, wurde Florian Zeuge einer ausgesprochen kuriosen Unterhaltung.

EINE UNERKLÄRLICHE UNTERHALTUNG

PAPA, ICH HATTE BIS JETZT noch nicht die Zeit gefunden, es dir zu sagen, aber glaub nicht, dass ich es vergessen habe. Ich freue mich riesig, dich endlich kennengelernt zu haben. Ich habe immer gewusst, dass du noch am Leben bist.«

»Mein Sohn, ich habe Unsägliches auf mich genommen, um am Leben zu bleiben und das Leben von dir und deiner Mutter zu schützen.«

»Vermisst du sie?«

»Jeden einzelnen Tag«

»Wirst du sie wiedersehen?«

»Ich weiß es nicht.«

Es war ungefähr vier Uhr am frühen Morgen. Florian stand im Wohnraum seiner verborgenen Hütte und hatte ein Ohr an die Tür zur kleinen Schlafkammer gelegt. Die leise Unterhaltung zwischen Vater und Sohn war klar und deutlich zu verstehen. Das Thema der Konversation war selbstverständlich sehr interessant, unglaublich jedoch war, dass Daniel auf Spanisch und Max auf Deutsch sprach. Sie verstanden einander und offenbar verstand Florian sie auch.

Der Wind rüttelte an den Fensterläden, wirbelte Laub und herabgefallene kleine Äste am Boden auf und trug den unverkennbaren Geruch von Rauch durch die Luft, der von einem nicht allzu weit entfernten Schornstein aufstieg. Das Rascheln der Blätter mischte sich mit den melodischen Morgenrufen der gefiederten Waldbewohner.

»Papa, glaubst du, dass es uns gelingen wird, für Gerechtigkeit zu sorgen?«

»Darauf müssen wir vertrauen, Max.«

»Irgendeine Spur werden wir ausfindig machen. Etwas, womit wir beginnen können ...«

»Wir werden bei dem Kind beginnen«, erwiderte Daniel und damit war die Unterhaltung beendet. Daraufhin drehte er sich auf seiner Matratze um und schlief tief und fest ein.

DIE SUCHE NACH DEM KIND

DIE ERSTEN SONNENSTRAHLEN blitzten durch das Blätterdach der Bäume, die das Ufer der Regnitz säumten. Auf den Wegen und Pfaden des Haingebietes begegneten sich Hundeführer, Spaziergänger und Sportbegeisterte aller Art. Das Häuschen, in dem sich die drei Männer und Elizabeth aufhielten, lag tief im Wald verborgen, sodass es für unwissende, menschliche Augen kaum sichtbar war. In all den Nächten, die Florian dort mit Lesen und Schreiben verbracht hatte, war er auf keine einzige Person getroffen. Gelegentlich kreuzte der ein oder andere Hund auf, der sich zu weit von seinem menschlichen Begleiter entfernt hatte, verschwand aber umgehend wieder im Wald, sobald er das Hauptquartier des verfluchten Poeten im Dickicht entdeckte. Die Streuner schlugen einen Haken und kehrten auf schnellstem Wege in ihre Welt der Leckerlis und des Ohrenkraulens zurück, als zollten sie der Lektüre und der Kunst des Schreibens höchsten Respekt. Ihre wilden Artverwandten dagegen, die in den Wäldern umherzogen, suchten des Öfteren das Versteck des

Einäugigen auf. Ihre Besuche waren stets friedlicher Natur und Florian überließ ihnen den einen oder anderen Knochen und stellte eine Wasserschale gegen den Durst bereit.

Es war bereits nach sieben Uhr am Morgen, als Max auf der schmalen Matratze am Boden aufwachte, die ihm als Bett gedient hatte. Er setzte sich auf und reckte stöhnend seine Glieder. Sofort fiel sein Blick auf Elizabeth, die nur wenige Zentimeter von ihm entfernt noch immer tief und fest schlief. Sie lag mit angewinkelten Knien auf der Seite und ihr Kopf ruhte mit dem Gesicht Max zugewandt auf ihren Händen. Der junge Mann verweilte einige Minuten in Stille und betrachtete die schlafende Schönheit, bis diese blinzelnd ihre Augen öffnete. So mussten die Pforten des Himmels aussehen, sinnierte Max. Pforten zu einem grünen, ewigen Himmel. Der Literaturstudent, der vor allem ein wahrer Gentleman war, stand auf und verließ die kleine Kammer, um Elizabeth die notwendige Privatsphäre zu lassen. Schließlich startet ein jeder mit seiner ganz eigenen Routine in einen neuen Tag. Vielleicht wollte Elizabeth sich anziehen oder schminken oder was auch immer Göttinnen um sieben Uhr früh zu tun pflegen. Wenig später hatten sich die vier Bewohner des Häuschens im Wohnraum eingefunden. Alle wirkten ausgeruht und wohlauf, nur Max konnte sein Gähnen nicht unterdrücken und fragte wiederholt nach Kaffee. Florian, noch immer in dem Sessel, der ihm auch als Bett gedient hatte, schlug vor, unterwegs zu frühstücken. Alle waren einverstanden und Elizabeth erkundigte sich, wo sie ihre Nachforschungen beginnen sollten. Dass gerade sie Initiative zeigte, freute Max riesig. Florian erwartete, dass Daniel das Wort ergreifen würde, doch Letzterer blieb still, ebenso wie Max. Anscheinend konnten Vater und Sohn sich nicht an die Unterhaltung erinnern, die sie in Morpheus Reich geführt hatten. Die Vier diskutierten eine Weile, ohne zu einem Entschluss zu kommen. Also brachte Florian den Vorschlag. Er sprach ruhig und beobachtete seine Gegenüber genau, als wage er ein freudianisches Experiment.

»Vielleicht sollten wir versuchen, das Kind ausfindig zu machen.«

»Welches Kind?«, fragten Max und Elizabeth wie aus einem Munde.

»Das Kind des Polizisten«, erwiderte Daniel. »Das ist eine sehr gute Idee.«

»Soweit ich weiß«, erläuterte der Einäugige, »hat der Sohn des Polizisten, den die Schmidts damals getötet haben, überlebt. Er lag eine Zeit lang im Koma, erholte sich aber und ging dann wieder zur Schule. Soviel konnten Edward und ich vor ein paar Monaten in Erfahrung bringen. Der Kerl müsste nun um die dreißig sein.«

»Genial!« rief Max begeistert aus. »Er ist bestimmt bereit, gegen die Schmidts auszusagen.«

»Da bin ich mir nicht so sicher«, gab Daniel zu bedenken. »Wenn dem so wäre, warum hat er es dann nicht längst getan?«

»Vielleicht kann er sich an nichts erinnern«, mutmaßte Elizabeth.

»Oder die Schmidts haben ihm eine Art Gehirnwäsche verpasst oder ihm eine Falle gestellt oder beides auf einmal«, fügte Florian hinzu.

»So oder so ist er der beste Hinweis, den wir haben. Er könnte die Schlüsselfigur sein, die Licht ins Dunkel bringt«, hielt Max dagegen.

Die anderen drei Anwesenden gaben dem jungen Mann Recht und so machte die kleine Gruppe sich auf den Weg zurück nach Bamberg. Sie beschlossen, das Archiv der Lokalzeitung und die Bibliotheken der Universität aufzusuchen sowie jeden zu fragen, der nur die geringste Verbindung zu dem Sohn des ermordeten Polizisten haben könnte. Grundsätzlich brauchten sie zunächst einen Namen und eine Anlaufstelle, etwa einen Verwandten oder Freund des Jungen. Bamberg war eine kleine Stadt, vielleicht war die Idee also gar nicht so irrsinnig. Unglücklicherweise konnte jedoch keiner der Vier wissen, dass der junge Benjamin Müller gar nicht mehr Benjamin Müller hieß. Er trug nun den sonderbaren Namen Joe Montana, welcher eine Neigung zum Volkssport der Vereinigten Staaten vermuten ließ.

Sie entschieden sich für den Fußweg auf der weniger belebten Seite der Regnitz. Während sie am Ufer entlangwanderten, beschlossen die vier Gefährten, sich in der Stadt paarweise aufzuteilen. Nach einer Dreiviertelstunde strammen Marsches erklomm die Gruppe die Stufen einer Treppe, die sie über eine gewundene Gasse zur Straße Oberer Stephansberg führte. Florian entschied, gemeinsam mit Max die Bibliotheken aufzusuchen, während das andere Zweierteam, bestehend aus Daniel und Elizabeth, die Lokalzeitung in Angriff nehmen würde. Niemand zeigte Einwände und so einigten sie sich darauf, sich spätestens am frühen Abend wieder in Florians Refugium zu treffen. Max und Elizabeth trugen ihre Handys bei sich. Im Falle einer Planänderung könnten sie sich mobil kontaktieren. Florian wusste, dass Daniel den Weg zu seiner Hütte ohne Schwierigkeiten finden würde. Dies sah auch Max ein und so unterdrückte er seinen anfänglichen Impuls, gegen die Gruppenaufteilung zu protestieren, die seine Trennung von Elizabeth bedeutete. Sich seinem Schicksal fügend, lief er an der Seite des Einäugigen und hing seinen Tagträumen nach. Während die Zwei sich ihren Weg durch die Gassen unweit Max Wohnung bahnten, fühlte der Literaturstudent sich an *Die wilden Detektive* des genialen chilenischen Schriftstellers Roberto Bolaño erinnert. »Ich bin Ulises Lima und Florian ist Arturo Belano … Nein, besser andersrum! Ich bin Arturo Belano und Florian ist Ulises Lima«, malte sich der aufgeregte junge Mann in seinem Kopf aus.

Die Frühlingssonne erwärmte allmählich das Kopfsteinpflaster der Straßen in Bambergs Stadtzentrum, als Florian und Max die Untere Brücke überquerten, um zur TB5 zu gelangen, eben jene Teilbibliothek der Universität, in der Max seine Recherchen über den Einäugigen durchgeführt und dessen Gedicht entdeckt hatte. Dort angekommen, steuerten sie direkt auf die Computer im obersten Stockwerk zu. Von dort bot sich ein herrlicher Ausblick auf den Fluss hinaus. Max wartete, dass die Homepage des Katalogs lud. Auch Florian schaute aus dem Fenster, doch Max wurde schlagartig klar, dass dessen Blick nicht dem Wasser galt. Vielmehr betrachtete der Ältere das grobe, gelbe Gebäude mit den Gitterstäben vor den Fenstern. Die beiden verbrachten eine gute halbe Stunde mit ihrer Recherche, ohne auf irgendeinen hilfreichen Hinweis zu stoßen. Schließlich schlug Florian das Rathaus oder die Polizei als mögliche nächste Anlaufstellen vor. Sie entschieden sich für Letzteres, verließen das Bibliotheksgebäude und riefen sich ein Taxi.

Vor dem Polizeigebäude angelangt, schmiedeten sie ihren Plan. Florian würde draußen warten, Max aber hineingehen und eine fiktive Anzeige wegen eines gestohlenen Fahrrads erstatten. Der junge Mann betrat die Polizeistation und wand sich mit seinem Anliegen an den Beamten im Dienst. Dabei sparte er nicht mit detaillierten Angaben zu dem erfundenen Rad. Der Polizist nahm Max Anliegen nickend zur Kenntnis und bat ihn, sich einen Moment zu gedulden. Das war der Moment, auf den Max gehofft hatte und der es ihm ermöglichen sollte, unauffällig ein paar Fragen zu dem Tod des Polizisten und dessen Sohn zu stellen. Es war nicht ausgeschlossen, dass die Vier alle Vorfälle im Zusammenhang mit den Schmidts der Polizei melden würden, doch zunächst benötigten sie Beweise, die ihre Anschuldigung belegen würden. Die Szene auf der Wache war folgende: Max lehnte gemütlich an dem Schalter, an dem die Bürger allerlei Dokumente empfangen und ausfüllen konnten. Auf der anderen Seite des Schalters befanden sich zwei Polizeibeamte. Der eine, in den Vierzigern mit einer eckigen Brille, richtete seine Aufmerksamkeit auf den Stapel Unterlagen und den Bildschirm vor sich. Seine Kollegin, die vermutlich kurz vor der Pensionierung stand, schubste sich auf ihrem Bürostuhl gut gelaunt durch das kleine Büro. Max befand, dass diese rundliche, freundlich wirkende Frau alle erforderlichen

Voraussetzungen mit sich brachte, um über die ersehnten Informationen zu verfügen und Zielperson seines Verhörs zu werden. Tatsächlich beantwortete sie Max höfliche Fragen. Er erkundigte sich, wie viele Anzeigen täglich eingingen und wie sehr sich die Polizeiarbeit in den letzten dreißig Jahren verändert habe. Er erfuhr, dass sie damals die einzige weibliche Absolventin ihres Ausbildungsjahrgangs gewesen war. Das war ihr ganzer Stolz und auch ihr liebstes Konversationsthema. Nachdem Max etwas das Vertrauen der Beamtin gewonnen hatte, erzählte er ihr von einer kürzlichen Unterhaltung mit einem Freund. Dieser habe ihm die furchtbare Geschichte von der noch immer unaufgeklärten Tötung eines Polizisten erzählt. Schlagartig wich das freundliche Lächeln der Dame einem Gesichtsausdruck voller Leid und, so mutmaßte Max, auch ein wenig Scham. Bingo! Der Rest war ein Kinderspiel. Wenige Minuten später verließ der Student die Polizeiwache im Besitz der Namen Andreas und Benjamin Müller. Wohin es den Sohn Benjamin verschlagen hatte, wusste selbst die redselige Polizistin nicht. Erst nachdem er Florian diese Informationen mitgeteilt hatte und sie sich schon wieder auf halbem Weg zurück ins Zentrum befanden, fiel dem jungen Mann auf, dass er die Formulare für seine Diebstahlanzeige in der Polizeistation vergessen hatte.

»Benjamin Müller, Benjamin Müller ...«, murmelte Florian nachdenklich während ihres Fußmarsches. Am Bahnhof angelangt beschlossen die beiden, zunächst zum Frühstücken in eine Bäckerei einzukehren, bevor sie ihren nächsten Schritt planten.

Daniel und Elizabeth hatten den Bus genommen, um zur Redaktion des Fränkischer Tag zu gelangen. Das Reden hatte Elizabeth übernommen, jedoch war es ihr nicht gelungen, den Angestellten der Redaktion irgendwelche Informationen zu entlocken, sei es, weil diese nichts wussten, oder weil sie keinen Grund sahen, dem Mädchen zu helfen.

Nun saßen Daniel und Elizabeth mit hängenden Köpfen erneut in dem Bus, der sie zurück ins Zentrum brachte, als plötzlich Elizabeth' Handy klingelte. Den Blick auf Daniel gerichtet, nahm die junge Frau den Anruf entgegen. Am anderen Ende der Leitung ertönte Max aufgeregte Stimme.

»Hallo, wir haben von der Polizei den Namen erfahren.«

»Perfekt! Wir haben überhaupt nichts erreicht. Wie heißt der Junge?«

»Benjamin Müller.«

Elizabeth wiederholte den Namen für Daniel, doch keinem der beiden war der Name bekannt. Natürlich könnte es tausende Benjamin Müllers geben, aber in eben dieser Situation sagte ihnen der Name nichts.

»Wir überlegen, ins Rathaus zu gehen, um vielleicht eine Adresse zu bekommen«, berichtete Max voller Enthusiasmus. »Treffen wir uns dort, vor dem Haupteingang!«

»Alles klar. Bis gleich.«

Alle vier fanden sich auf dem Maxplatz vor dem Rathaus ein. Bevor sie die wenigen Stufen zum Haupteingang erklommen, diskutierte die kleine Gruppe, dass, selbst wenn der Sohn des Polizisten im System vermerkt sein sollte, es doch illegal wäre, seine Daten an Fremde herauszugeben. »No problem at all«, erwiderte Elizabeth mit einer Selbstsicherheit, die die drei Männer schlagartig verstummen ließ. Sie betraten das Gebäude gemeinsam. Die Amerikanerin voran stiegen sie hinauf ins erste Stockwerk zum Einwohnermeldeamt. Elizabeth bat ihre Begleiter, auf einer der Bänke am Rande des breiten Korridors Platz zu nehmen und zu warten. Die Männer taten, wie ihnen geheißen, während Elizabeth langsam den Flur entlang spazierte, um die verschiedenen Schalter zu inspizieren. Beim letzten Tresen angekommen, machte sie halt. Dort stand kein einziger Bürger an und ein junger Kerl, kaum älter als fünfundzwanzig, saß alleine hinter dem Schreibtisch. Beim Anblick der hinreißenden Bürgerin, die auf ihn zukam, riss dieser staunend die Augen auf. Stotternd hieß er die junge Frau willkommen und versicherte ihr, dass es wirklich gar kein Problem sei, dass sie ohne Voranmeldung erschienen war und dass eine Nummer zu ziehen nicht nötig sei. Während Elizabeth redete, bewegte sie ihren Körper wie Julia Roberts in *Pretty Woman*, dachte Daniel bei sich. Schmunzelnd beobachtete er abwechselnd Elizabeth' Schauspiel und das Gesicht seines Sohnes. Max schien sich in einer Art Schockstarre zu befinden. Sein Mund stand halb offen und sein Vater befürchtete, sein Nachwuchs könnte jeden Moment beginnen zu sabbern. Während ihrer Unterhaltung mit dem jungen Stadtangestellten drehte sich Elizabeth kurz zu ihren drei Gefährten um und gab ihnen ein unmissverständliches Zeichen mit dem Daumen. Ein paar Minuten später konnten sie beobachten, wie der junge Kerl alle Professionalität über Bord warf und den Bildschirm seines Rechners in Elizabeth' Richtung drehte. Von ihren Zuschauerplätzen aus konnten die drei aber nicht erkennen, was auf dem Bildschirm stand, und genauso wenig konnten sie die Furcht in Elizabeth' Miene sehen. Im nächsten Augenblick händigte der übereifrige Stadtangestellte ihr ein Blatt Papier aus und die Amerikanerin schloss ihr Schauspiel mit einer falschen Handynummer ab, die sie auf einem Zettel notierte und ihrem über beide Ohren strahlenden Gegenüber reichte. Anschließend verließ Elizabeth den Schalter und lief, ohne ihren Begleitern Beachtung zu schenken, Richtung Ausgang. Als die junge Frau an Max vorbeirauschte, glaubte er zu hören, dass Elizabeth mehrmals »unbelievable« murmelte.

Die Drei erhoben sich von der Wartebank und folgten der Amerikanerin bis zum leeren Treppenhaus, wo sie innehielt. Sie holte kurz Luft und begann mit ihrem Bericht.

»Laut dieses Typen ist in Bamberg kein Benjamin Müller gemeldet. Allerdings fand er in der Datenbank einen Benjamin Müller, der vor über zwanzig Jahren seinen Namen geändert hatte.« Die Spannung ihrer Zuhörer stieg immer weiter. »Die Namensänderung wurde durch den Vormund des Jungen beantragt. Er heißt nun Joe Montana, hat aber keinen festen Wohnsitz, weil ... weil er im Gefängnis sitzt!«, platze Elizabeth heraus und hielt den Dreien ein Blatt Papier unter die Nase. Es handelte sich um eine schwarzweiß Kopie eines Fotos von dem Mann, der sich nun Joe Montana nannte.

Staunend betrachtete Daniel das Foto und blickte dann zu Florian. Dieser hatte den Kopf in den Nacken gelegt und starrte an die Decke. Er sah aus, als versuche er eine schwierige Aufgabe im Kopf zu rechnen, oder als habe er soeben die offensichtliche Lösung für ein Rätsel gefunden. Max dagegen bekam am ganzen Körper Gänsehaut, als hätte er nicht das Foto eines Häftlings, sondern den Teufel persönlich gesehen.

Genau wie alle anderen Anwesenden kannte Max sehr wohl Joe Montana oder vielmehr Benjamin Müller. Keiner der Vier sprach ein Wort. Elizabeth blickte erneut auf das Foto und dann zu den Anderen. Der nächste Schritt der Gruppe war klar. Sie mussten die Geschichte des Mannes mit dem Vollbart aus dem Gefängnis ergründen, eben jenem Mann, der Elizabeth und Max geholfen hatte, Florian zu finden und der Max gedroht hatte, ihn umzubringen, falls dieser ihn erneut im Gefängnis aufsuchen sollte. »Immerhin wissen wir, wo wir ihn finden können«, fuhr es Max durch den Kopf. Der Gedanke an eine Rückkehr ins Gefängnis flößte ihm Angst ein. Dennoch, es könnte der richtige Schritt sein. Nein, es war mit Sicherheit der Weg, dem sie folgen mussten.

DIE GESCHICHTE VON JOE MONTANA

ES WAR MITTAGSZEIT in der Universitätsstadt. Der Himmel hatte sich wieder zugezogen, typisch für Ende April. Max Dresslen liebte diese Zeit des Jahres, in der der Frühling Einzug hält, wie man sagte. An die Inhalte seines Studiums konnte er sich kaum erinnern. Die Alltagserfahrungen erwiesen sich als weit unterhaltsamer als die staubige Theorie der Hörsäle und Bibliotheken. Max war gefesselt von den aufregenden Erlebnissen, die ihm widerfuhren. Er hatte seinen Vater kennengelernt und einen Schriftsteller, der unter einem Fluch litt und zu allem Überfluss erlebte er dies mit Elizabeth an seiner Seite. Plötzlich wanderten seine Gedanken zu seiner Mutter in Hamburg und das unvorstellbare Leid, das ihr widerfahren war, als sie in jungen Jahren und hochschwanger von dem angeblichen Tod ihres Mannes erfahren hatte. Sofort dachte Max wieder an seinen Vater und wieviel er gelitten haben musste. In ihm sah Max, genau wie in Edward, ein Beispiel menschlicher Güte. In diesem Moment waren ihm seine Bücher egal, ebenso seine geliebten Schriftsteller. Selbst seine Helden aus den Geschichten interessierten ihn nicht mehr. Niemals hätte Max es vor seinen Freunden zugegeben, dass er sich schon oft in die Heldin eines Buches verliebt hatte, zum Beispiel in Galadriel, die Herrin von Lorien. Aber nun waren seine Helden seine Freunde, sogar seine Familie: Der Seemann, der von den Toten zurückgekehrt war, der Chronist des Schicksals und Prinzessin Ellie. Eben deren Stimme riss Max aus seinen Tagträumen. Elizabeth wollte wissen, wer in das Gefängnis gehen werde und wie man sich Zutritt verschaffen könne. Erneut stand die Gruppe auf dem Maxplatz zusammen und beratschlagte sich. Zunächst sprachen Daniel, Elizabeth und Max sich gegen Florian als Kandidaten für den Gefängnisbesuch aus. Sein Abschied aus der Vollzugsanstalt lag nicht allzu lang zurück und eine Wiederkehr könnte zu viel Aufsehen erregen. Die Gruppe wollte diskret agieren. Ihr Interesse galt alleine dem *Vollbart,* wie Max ihn nannte. Florian hatte keinen Einwand gegen seinen Ausschluss aus der Mission und klärte seine Freunde über Montanas Beliebtheit im Gefängnis auf. Er sei ein netter Kerl, den alle nur Jay nannten. Diese Information passte so gar nicht zu dem Bild, das Max von dem Mann hatte und schon allein der Blick auf das Foto versetzte ihn in Panik. Der Student sah in Montana einen traumatisierten oder gar bösartigen Typen. Er mutmaßte, dass Elizabeth, in Anbetracht ihres ersten Aufeinandertreffens mit Montana ebenso wenig Lust verspürte, diesen Mann aufzusuchen. Trotzdem war sie es, die sich bereit erklärte, den Häftling zu besuchen. Daniel verkündete, er halte dies für eine gute Idee. Sonst sagte er nichts. Also bot Max an, die junge Frau zu begleiten, sodass sie nicht alleine sei. So beschloss die Gruppe, dass Max und Elizabeth erneut das Gefängnis aufsuchen sollten. Sie würden sich wieder mit Hilfe des Märchens über eine universitäre Arbeit Zutritt verschaffen, während Daniel und Florian in einer nahen Gasse warten würden. Ziel der Mission war die Enthüllung von Benjamin Müllers Geschichte und der beste Weg, dies zu erreichen war, ihm die ganze Wahrheit zu erzählen. Darin waren sich alle vier einig und so setzten sie ihren Plan in die Tat um.

Zehn Minuten brauchten die beiden Studenten bis zum Eingangstor des Gefängnisses. Florian und Daniel beobachteten sie aus etwa hundert Meter Entfernung, wo sie von neugierigen Blicken geschützt unter der Markusbrücke lauerten. Diesmal war nur der jüngere Beamte zugegen, der aber sogleich den erfahrenen Herrn Krämer anrief. Nach wenigen Minuten tauchte der freundliche Beamte auf und als er die zwei wartenden Studenten entdeckte, begrüßte er sie mit einem breiten Lächeln.

»Na, da schau her! Des freut mich aber, dass ihr wieder hergefunden habt. Wie ist es denn gelaufen mit eurem Projekt für die Uni?«, erkundigte er sich. Das Wohlwollen des Beamten beruhigte Max und Elizabeth empfand genauso.

»Hervorragend!«, erwiderte diese mit einem Lächeln. »Schön, dass Sie uns nicht vergessen haben. Also, es lief wirklich toll, wir haben sogar einen Preis gewonnen und so!« Schockiert und baff zugleich starrte Max sie an.

»Ja, genau, wir haben unsere Arbeit auch an anderen Universitäten im Land vorstellen dürfen und jetzt wollen alle nach Bamberg kommen, um diese tolle Bücherei zu sehen, die Sie hier haben«, fügte er aber eifrig hinzu. Er ließ sich von seinen Emotionen mitreißen. Elizabeth tötete ihn mit einem kurzen Blick, wand sich aber sofort wieder mit ihrem schönsten Zahnpastalächeln den beiden Polizisten zu und nickte zustimmend. »Ach, subba, da freu ich mich aber für euch!«, antwortete Herr Krämer. »Mensch, schau doch, wie nett die Zwa sind. Die Zukunft unseres Landes sozusaachen!«, fügte er dann noch an den jungen Kollegen gerichtet hinzu, der seinem Vorgesetzten stets mit einem dümmlichen Nicken zustimmte.

»Also, was bringt euch denn hier her?«

»Nun, um unsere Arbeit abzuschließen, würden wir gerne noch ein paar Gefangene interviewen, die

die Bibliothek besonders nutzen«, erklärte Elizabeth.

»Hmm ... ich verstehe ...«, erwiderte Herr Krämer. »Das sollte kein Problem sein, jetzt grad ist bestimmt irgend einer da. Andererseits ... seitdem der Einäugige nicht mehr bei uns ist, weiß ich nicht, ob in der Bücherei noch so viel los ist ...«

»Wir können ja mal nachsehen, irgendjemand ist bestimmt da. Es gibt doch nichts Besseres, als ein gutes Buch am Ufer der Regnitz zu lesen!«, ereiferte sich Max, wofür er befremdliche Blicke von Elizabeth und Herrn Krämer kassierte. »Naja, wenn auch hinter Gittern, ein Buch ist und bleibt ein Buch und die Literatur ist im Stande, Gefängnismauern zu überwinden«. Während Max dies sagte, blickte er Elizabeth aus dem Augenwinkel an. Er fürchtete, über das Ziel hinausgeschossen zu sein. Doch die junge Frau verzog keine Miene und hielt ihren Blick höflich auf die zwei Polizisten gerichtet, die wiederum einen unsicheren Blick tauschten und dann wohlwollend lächelten.

»Ach, die liebe Jugend! Welch herrlicher Schatz!«, verkündete Herr Krämer angetan. »Na, dann schaun ma mal, ihr Zwa, wen mir da drinnen so treffen, ich begleite euch natürlich wieder.«

Max und Elizabeth tauschten einen ratlosen Blick und folgten dann Herrn Krämer auf demselben Weg wie beim letzten Mal. Sie durchquerten erneut den

Aufenthaltsraum, kamen an den Therapiezimmern vorbei und passierten die Cafeteria. Unterwegs begegneten sie nur einem Angestellten. Schließlich gelangten sie zu dem Saal, der die Bibliothek beherbergte. Max durchforstete mit seinem Blick den Raum. Ein Insasse saß mit dem Rücken zu ihnen auf einem Stuhl und las Zeitung, ein weiterer saß an einem der Computer. Zuletzt entdeckte er einen dritten Gefangenen, der an einem der Regale stand und ein Buch an seinen Platz zurückstellte. Eben dieser drehte sich zu Max um und ihre Blicke kreuzten sich. Er wirkte ruhig, zeigte gar ein leichtes Lächeln. Die dunklen Augen über dem dichten schwarzen Bart ruhten auf Max, ohne zu blinzeln. Dieser stand wie versteinert und außer Stande seinen Blick von dem *Vollbart* zu lassen. Neben ihm deutete Elizabeth diskret auf jenen Häftling und fragte Herrn Krämer, ob es möglich sei, bei ihm zu beginnen. Der Beamte hatte keine Einwände und winkte den Insassen zu sich. Der *Vollbart,* der sich bereits vor der auffordernden Geste genähert hatte, lief weiter langsam und stumm auf die zwei Studenten und den Polizisten zu, wobei er Elizabeth und Max nicht aus den Augen ließ.

»Der hier wird von allen einfach Jay genannt. Er schaut immer ein wenig wahnsinnig aus, aber keine Sorge, der tut keiner Fliege was zu Leide«, munterte Herr Krämer seine beiden Begleiter auf. Anschließend klärte er den Häftling über das Projekt der beiden Studenten auf und dieser erklärte sich mit Freude bereit für ein Interview. Herr Krämer ließ die drei an einem kleinen freien Tisch Platz nehmen und setzte sich dazu. An Elizabeth und Max gewandt erklärte er, dass er aus Gründen der Sicherheit die ganze Zeit bei ihnen bleiben würde. Dann überließ er den Studenten mit einem auffordernden Nicken das Wort.

Elizabeth öffnete den Mund, als wolle sie etwas sagen, brachte aber nur ein kurzes Stammeln heraus und verstummte. Daraufhin nahm Max all seinen Mut zusammen und begann das Interview.

»Okay, nun, zunächst danke ich Ihnen, dass Sie bereit sind, an unserer Befragung teilzunehmen. Ich würde Sie gerne nach ihren Lieblingswerken fragen. Es muss sicher ein großer Halt sein hier lesen zu können und somit ein wenig dem Alltagstrott zu entfliehen, oder?«

»Ganz genau. Lesen macht frei. Selbst an einem Ort wie diesem.«

»Und was genau lesen Sie gerne?«, erkundigte sich Max und bemühte sich, seine Nerven im Zaum zu halten.

»Generell gefallen mir realistische Romane. Ich mag aber auch die Erzählungen von E.T.A. Hoffmann, Schillers Poesie, die Philosophie von Nietzsche ...«

Der Vollbart sprach langsam und gedehnt. Dabei lächelte er. Auf Max wirkte das Lächeln ironisch, als wolle er ihn provozieren. Er warf einen kurzen Blick zu Elizabeth und da er fürchtete, so nicht voran zu kommen, verschärfte er sein Verhör.

»Ich habe hier auch den Roman von Palacios Léon gesehen. Haben Sie den gelesen?«

»Bitte? Palacios León?«, fragte der Vollbart sichtlich verwirrt.

»Ja, ja. Der Roman, der von dem heimlichen Mord an einem Polizisten handelt und lebenslanger Erpressung und in dem die Mörder ungestraft davonkommen. Der Titel heißt *Wir kennen die Wahrheit.*« Mit diesen Worten traf Max den Vollbart völlig unvorbereitet, ebenso wie Elizabeth. Nur Herr Krämer wirkte unbeeindruckt und blickte weiterhin in die Runde, ohne dem Inhalt des Interviews allzu großes Interesse zu schenken. Nach Max' Frage war der Vollbart nicht mehr Joe Montana, sondern Benjamin Müller und sein Blick flößte Max keine Angst mehr ein. Der bedrohliche Mann hatte sich wieder in das unsichere Kind verwandelt.

»Ach so, ja ... Ich glaube, ich weiß, welchen Roman Sie meinen ...«, stammelte der Häftling.

»Natürlich, es ist schließlich ein Klassiker!«, erwiderte der Literaturstudent sofort. Elizabeth' verfolgte angespannt die Befragung. Herr Krämer hörte noch immer ohne Anzeichen echten Interesses zu, ließ aber keinen der drei aus den Augen. Max führte das verschleierte Verhör fort.

»Mir hat das Buch auch sehr gut gefallen. Allerdings fand ich es schade, dass die Detektive keine Hilfe von dem Kind bekamen.«

»Tja, so ist die Literatur, nicht wahr?«, erwiderte der Vollbart.

»Ja, wie auch der Protagonist des Romans von Palacios León sagte: *Ich vertraue auf die Wahrheit, die stets stärker ist als die Angst.* Meinen Sie nicht? Sagen Sie, sind Sie für die Angst oder für Wahrheit und Gerechtigkeit?« Mit diesen Worten hatte Max dem Vollbart die Pistole auf die Brust gesetzt. Die letzte Hoffnung auf Hilfe des Häftlings Jay lag in jener Frage. Der Vollbart lehnte sich in seinem Stuhl zurück. Auf seinem Gesicht ließ sich Anspannung erkennen. Herrn Krämer erschien es logisch, das Interview an dieser Stelle zu beenden und er schlug vor, mit einem anderen Häftling fortzufahren. Max spürte, dass er alles auf eine Karte gesetzt und verloren hatte. Betroffen richtete der Vollbart den Blick starr auf den Studenten. Dieser erwiderte den Blick voller Mitgefühl und ihm wurde klar, dass sich der Vollbart nach der Freiheit jenseits der Gefängnismauern sehnte. Er wollte das Gefängnis seiner Vergangenheit verlassen. Benjamin wollte endlich frei sein. In diesem Moment erhob sich Herr Krämer und so folgten zunächst Elizabeth und dann der Vollbart und Max seinem Beispiel. Der Häftling gab zunächst der jungen Frau zum Abschied die Hand und anschließend dem jungen Hamburger. Dieser erwiderte den Händedruck mit aller Kraft, wobei er seinem Gegenüber tief in die Augen sah. Max' Augen flehten um eine Erklärung, eine Spur, nur ein einziges Wort. Als der Polizeibeamte bereits einen weiteren Insassen heranwinkte, ließ der Vollbart schließlich Max' Hand los. Während er von der kleinen Gruppe zurücktrat, sprach er noch einen Satz, der in der eingeschlossenen Luft der Vollzugsanstalt von Bamberg schweben blieb.

»Noch viel Erfolg, ihr beiden. Wie der Junge im Roman sagte: *Dort, wo die Menschen ihre Sünden beichten, dort, wo nur Gott uns hört, dort ist die Wahrheit verborgen, die ihr sucht.*«

Dann verschwand der Vollbart schnellen Schrittes in den Korridoren des Gefängnisses und ließ einen erstaunten Max und eine verwirrte Elizabeth zurück.

Nach dem Interview stellte Herr Krämer den beiden Studenten den Häftling vor, der am Computer gesessen hatte und sie nahmen erneut gemeinsam an dem Tisch Platz. Der freundliche Polizist berichtete, dass er die Befragung sehr interessant gefunden hatte und entschuldigte sich lächelnd für sein mangelndes Wissen im Bereich der Literatur. »Wer zur Hölle ist dieser

Palacios Léon?«, grübelte er. Die folgenden Interviews wurden ebenfalls von Max durchgeführt, der sie rasch erledigte, indem er ein paar einfache Fragen stellte, um baldmöglichst zum Ende zu gelangen. Abschließend bedankte sich Max herzlich bei dem Polizisten für seine Hilfsbereitschaft und die Drei verließen die Bücherei und kehrten zurück zum Eingang. Auf dem Weg plauderte Max mit Herrn Krämer, während Elizabeth still und nachdenklich neben ihnen herlief. Sie verabschiedeten sich und Max nahm Elizabeth an der Hand und führte sie hinaus auf die Straße.

Dort angekommen entdeckte Max sofort Daniel und Florian unter der Brücke und eilte mit Elizabeth an seiner Seite auf die Männer zu. Diese ließ sich widerstandslos mitziehen. Max schien es, als sei die Amerikanerin ein wenig verwirrt und verbuche die Gefängnisbesichtigung als Misserfolg. Als sie die Brücke erreichten, schlossen sich Daniel und Florian den zwei Studenten an und die Vierergruppe lief sofort ohne stehenzubleiben weiter und folgte dem Verlauf der Regnitz in nördliche Richtung.

»Also? Wie ist es gelaufen?«, fragte Daniel erwartungsvoll.

»Ich bin mir nicht sicher«, erwiderte Elizabeth stirnrunzelnd.

»Habt ihr mit Jay reden können?«, erkundigte sich Florian.

»Ja, schon, aber ich glaube, er ist uns ausgewichen. Mir schien, er habe uns an der Nase herumgeführt«, antwortete die Amerikanerin.

»Max?«, sagten Florian und Daniel wie aus einem Munde.

Der junge Hamburger hatte Elizabeth' Hand losgelassen und lief ein paar Schritte voraus. Plötzlich wandte er sich nach links, um die Stufen der Treppe zu nehmen, die sie wieder zurück in die Sandstraße führen würde, drehte sich am Fuß der Treppe um und zeigte ein breites Lächeln voller Freude und Zuversicht.

»Der Junge will uns helfen und er hat mir genau gesagt, was wir tun müssen«, verkündete er und eilte dann die Stufen hinauf.

IM ANTIQUARIAT

UNGELENK SCHLURFT FRANK SCHMIDT über das Pflaster der Unteren Brücke in Richtung des Antiquitätenladens seiner Onkel. Der frische Wind, der von der Regnitz hinaufzieht ruft ihm ins Gedächtnis, dass noch einige Monate vergehen müssen, bis der Sommer einkehrt. Er hat seine Tagesaufgabe beendet und war diesmal sogar an interessante Informationen gelangt. Die Tür zu dem kleinen Geschäft ist angelehnt und die Lichter sind gedämmt. Frank betritt den Laden und hört Stimmen wie aus dem Jenseits, die sich mit dem Klang eines alten Radios vermischen. Die eine Stimme ist tief, die Andere fest und gebieterisch. Seine Onkel sitzen an einem massiven Eichentisch. Julius ist ganz in schwarz gekleidet und trinkt ein Glas Wein. Marius leistet ihm mit einem Hefeweizen Gesellschaft und hält ein Stofftaschentuch in der Hand. Die beiden unterhalten sich über das Tagesgeschäft. Als ihr Neffe den Raum betritt, verstummen sie.

»Frankie, lass hören! Was hast du gesehen?«, eröffnet Marius das Gespräch. Auf seiner Stirn stehen Schweißperlen.

»Es ist alles so gelaufen, wie Julius es vorausgesagt hat. Ich habe das Gefängnis vom Garten des Hauses in Klein Venedig beobachtet. Tja, und heute habe ich sie endlich entdeckt. Das Pärchen war zu einem Besuch im Knast. Der Einäugige und dieser elende Seemann haben auf die beiden nebenan unter der Brücke gewartet«, trägt Frank seinen Bericht vor. »Wir hätten diese Affenbande schon vor langer Zeit aus dem Weg schaffen sollen ...«

»Nur die Ruhe Frankie. Alles zu seiner Zeit. Ich bezweifle, dass sie irgendwelche Informationen aus Benjamin herauspressen konnten«, antwortet Julius.

»Hoffentlich«, erwidert Frank. »Falls nicht, müssen wir uns auch noch um ihn kümmern. Ich habe das ungute Gefühl, dass die ganze Angelegenheit aus dem Ruder läuft.«

»Es gibt keinen Grund, sich Sorgen zu machen, Frankie«, ergreift nun auch Marius das Wort, um seinen Neffen zu beruhigen. »Julius und ich haben alles im Griff. Unter keinen Umständen wird uns dieser trostlose Benjamin zur Gefahr. Und von den anderen Idioten geht erst recht keine Gefahr aus.«

»Auf jeden Fall darfst du diesen Max Dresslen nicht aus den Augen lassen. Ich werde nach Benjamin schauen. Ich traue der Sache nicht ganz, dieser Einäugige ist der Teufel in Person«, gibt Julius zu bedenken, während er mit dem Zeigefinger langsam über seine Unterlippe fährt.

Frank nickt gehorsam. »Einverstanden. Ich mache mich sofort auf den Weg.«

»Sehr gut, mein Lieber. Pass auf, dass sie dich nicht sehen«, weist ihn Julius an, der als der Älteste stets das Sagen in der Familie hat.

Frank verlässt den Antiquitätenladen und Marius begleitet ihn zur Tür, um hinter ihm abzuschließen. Julius Schmidt bleibt alleine an dem schweren Tisch zurück und betrachtet ein Foto, das er in der Innentasche seines Sakkos aufbewahrt. Das Foto zeigt die drei Schmidts in Anzug und etwa zwanzig Jahre jünger. Vor ihnen stand Benjamin Müller als kleiner Junge im Anzug und mit einer Kommunionkerze in der Hand. Die Männer stehen vor einer Kirche und den zierenden Hintergrund der Momentaufnahme bilden die kupferfarbenen Dächer Bambergs. Julius löst seinen Blick für einen Moment vom Foto und sieht zur Decke hinauf. Dann betrachtet er noch einmal das Foto, bevor er es wieder in seiner Westentasche verstaut und etwas Unverständliches murmelt.

VERLORENE GESTÄNDNISSE

SCHNELLEN SCHRITTES trugen Max' Füße ihn entschlossen über das ungleichmäßige Pflaster der Sandstraße. Dicht hinter ihm lief Elizabeth, Florian und Daniel. Die Gruppe hatte das Gefängnis umrundet und den verkehrsberuhigten Teil der Straße erreicht, wo Touristen und Anwohner gleichermaßen träge umherwanderten. Auf einmal rief Florian Max' Namen und forderte ihn auf, endlich zu berichten, was der Häftling Jay ihnen erzählt hatte. Max drehte sich um und die Gruppe kam auf der Höhe einer Bar mit Außenbestuhlung zum Stehen. An einem der Tische saß ein Rentnerpaar bei einem Glas weißen Hausweins. Nachdem der Hamburger den Verlauf des Interviews geschildert hatte, dämpfte er seine Stimme und blickte eindringlich zu Florian und Daniel.

»*Dort wo die Menschen ihre Sünden beichten, dort wo nur Gott uns hört, dort ist die Wahrheit verborgen, die ihr sucht*«, wiederholte Max im Flüsterton die Worte des Vollbarts. Florian wirkte nachdenklich und ebenso auch Daniel. Elizabeth blickte die Drei nacheinander an und sah aus als verstehe sie überhaupt nichts.

»Wie soll uns das bitte helfen, Max?«, fragte die Amerikanerin ein wenig unwirsch. Florian und Daniel runzelten noch immer die Stirn und zermarterten sich das Hirn.

»Naja, ist doch klar, stimmt's, Florian?«, erwiderte der Hamburger herausfordernd an den Schriftsteller gewandt.

»*Dort, wo nur Gott uns hört,* ja?« Grübelnd strich Florian mit der Hand über sein Kinn. »Eine Kirche, soviel ist klar.«

»Genau. Und weiter?«, hakte Max nach. »*Dort, wo die Menschen ihre Sünden beichten.*«

»Ein Beichtstuhl!«, platzte es aus Daniel laut heraus, wofür er von dem Wein trinkenden Pärchen einen befremdlichen Blick kassierte.

»Bingo!«, antwortete der Literaturstudent voller Zufriedenheit.

»Okay, wir müssen also zu dem Beichtstuhl einer Kirche gehen. Aber welche Kirche? Und was sollen wir dort finden?«, fragte Elizabeth voller Unverständnis. Ihre Stirn war in Falten gelegt. »Und vor allem anderen, warum sollten wir diesem Typen trauen?«

»Weil er uns beim ersten Mal auch schon geholfen hat, weißt du nicht mehr? Er hat uns das Foto von deinem Vater gegeben«, gab Max zu bedenken.

»Welches Foto?«, mischte sich Florian ein.

»Eines von Elizabeth und ihrem Vater. Sie sind dort am Lake Michigan und haben Anglerausrüstung bei sich«, klärte Max den Schriftsteller auf.

»Dieses Foto?«, erwiderte dieser völlig erstaunt. »Dieses Foto hatte Edward mir gegeben, bei einem unserer letzten Treffen. Und ich dachte, ich hätte es verloren!« Elizabeth zog besagtes Bild aus ihrer Hosentasche und reichte es dem Freund ihres Vaters. Max glaubte zu sehen, dass sich ihre Augen mit Tränen füllten, woraufhin er seine Hand kurz auf ihre Schulter legte.

»Ich glaubte, ich hätte es verloren ... Und du sagst, dass ihr das von Jay bekommen habt? Nun also, so wie ich das sehe, ist der Kerl auf unserer Seite, meint ihr nicht?«, schlussfolgerte Florian mit der für ihn typischen Besonnenheit.

»Das würde ich auch sagen. Am Ende des Interviews konnte ich es in seinem Gesicht lesen. Seine Augen flehten nach Gerechtigkeit. Sobald ihm klar war, dass wir Bescheid wissen, hat er mir keine Angst mehr gemacht. Im Gegenteil, es wirkte eher, als sei er es, der sich fürchtet«, erklärte Max.

»Aber wenn die Schmidts von ihm wissen, wie kann es dann sein, dass sie ihn nicht besser überwachen? Denn eines ist wohl klar, er wird von den Schmidts erpresst, genauso wie sie es mit uns getan haben.«

»Vielleicht dachte er, seine Geschichte sei zu unglaubwürdig, vielleicht haben sie ihn ins Gefängnis gebracht, damit er Florian überwacht und nun, da er uns hilft, steckt er in der Klemme«, dachte Max laut nach, in der Hoffnung die Geschichte zu entschlüsseln, die hinter dem Lebenslauf von Benjamin Müller steckte.

»Wer weiß ... Vielleicht hatte der Junge keine Erinnerungen an den Autounfall und die Schmidts haben dafür gesorgt, dass das so bleibt und als er dann älter wurde, kehrte seine Erinnerung zurück oder er erfuhr auf irgendeine Weise, was geschehen war, und begann allen zu misstrauen«, schlug nun Elizabeth vor und nahm somit auch am regen Austausch der Hypothesen teil. »Florian, weißt du warum der Mann im Gefängnis ist?«

»Ehrlich gesagt habe ich darüber nie mit ihm geredet, aber unter den Gefangenen erzählte man sich, er habe versucht, ein Feuer in einem Geschäft zu legen.«

»Na klar! Das Geschäft der Schmidts!«, rief Max aufgeregt.

»Das macht Sinn«, pflichtete Daniel seinem Sohn bei, »und es ist auch nachvollziehbar, dass er sich nicht in Schwierigkeiten bringen wollte – bis zum jetzigen Zeitpunkt, da er erfahren hat, dass es noch mehr Menschen gibt, die die Wahrheit kennen.«

»Wir dürfen keine Zeit mehr verlieren«, drängte Max seine drei Gefährten. »Wir müssen diese Kirche finden.«

»Nun gut, aber mal angenommen, wir finden die richtige Kirche, was soll uns das bringen?«, fragte Elizabeth skeptisch und alle Vier sahen sich einen Moment lang ratlos an.

»Das finden wir heraus, wenn wir dort sind. Zunächst mal gilt es die Kirche ausfindig zu machen«, gab Max zurück und drängte die Gruppe dazu sich wieder in Bewegung zu setzen. Während sie im gemütlichen Tempo dem Verlauf der Sandstraße folgte, organsierte sich die Gruppe für die Besichtigung von Bambergs Kirchen, um jene zu finden, die in irgendeiner Art in Beziehung zu Benjamin Müller stand. Hierzu teilten sie sich erneut in zwei Paare auf, jedoch nicht wie am Vormittag. Florian schlug vor, mit Daniel ins Domviertel zu gehen, weil er sich dort am besten auskannte und weniger Zeit benötigen würde. Die beiden Studenten entschieden sich somit für die entgegengesetzte Richtung. Sie würden also das Stadtzentrum aufsuchen. Geplant war, in jedem Gotteshaus nach Benjamin Müller zu fragen. Nachdem sie den Spezikeller bei Dämmerung als Treffpunkt ausgemacht hatten, teilten sie die Handys von Max und Elizabeth auf die zwei Teams auf und gingen dann getrennte Wege. Wie auch beim letzten Mal hatten sie vereinbart, sich telefonisch zu kontaktieren, falls ein Team schon eher einen Erfolg verbuchen sollte.

Bereits wenige Minuten später betraten Florian und Daniel den Dom. Einen Priester in dem Gotteshaus zu finden, um ihn nach Benjamin Müller zu fragen, fiel ihnen leicht. Allerdings erwies sich dieser nicht als große Hilfe. Der Kirchenmann erklärte, er kenne jede Menge Benjamins und auch viele Müllers, jedoch fiele ihm kein Junge ein, der auf die Beschreibung der beiden Männer passe, zumal diese ihm weder das genaue Alter des Besagten noch die Zeit, zu der er das Gotteshaus besucht haben sollte, nennen konnten. Einsichtig, dass sie sich in einer Sackgasse befanden, verabschiedeten sich Florian und Daniel von dem Priester, um in ihren Ermittlungen fortzufahren. Bevor sie die Kathedrale verließen, ging Daniel auf den Beichtstuhl zu, der sich in einem der Seitenschiffe befand, und nahm ihn einen Moment lang in Augenschein. Florian folgte seinem Freund und schlüpfte sogar hinein. Doch dort drinnen war nichts zu finden, was ihnen auch nur als leiseste Spur hätte dienen können. Somit verließen die zwei Freunde den tausend Jahre alten Bau und machten sich auf den Weg zur Sankt Jakobs Kirche.

Max und Elizabeth' erstes Ziel war die Kirche St. Martin, die sich am Grünen Markt und somit im

Herzen der Stadt Bamberg befand. Von ihrem Ausgangspunkt in der Sandstraße war es nur ein fünfminütiger Fußweg bis dorthin, den Max nutzte, Elizabeth näher zu kommen. Wenn auch nur ein kleines bisschen. Er gab sich alle Mühe, Elizabeth gegenüber witzig und freundlich zu sein, ohne dabei auf eine zu intime Ebene zu geraten. Aber die Amerikanerin antwortete ihm stets knapp und sachlich auf all seine Fragen und ergriff auch keinerlei Initiative, mehr über den jungen Hamburger zu erfahren. Max blieb seinem optimistischen Wesen treu. Das wenige Interesse, das Elizabeth an seiner Person zeigte, schien ihm nicht so schlecht. Im Gegenteil, in Gedanken ging er alle Situationen der letzten Tage durch, die sie zusammen erlebt hatten: das Gefühlschaos, das ihnen gemeinsam widerfahren war, die wenigen Male, in denen er Elizabeth' Hand gehalten hatte, die Nacht, die sie zu zweit in dem kleinen Raum in Florians Hütte verbracht hatten. Trotz allem, was geschehen war, blieb Elizabeth für Max ein Mysterium. Er verstand, welches Leid ihre Familiengeschichte ihr verursachte, und wollte sie fröhlich stimmen. »Das ist es, ich muss sie zum Lächeln bringen!«, sagte er sich.

Die beiden Studenten überquerten die Obere Brücke, welche nur wenige Meter parallel zur Unteren Brücke verlief. Florian hatte ihnen geraten, letztere zu meiden, da diese in unmittelbarer Nähe des

Hauptquartiers der Schmidts lag und sie das Glück lieber nicht herausfordern sollten. Mit Mühe bahnten sie sich einen Weg durch eine japanische Touristengruppe, die sich allem Anschein nach von den Objektiven ihrer Fotoapparate anstelle ihrer eigenen Augen führen ließ. Max blickte pausenlos umher, um sicher zu gehen, dass sie nicht verfolgt wurden. Am anderen Ende der Brücke angekommen, hielt Elizabeth an einem Blumenstand an und griff nach einer weißen Nelke. Max stellte sich zu ihr und beobachtete die Szene voller Entzücken.

»Weißt du, als ich noch klein war, da gab es in meinem Viertel in Chicago einen Stand, genau wie diesen hier. Mein Vater kaufte dort fast jeden Sonntag eine Blume für mich und eine für meine Mutter. Wir stellten die Blumen dann in einer Vase in der Küche auf und sobald sie begannen zu welken tauchte mein Vater mit frischen Blumen auf.«

Max stand bewegungslos da und kämpfte gegen die verräterische Träne, die in seinem Augenwinkel hing. Daraufhin trat er einen Schritt auf Elizabeth zu, sah ihr in die Augen und schenkte ihr sein schönstes Lächeln.

»Sei nicht traurig. Sobald wir die Schmidts hinter Gitter gebracht haben, bringen wir deinem Vater diese Blume«, der junge Mann nahm die Nelke in seine Hand. »Und dann fliegen wir in die USA und bringen deiner Mutter auch so eine«, fuhr Max in ruhigem festen Ton fort. »Und dann, wenn wir alle unseren Frieden haben, bringe ich dir jeden Sonntag diese Blume, und zwar mein ganzes Leben lang«, erklärte Max voller Überzeugung, doch eben in dem Moment, da er dies aussprach, fürchtete er plötzlich, dass er sich damit in eine Lage gebracht haben könnte, aus der er nur als Verlierer herausgehen könnte. Elizabeth jedoch lächelte.

»Danke«, erwiderte sie, nahm ihm die Nelke wieder ab und steckte sie zu dem Strauß zurück, aus dem sie die Blume gezogen hatte. »Lass uns weitergehen.«

Die beiden setzten sich wieder in Bewegung Richtung Martinskirche. Max war nicht sicher, ob es wahr oder nur Produkt seiner lebhaften Fantasie war, doch ihm schien, als liefe Elizabeth nun einige Millimeter näher an seiner Seite. Sie überquerten den Obst- und Gemüsemarkt und gelangten zum Portal des schönen Kirchenhauses. Das beeindruckende Bauwerk gehörte mittlerweile dem Jesuitenorden. Seine Fassade verschmolz mit den umliegenden Bauten. An diesem Ort der Stadt lebten Vergangenheit und Gegenwart harmonisch miteinander. Die ehemaligen Karmelitergebäude diente heute als Fakultätsgebäude der Theologen. Einige Seminarräume und Arbeitszimmer wurden zudem von den Studenten und Professoren der Romanistik mitbenutzt. Elizabeth ergriff den massiven Türknauf und versuchte erfolglos, das Tor zu öffnen. Da entdeckten die beiden nur ein Stück weiter links eine zweite Tür von herkömmlicher Größe, die, wie sie feststellten, nur angelehnt war. Die zwei Gestalten schlüpften hinein, erst Elizabeth, dann Max, der die Tür hinter ihnen schloss. Eine Grabesstille umgab die jungen Leute. Alles schien stillzustehen. Die Welt lag ausgeschlossen hinter ihnen und hier im Inneren hoffte Max das Zeichen zu entdecken, das ihnen Benjamin Müller, der Sohn des ermordeten Polizisten, gegeben hatte. Am auffälligsten erschien den Beiden, dass die Kirche leer war, dass sich keinerlei Touristen hier aufhielten. Entschlossen liefen sie durch den Mittelgang auf den Altar zu. Ihre Schritte auf dem marmornen Boden hallten bis zur hohen Decke hinauf. Im Altarraum war niemand zu sehen, also wagten sie sich weiter vor hin zu der Tür, die in die Sakristei führte. Vorsichtig legten sie ihre Köpfe lauschend an die Tür, konnten aber nichts hören. Genau in diesem Moment ließ sie ein tiefes, lautes Räuspern herumfahren. Als sie den Priester erblickten, wären die zwei Studenten am liebsten vor Scham im Boden versunken.

»Seid ihr beiden auf der Suche nach etwas Bestimmten?«, fragte der gekrümmte Geistliche griesgrämig. »Die Kirche ist geschlossen, der nächste Gottesdienst findet morgen früh um neun statt.«

»Achso, ja, verzeihen Sie«, erwiderte Max hastig, während er sich im Stillen fragte, warum die Schuhe des Priesters, anders als die ihren, geräuschlos waren.

»Herr Pfarrer«, ergriff Elizabeth das Wort. »Ehrlich gesagt sind wir hergekommen, weil wir einen Freund suchen. Wir machen hier in Bamberg nur Urlaub und haben ihn lange Zeit nicht mehr gesehen ... Vielleicht können Sie uns ja helfen. Kennen Sie einen Mann, ein bisschen älter als wir, namens Benjamin Müller?« Die strenge Miene des Priesters wich einem milderen, grübelnden Gesichtsausdruck.

»Benjamin Müller, Benjamin Müller ... Der einzige Benjamin Müller, den ich kenne, ist vor wenigen Monaten verstorben ... im gesegneten Alter von neunundachtzig Jahren. Es tut mir leid, das ist der einzige, der mir einfällt. Es kommen nur wenig junge Leute hier her, abgesehen von den Touristen natürlich ... Sie kommen rein, schießen ihre Bilder und gehen wieder, ohne auch nur eine kleine Spende für die Gemeinde hierzulassen«, sprach der Kirchenmann, ohne seine Geringschätzung zu verbergen.

»Na gut, aber vielen Dank, Herr Pfarrer, dann wollen wir Sie gar nicht weiter aufhalten. Wir gehen dann mal«, verabschiedete Max sich eilig.

Die Studenten liefen den Mittelgang zurück zum Ausgang und bissen sich auf die Lippen um ein Lachen zu verkneifen. Vor dem Beichtstuhl hielt

Max kurz inne, um ihn eingehend zu betrachten. »Nichts«, seufzte er und die Zwei verließen die Kirche. Bevor sie durch die Tür verschwanden, ließ Max noch ein paar Münzen in die dazu vorgesehene Metallbox fallen, woraufhin eine Reihe elektrischer Kerzen aufleuchteten. Dies tat der Student unter den wachsamen Augen des Priesters der Martinskirche. Max schien es, als husche dem Kirchenmann am anderen Ende des kalten Korridors ein Lächeln über das Gesicht. Max und Elizabeth gingen zurück hinaus in das einundzwanzigste Jahrhundert und machten sich auf den Weg zur nächsten Kirche. Dazu benötigten sie kaum zwei Minuten, denn die Institutskirche des Maria-Ward-Gymnasiums lag gleich um die Ecke. Dort trafen die Studenten auf eine große Menge junger Leute, die offensichtlich eine Art Schulaufführung vorbereiteten. Sie sprachen eine Gruppe Mädchen an, die im Kirchengebäude umherflitzten, erfuhren aber genauso wenig wie in St. Martin. Auch hier nahm Max den Beichtstuhl in Augenschein, erhielt aber keinerlei Zeichen, weder menschlicher noch göttlicher Natur

Florian und Daniel befanden sich mittlerweile auf dem kleinen Platz vor der Jakobskirche. Sie zählte zu den ältesten Kirchen Bambergs und stand auf dem nach ihr benannten Jakobsberg. Links vom Eingang war eine Schautafel angebracht, die ihre Leser über den Jakobsweg informierte. Daniel warf einen Blick auf die Tafel und entnahm ihr, dass sie aus 2 850 Kilometer entfernt von Santiago de Compostela waren. Fast dreitausend Kilometer trennten den Galicier von seiner alten Heimat. Unweigerlich überkam ihn ein Gefühl der süßen Melancholie und weckte in ihm all die schönen Erinnerungen an die Sommer am Meer. Daniel schwelgte in Erinnerung an den kleinen Fischerhafen seines Dorfes, den Strand, die sanfte Meeresbrise und den Geschmack von Salzwasser auf Astrids Haut. Für eine Minute war Daniel dreißig Jahre in die Vergangenheit zurückgereist, dann trat Florian an ihn heran.

»Bevor ich sterbe, gehe ich noch den Jakobsweg. Versprochen«, meinte er zu seinem Freund.

»Wenn du die Kathedrale von Santiago besichtigt, dort den Botafumeiro betrachtet und den Apostel berührt hast, dann frag auch nach dem Dorf namens Espasante. Dort bist du jeder Zeit willkommen, mein Freund!«, erwiderte Daniel.

Nach dieser kurzen Unterhaltung voller Emotionen betraten der Schriftsteller und der Seemann gemeinsam das Gotteshaus. Das Gebäude war schlichter gehalten als die anderen Bamberger Kirchen, jedoch wirkte es dadurch nicht weniger beeindruckend. Es war, als hören sie das alte Gemäuer flüstern, wie es die Geschichten der Vergangenheit erzählte.

Genau wie in St. Martin waren auch in diesem Gotteshaus keine Touristen anzutreffen. Ebenso wenig konnten die zwei Freunde einen Priester ausfindig machen. Einzig ein Paar in den Achtzigern saß auf einer der Kirchenbänke und betete oder ruhte sich einen Moment aus. Florian und Daniel verwickelten die Eheleute in ein Gespräch, erfuhren dabei aber nichts, was für ihre Nachforschungen von Belang war und so verließen die zwei Gelegenheitsdetektive die Kirche. Wie auch im Dom warfen sie vorher noch einen Blick in den Beichtstuhl. Auch dort gab es außer hochpolierten Holztäfelungen und einem leeren Sitzplatz nichts zu entdecken.

Sowie Florian und Daniel als auch Max und Elizabeth verbrachten den Rest des Tages mit den Besichtigungen jener Kirchen, die ihnen noch fehlten. Da es in der Stadt Bamberg nicht gerade wenige Gotteshäuser gibt, erwies sich dies als mühselige Aufgabe. Überall erhielten sie die gleiche Antwort. Niemand, weder Priester noch Kirchgänger, wusste mit der Beschreibung von Benjamin Müller etwas anzufangen.

Die Sonne stand bereits tief am Horizont. Florian und Daniel liefen die Kaulbergstraße hinab während Max und Elizabeth der Stephansstraße bergauf folgten. Die Wege beider Paare führten zum Spezikeller, wie sie es wenige Stunden zuvor vereinbart hatten.

Als die zwei Studenten eintrafen, saßen Florian und Daniel bereits mit einem Krug Bier in der Hand am Tisch. Florian wirkte gelassen, doch Daniel sah besorgt und wütend aus. Die Neuankömmlinge setzten sich dazu, Max bestellte sich ein Kellerbier und Elizabeth, die eigentlich so gut wie nie Alkohol trank, machte heute schon wieder eine Ausnahme und gönnte sich ebenfalls eines. Die Nacht fiel herein und die Stimmung der vier Freunde erreichte einen Tiefpunkt. Max und Daniel suchten fieberhaft nach einer anderen Auslegung der Worte des Vollbarts. Neben ihnen trank Florian mit ruhiger Miene ein Bier nach dem anderen. Elizabeth wiederum saß stillschweigend auf ihrem Stuhl. Als Florian sein drittes Keller ausgetrunken hatte, bezahlten sie und verließen den Biergarten. Die Stephansstraße entlang, stiegen die vier Gefährten den Hügel hinab. Ihr Ziel war Florians verborgene Hütte, wo sie die kommende Nacht verbringen und ihr weiteres Vorgehen planen wollten. Der untere Straßenabschnitt verlief fast parallel zur Concordiastraße, wo sich Max jetzige und Edwards damalige Wohnung befand. Auf jener Höhe würden sie rechts abbiegen, um eine lange Treppe zu erreichen, die zum Fluss hinabführte. Bevor er sich nach rechts wand, hielt Max plötzlich inne und zeigte auf ein altes Gebäude, das offensichtlich gerade renoviert wurde. Eingangsbereich und Vorplatz wurden ebenfalls mit verglasten Fassaden und Informationstafeln modernisiert.

»Was ist das für ein Gebäude?«, fragte Max an Florian gerichtet.

»Das ist St. Stephan«, erwiderte dieser.

»Also eine Kirche?«, hakte der junge Mann nach.

Daniel und Elizabeth gaben beide zu, sie hätten dieses zur Hälfte von einer steinernen Mauer verborgene Gebäude noch nie zuvor bemerkt. In gewisser Weise war es leicht, den Ort zu übersehen, während man die Straße hinauf oder hinablief. Von dort ließ sich die schöne Kirche kaum ausmachen und dies war wohl der Grund, weshalb nur Wenige der kleinen Gasse folgten, die zum Kirchenportal führte.

»Na klar, das ist die evangelische Stephanskirche. Sie ist vor allem für ihren Chor bekannt. Sieh an, man hat hier einen Kindergarten gebaut«, plapperte Florian und schlug sich dabei zur Strafe seiner Vergesslichkeit mit der flachen Hand gegen seine Stirn.

Auf Max' Gesicht machte sich ein Lächeln breit, während seine Füße ihn eiligen Schrittes zur Kirche trugen. Er hatte keinerlei Gewalt über seinen Körper. Es war genau wie vor kurzem, als Max beschloss, die Gedichte des Einäugigen zum Ausgangspunkt seiner Masterarbeit zu machen, und er daraufhin die E-Mail an Frau Hofmann formuliert hatte. Der junge Mann spürte, wie er von einer Kraft getrieben wurde, die nicht von dieser Welt sein konnte. Diese Kraft trug ihn nun um das Gebäude herum, am Kindergarten und dem neuen Platz vorbei direkt hin zum Haupteingang der Kirche. Die anderen Drei folgten Max umgehend und so fanden sich die vier Spurensucher in einer der letzten Aprilnächte vor dem massiven Holztor wieder. Max war seinen Freunden um einige Meter voraus. Seine gesamte Hoffnung lag auf diesem Gotteshaus. An diesen Strohhalm klammerte er sich mit aller Macht, während er den Torbogen durchschritt. Ohne auch nur einen Moment zu zögern, drückte er energisch die Klinke der Eingangstür, welche sich sofort vor seinen hoffnungsvollen Augen öffnete. Trotz der Dunkelheit der Nacht und obwohl in der Kirche keinerlei Licht brannte, schien es, als sei der Raum auf eine unerklärliche Weise erleuchtet. Vielleicht lag es an den hohen Decken oder den weiß gestrichenen Wänden. Max hatte den Eindruck, binnen einer Sekunde von Nacht zu Tag übergegangen zu sein. Die Gruppe schritt den Mittelgang entlang auf den Altar zu. An jenem Punkt, der das Zentrum des kreuzförmigen Grundrisses ausmachte, blieben sie stehen. Der Raum war weit und klar. Florian erklärte, dass an dieser Stelle der Chor stehen müsste. Instinktiv sah sich Max, wie er es schon den ganzen Tag lang getan hatte, nach dem Beichtstuhl um. Daniel tat es ihm gleich und so suchten Vater und Sohn in jedem Winkel des Gotteshauses, ohne auf einen Beichtstuhl oder gar den Heiligen Geist zu treffen. Max war nicht gewillt, an dieser Stelle aufzugeben und so steuerte er direkt auf die Tür zur Sakristei zu. Daniel suchte weiterhin nach dem Beichtstuhl, den er nie finden sollte, da es in dieser evangelischen Kirche keinen gab. Florian und Elizabeth folgten dem jungen Hamburger. Die Tür zur Sakristei war ebenso verschlossen wie eine zweite Tür, die sich gleich daneben befand. Ohne Umschweife klopfte Max an beide Türen und fragte laut, ob jemand da sei. Zu seinem großen Missfallen erhielt der junge Mann keine Antwort. Niedergeschlagen hämmerte er erneut auf die Tür der Sakristei ein, doch wieder folgte darauf nur Stille. Max stand kurz davor, einen dritten Versuch zu starten, als er plötzlich Schritte hörte, die sich vom Haupteingang der Kirche näherten. Eine zierliche Gestalt huschte den Seitengang entlang. Sie war grau gekleidet und die Silhouette war die eines Mannes. Die Gestalt kam auf Max und seine Freunde zu und die Umrisse wurden schärfer. Der Mann war klein, keine ein Meter siebzig groß, seine Schritte waren gemäßigt und er hielt seine Hände hinter dem Rücken verschränkt. Er trug eine auffällige Brille mit runden Gläsern und goldener Fassung, die auf Max wirkte, als sei sie aus einer anderen Zeit.

»Meine Herrschaften, was hat dieser Krach zu bedeuten?« Die Stimme des Mannes hallte durch das stille Gotteshaus. Entschlossen ergriff Max das Wort für die Gruppe.

»Guten Abend, Herr Pfarrer, bitte entschuldigen Sie den Lärm. Mein Name ist Max Dresslen und das hier sind meine Freunde. Wir sind auf der Suche nach einer Person und es ist sehr dringend. Vielleicht können Sie uns dabei behilflich sein.«

»Guten Abend, Herr Dresslen. Ich bin Pfarrer Lechner und ich möchte Ihnen sehr gerne helfen. Aber sagen Sie mir, wen suchen Sie und was führt Sie in meine Kirche?« Der graugekleidete Geistliche sprach ruhig und klar.

»Nochmals, ich entschuldige mich für unseren Auftritt. Sie müssen verstehen, es ist ein wenig kompliziert ... Wir sind auf der Suche nach einem alten Freund. Ist Ihnen ein Benjamin Müller bekannt? Als Junge besuchte er diese Kirche, das ist nun etwa zwanzig Jahre her.«

Höflich hörte der Priester Max Worten aufmerksam zu. Als er den Namen vernahm, legte er die Stirn in Falten. Er sah aus, als versuche er eine schwierige Aufgabe im Kopf zu rechnen, ohne auf die Lösung zu kommen. Mittlerweile hatten sich Florian, Elizabeth und Daniel zu Max hinzugesellt und gemeinsam beobachteten sie gebannt die Szene.

»Benjamin Müller ... Benni Müller! Aber natürlich, der kleine Unruhestifter mit dem braunen Schopf! Er sang hier im Chor, seine Stimme war engelsgleich. Wie konnte ich den nur vergessen!«, rief Priester Lechner strahlend.

Ein Gefühl der unbändigen Freude durchfloss Max Körper. Mit weit aufgerissenen Augen blickte er zu seinen Freunden. Er bemühte sich, seine Emotionen im Zaum zu halten, um den Dialog mit Priester Lechner fortführen zu können, schließlich fehlte ihnen noch die wichtigste Information. Doch auf einmal ergriff Elizabeth das Wort.

»Haben Sie noch Kontakt zu ihm?«, erkundigte sich die Amerikanerin.

»Nein, ich habe seit Jahren nichts vom ihn gehört. Was ist das Problem? Können Sie mir erklären, wie gerade ich Ihnen helfen sollte? Ehrlich, ich erinnere mich an den kleinen Benni, aber wir hatten hier unzählige Jungen wie ihn.« Der Kirchenmann, der wohl weit jenseits der achtzig sein durfte, blickte die vier Besucher stirnrunzelnd an, während er seine Brille mit dem Zeigefinger zurechtrückte.

Florian holte tief Luft und ließ sich auf einer Kirchenbank nieder. Elizabeth war verstummt und hielt ihre grünen Augen auf Max gerichtet. Daniel verhielt sich wie die Amerikanerin. Umständlich erklärte der junge Hamburger dem Priester, dass es sich um eine lange Geschichte handele und er weder wisse, wo er beginnen sollte, noch ob der Kirchenmann sie für verrückt erklären würde. Reichlich konfus erzählte Max dem Geistlichen, dass sie Benjamin Müller kontaktiert hätten und dieser sie in eben diese Kirche geschickt hätte. Max konnte keinerlei Erstaunen in Pastor Lechners Miene ausmachen, woraus er schlussfolgerte, dass der Priester wusste, dass Benjamin am Leben war. Jedoch wirkte er verwirrt. Aus Angst, diese Chance ungenutzt verstreichen zu lassen, stellte Max Herrn Lechner eine Frage, mit der er alle überraschte.

»Herr Lechner, nehmen Sie die Beichte ab? Meines Wissens unterscheiden sich die evangelische und die katholische Kirche in diesem Aspekt.«

»Nun, auch wenn mich diese Frage verwundert, junger Mann, so will ich Sie ihnen nichtsdestotrotz beantworten. Ich nehme niemandem die Beichte ab, aber natürlich biete ich den verlorenen Seelen, die hier umherwandern, Geleit an und lindere so ihr Leid.«

Max war nicht sicher, wohin ihn dieser Weg führte. Doch nach einem kurzen Blick zu seinen Freunden und bevor er es sich zweimal überlegen konnte, konfrontierte er Herrn Lechner mit der nächsten Frage.

»Wurde ihnen schon mal ein Mord gebeichtet? Sagen Sie, steht das Gesetz Gottes über den Gesetzten der Menschen?« Daniel und Elizabeth waren zu Salzsäulen erstarrt. Florian hatte seinen Kopf hochgerissen und fixierte den Pfarrer mit seinem Blick. Max beschlich schon das ungute Gefühl, er sei zu weit gegangen. Als er jedoch die Reaktion des Priesters sah, änderte er seine Meinung sofort. Dem Kirchenmann entglitten die Gesichtszüge und er sank erschöpft auf eine Bank nieder. Allmählich führte Max die Fäden zusammen und er war zuversichtlich, dass der Rest der Gruppe in diesem Moment das Gleiche tat. Auf einmal begann alles einen Sinn zu ergeben. Max' Gedanken tappten aus dem Dunkeln heraus ins sonnenklare Tageslicht. Er sah dem Priester unentwegt in die Augen. Hinter den runden Brillengläsern glaubte der Student einen schulderfüllten Blick zu erkennen. Dort spiegelte sich eine Seele wider, die von einem nagenden Geheimnis geplagt wurde. Des Priesters Gewissen lastete schwer und fraß ihn langsam von innen auf, ohne ihn umzubringen. Max sah kurz zu seinem Vater und Elizabeth, doch sofort richtete er seine Funken sprühenden Augen wieder auf das müde Flackern in den Augen des alten Pfarrers, welches zu erlöschen drohte.

»Sie kannten Benjamin und Sie kannten auch die Schmidts, die sich dem Jungen nach dem Tod seines Vaters annahmen. Kurioserweise handelte es sich bei dem Mörder des Vaters um einen dieser Männer. Wie makaber, dass eben diese Leute für das Kind sorgten, als gehöre es zur Familie. Doch dies taten sie nur, um sicherzustellen, dass ihr wohl behütetes Geheimnis nie an die Öffentlichkeit gelangen würde, wo die Schmidts ebenso gefürchtet wie auch respektiert wurden. Was für eine Geschichte, nicht wahr, Lechner? Da lache ich ja über Edgar Allan Poe – das hier ist wirklich makaber. Und die Spitze dessen ist die: Als der Junge verschwand und sich Ihnen öffnete, Ihnen die ganze Wahrheit erzählte, stieß er bei Ihnen auf taube Ohren, während sich gleichzeitig der Klingelbeutel ihrer Kirche füllte und füllte. Eine tolle Orgel haben Sie hier und der Kindergarten, der hier gebaut wurde ... Klasse, oder? Ich frage mich, woher all das Geld gekommen sein mag ...« Max ließ seiner bisher unterdrückten Wut freien Lauf. Ungehalten schleuderte er dem Pfarrer von St. Stephan Vorwürfe an den Kopf. Doch der Lärm einer knallenden Tür ließ Max inmitten seiner Rede innehalten. Der Krach kam vom Haupteingang. In diesem Moment hallte eine Grabesstimme durch das herrliche Gotteshaus. Es schien, als würde jeder einzelne Stein, der das Gebäude trug, zum Leben erweckt und die Eintönigkeit so vieler Jahre von sich abschütteln.

»Schluss mit dem Unsinn. Lasst sofort den armen Priester in Frieden. All diese Anschuldigungen sind reiner Unfug, das Hirngespinst eines Jungen, der an Märchen glaubt.«

Zum großen Erstaunen aller Anwesenden, hatte soeben der Vollbart die Kirche betreten. Dicht hinter ihm lief Julius Schmidt. Von ihm stammten die Worte. Seine hochgewachsene Figur war ganz in schwarz gehüllt und seine polierte Glatze glänzte über seinen tiefliegenden diabolischen Augen. An seiner Seite ging sein Bruder Marius mit spannenden Hosenträgern und den unvermeidlichen Schweißperlen auf dem Gesicht und hielt eine Pistole auf den Vollbart gerichtet. Frank lief ein paar Schritte hinter ihnen und bildete somit den Abschluss des Prozessionszuges der Schmidts. Langsam bewegte sich Franks muskelbepackter Körper und sein starr auf Florian gerichteter Blick war voller Verachtung für den Schriftsteller. Dieser erhob sich langsam von der Bank und wies Elizabeth und Daniel an, sich zu Max und dem Priester zu stellen. Derweilen strich er sich das Haar aus seinem gesunden Auge und gesellte sich zu der Gruppe. Der Vollbart Benjamin Müller und die drei Schmidts schritten ihnen entgegen und kamen nur wenige Meter vor dem Chorraum zum Stehen. Die Szene war wie folgt: Auf der einen Seite standen Julius, Marius und Frank Schmidt hinter Benjamin Müller, der mit sechs Kugeln bedroht wurde. Auf der anderen Seite befanden sich Florian, Elizabeth, Daniel und Max. Mittendrin saß Priester Lechner auf der äußeren Kante der Kirchenbank in vorderster Reihe der evangelischen Kirche zu St. Stephan in Bamberg.

Was darauf geschah, das möchte ich so detailliert wie möglich erzählen, obwohl in Wahrheit alles sehr schnell ging.

TEIL 3

EIN NAME ZUM ERINNERN

DAS FÜNFTE GEBOT

MAX' HERZ SCHLUG bis zum Hals. Sein Blick achtete auf Elizabeth. Der Priester schien nicht mehr zu existieren, war nur noch ein lebloses Abbild seiner selbst, ein reumütiges Häuflein in stiller Erwartung seiner ewigen Ruhe.

Die Schmidts liefen langsam auf Max zu, wobei sie Benjamin vor sich hertrieben. An Lechner schritten sie achtlos vorbei. Julius, der sich in seiner Rolle als unangefochtenes Familienoberhaupt präsentierte, baute sich nur wenige Zentimeter vor Max zu voller Größe auf. »Und wenn sie nicht gestorben sind, dann leben sie noch heute«, zischte er und bedachte Max mit einem abfälligen Blick. »Es ist Zeit, diesen Unsinn ein für alle Mal zu beenden. Verabschiede dich von deinem Prinzesschen!« Er zog eine Pistole gleich der seines Bruders aus seinem Jackett und zielte auf Max' Brust. Gleichzeitig wanderte sein Blick über die Gesichter von Max' Freunden. »Ihr habt mir ziemliches Kopfzerbrechen bereitet. Ich bin ein korrekter Mann, der seine Probleme stets auf die fairste Art und Weise lösen möchte. Aber ihr habt mir keine andere Wahl gelassen.« Während Julius sprach, wanderte sein Blick weiter zu dem Priester, der sich wieder auf die Beine gekämpft hatte.

Als Elizabeth diese Worte hörte, machte sie einen Satz in Max' Richtung. Daniel und Florian taten es ihr gleich. Mit seinen verschwitzten Händen bohrte Marius den Pistolenlauf tiefer in Benjamins Rücken und Frank stürzte sich in den Tumult, der sich um Max und Julius gebildet hatte. Der jüngste der Schmidts hasste Florian aus tiefster Seele und konnte nun nicht mehr an sich halten. Schon seit Schulzeiten empfand er gleichermaßen Verachtung für ihn, aber auch Neid.

Pfarrer Lechner schien vom Erdboden verschluckt. Plötzlich ertönte ein ohrenbetäubender Lärm, als würde Metall auf Stein schlagen. Der Priester war die Kanzel hinaufgeeilt und hatte eine der Figuren hinabgeworfen, die das Gotteshaus schmückten. Es fielen Schreie, die von Angst und Hass erfüllt waren. Benjamin hatte sich von Marius losreißen können und ergriff über die Bankreihen die Flucht. Der kleinste Schmidt schoss ihm hinterher, ohne jedoch einen Treffer zu erzielen. Frank warf sich mit aller Gewalt auf Florian, dem es gerade erst gelungen war, Julius mithilfe eines kleinen Kerzenständers zu entwaffnen. Die Pistole, mit der der Glatzkopf Max bedroht hatte, polterte auf den Boden.

Daniel und Elizabeth stellten sich schützend vor Max, der auf seine Knie gesunken war und sich auf dem weißen Boden der Kirche zu St. Stephan kauerte. Um ihn herum sah er alels rot und verschwommen. Sein Blut bekleckerte den makellosen Marmorboden und es schien immer mehr zu werden. Nur mit Mühe gelang es ihm, sich aufzurichten. Im Dunkel der Kirche traf sein Blick auf Pfarrer Lechner. Der Priester deutete auf eine kleine, offenstehende Tür, die bis dahin keiner der Gruppe bemerkt hatte. Benjamin erreichte den Pfarrer und diesen Notausgang zuerst. Die Schmidts gingen jetzt alle auf Florian los, der in einen verbissenen Kampf mit Frank verwickelt war. Zwischen zwei Fausthieben gelang es Florian, dem jüngsten und stärksten Familienmitglied der Schmidts zu entwischen. Derweilen stellten Julius und Marius, beide entwaffnet, kein großes Problem für Daniel dar. Abgehärtet von der rauen See brachte der Spanier sie mit einigen gezielten Schlägen zu Boden. Daniel war ein Wirbelwind, rasend vor Zorn, ein Sturm, der sich über viele Jahre aufgebaut hatte und sich nun in all seiner Wut im Inneren der schönen evangelischen Kirche entlud. Auch Elizabeth reagierte schnell, sie packte Max' Hand und zerrte ihn zu der Tür, die der Priester offenhielt. Max verlor noch immer Blut, das auf den Boden tropfte, doch ein Blick in Elizabeth' Augen half dem jungen Mann, seine Kräfte zu mobilisieren. Wie durch ein Wunder verspürte er kaum Schmerzen und plötzlich war er es, der die Amerikanerin zu der Tür führte, wo der Pastor wartete. Von dort konnten sie beobachten, wie Florian und Frank sich in einem Kampf auf Leben oder Tod am Boden wälzten, während sich Julius und Marius näherten. So begann eine Szene, die Max nie vergessen sollte: Die zwei Brüder liefen immer schneller auf die Tür zu, an der noch immer der Priester stand. Marius schwitze so stark wie wohl nie zuvor in seinem Leben, die Tropfen fielen zu Boden und es schien, als würde er jeden Moment tot umkippen. Julius dagegen eilte entschlossenen Schrittes auf die Tür zu. Der alte Teufel hatte seine Pistole wiedererlangt. Max, Elizabeth, Daniel und Benjamin versuchten in Deckung zu gehen, da fielen erneut Schüsse, die im Gotteshaus widerhallten. Der Kampf zwischen Frank und Florian kam zum Erliegen, die Zeit kam zum Erliegen und ebenso die Herzschläge von Marius, Julius und dem alten Pfarrer. Lechner hatte die zwei Brüder aus kürzester Entfernung erschossen, unmittelbar bevor er die Pistole, die er bei sich getragen hatte, gegen sich selbst gerichtet und abgefeuert hatte.

Max vermutete, dass der Kirchenmann diesen Augenblick schon lange vorausgesehen hatte. Benjamin aber stürmte zu dem leblosen Körper des Geistlichen, beugte sich über ihn und berührte ihn zart an den Schläfen. Max glaubte zu hören, wie Benjamin einige Worte des Dankes murmelte, bevor er die Stirn des Pfarrers küsste und dann zu den Anderen zurückkehrte. Er wies Daniel, Max und Elizabeth an, ihm zu folgen. Falls nicht, so warnte er die Drei, würden sie sich in fürchterliche Schwierigkeiten begeben. Mit Tränen in den Augen sah Frank Schmidt auf seine Brüder hinab. Zugleich stieß er einen schrecklichen Schrei aus, ein Schrei wie der Schrei eines Ungeheuers aus ferner Urzeit, dann stürtzte er sich erneut auf Florian. Diesen traf die Attacke völlig unerwartet, doch es gelang ihm, sich loszureißen. Strauchelnd näherte er sich seinen Freunden, wies die Gruppe an, umgehend zur Hütte im Wald zurückzukehren und knallte ihnen die Tür vor den Nasen zu. Florian selbst blieb im Inneren der Kirche zurück, gemeinsam mit den drei Leichen und Frank Schmidt, dessen wütender Blick an ihm haftete. Vergebens versuchte Max, die Tür wieder zu öffnen, doch sein Vater konnte die Gruppe überzeugen, dass, auch wenn sie Florian nicht seinem Schicksal überlassen wollten, es doch das Richtige sei, weil dies Florians Wunsch war. Ohne einen letzten Blick zurückzuwerfen führte Benjamin die Gruppe durch die Korridore des Kirchenbaus. Max hustete und röchelte, er verlor noch immer Blut. Daniel und Elizabeth hatten ihn in ihre Mitte genommen und sorgten dafür, dass der Literaturstudent diesen Ort des Grauens hinter sich ließ.

Als er die Tür zuschlug, vernahm Florian Franks Schritte. Der verfluchte Poet von Bamberg brachte sich in Kampfhaltung, tat jedoch in letzter Sekunde, ganz wie bei einem Footballspiel, einen unerwarteten Satz in die entgegengesetzte Richtung und rannte so schnell er konnte auf den Haupteingang der Kirche zu. Frank stürmte ihm hinterher, ihm mit dem Tode drohend. Im Freien angekommen saugte Florian die frische Nachtluft ein und spürte, wie sie ihm neue Energie verlieh. Gestärkt sprang er die Stufen der Treppe hinab, die ihn auf die Straße führten. Ein paarmal bekam Frank ihn fast zu greifen, doch gelang es Florian immer wieder, geschickt auszuweichen. Frank rannte kopflos, wie ein verletztes Tier, Florian hingegen wusste genau, welche Richtung er einschlug. Wieder einmal war er der Klügste der Klasse.

Während seines Sprints traf Florian keine Menschenseele. Es gab keinen Verkehr auf den Straßen und auch keine Fußgänger. Es war, als passiere diese Verfolgungsjagd nicht in der Realität, als verliefe sie nach einem von Florian entwickelten Plan. Er erreichte die Sandstraße und wand sich nach rechts in Richtung der Unteren Brücke. Er hatte einige Meter Abstand zwischen sich und seinen Verfolger gebracht, der die nun folgende Szene aus erster Hand beobachten durfte. Florian warf sich mit seinem ganzen Körpergewicht gegen ein Schaufenster des Antiquitätenladens der Schmidts. Die Scheibe zerbarst in tausende Stücke. Frank, der Florian unaufhörlich Worte der Drohung entgegenschleuderte, folgte ihm auf den Fersen und so landeten beide im Inneren des Antiquariats. Auf der Straße hörte man allmählich das Gemurmel der Nachbarn sowie den fernen Klang von Sirenen. In Windeseile verschaffte sich Florian einen Überblick. Tische, Kisten, Schränke, ... Als er zu dem Tisch kam, an dem meistens der Älteste der Schmidts saß, wurde er fündig. Dort lag Max' Arbeit, die dem Schriftsteller so viel Ärger bereitet hatte neben Florians Notizbüchern, die die Schmidts ihm vor vielen Jahren entrissen hatten. Der verfluchte Poet packte alles zu einem Bündel zusammen und verstaute es in einem Stoffbeutel, den er wiederum an seinen Gürtel knotete. Am anderen Ende des großen Tisches erwartete ihn bereits Frank, der sich in eine wilde Bestie verwandelt hatte. Das Raubtier warf sich auf seine Beute, doch Florian konnte ausweichen und verließ den Laden auf demselben Weg, auf dem er ihn betreten hatte. Auf der Straße hatte sich mittlerweile eine Menschentraube gebildet, die das Geschehen beobachtete. Flink bahnte sich Florian einen Weg durch die Menge, bis er zur Mitte der Unteren Brücke gelangte. Frank folgte ihm wieder auf den Fersen, blind vor Wut. Achtlos stieß er die Passanten bei Seite um sich einen Durchgang zu verschaffen. Genau dort, wo sein Onkel vor vielen Jahren den Polizisten ermordet hatte, dort, wo Max auf dieselbe Art und Weise angegriffen wurde, dort stieg nun Florian auf den Brückenrand. Das Bündel fest umgriffen forderte er Frank mit einer Geste auf ihm zu folgen. Dabei zeichnete sich auf Florians Gesicht ein Lächeln ab, das verriet, dass er all das lange vorausgeplant hatte.

Frank stürmte mit ausgebreiteten Armen auf ihn zu, machte einen riesigen Satz und prallte mit seinem gewaltigen Körper in Florian hinein, der sich genau in diesem Moment in den Fluss fallen ließ.

Die beiden tauchten im Wasser der Regnitz unter. Zurück blieben die schockgeweiteten Augen einiger Bamberger sowie der anhaltende Sirenenklang, dem niemand mehr Beachtung schenkte.

WORTE WIE SCHILDE

SOBALD DIE GRUPPE den Wald erreicht hatte, legte sie eine kleine Pause ein, um sich ein Bild von Max' Verletzung zu machen. Der junge Mann stand auf seinen Füßen und blutete nicht mehr, aber seine Jacke war blutgetränkt. Er entledigte sich ihr behutsam und ohne fremde Hilfe. Dabei zog er das Buch, das ihm Florian vergangene Nacht in der Hütte geschenkt hatte, aus seiner Jackentasche. Das Buch hatte die Kugel, die Julius auf Max abgeschossen hatte, abgefangen. Als er sich aus der Jacke befreite, fiel die Kugel zu Boden. Die Wunde war nur oberflächlich, bot aber trotzdem einen unschönen Anblick. Zwischen seinen Rippen floss noch immer ein blutiges Rinnsal. Daniel blieb ruhig und presste ein Taschentuch gegen den Oberkörper seines Sohnes. Elizabeth schlang ihre Arme fest um Max Schultern, versicherte ihm, dass alles gut sei und dass sie weiterlaufen müssten. Benjamin ging voran und meinte an Max gerichtet, er hätte das Glück an seiner Seite und dass es ein Wunder sei, dass er noch lebe.

Das Buch von Florian, in das Max noch nicht einmal hineingesehen hatte, hatte ihm das Leben gerettet. Die Literatur war jenem zur Hilfe geeilt, der sie am meisten liebte und brauchte, sinnierte Max. Nicht umsonst hatte er sein junges Leben schon vor langer Zeit in ihre Hände gegeben. Er hielt das Buch des Einäugigen fest umklammert und folgte den Schritten von Benjamin und seinem Vater. An seiner Seite lief Elizabeth und hinter ihrer wehenden Mähne folgte der Fluss mit seiner Melodie der Nacht, einer Symphonie aus Wasserfällen und alten Sätzen, die auf dem Wind ritten und daran erinnerten, dass alles an seinem Platz war.

Eine halbe Stunde später war die Gruppe an der Hütte angekommen. Sie traten ein und verteilten zunächst die Aufgaben. Benjamin begab sich auf die Suche nach Holz, um ein Feuer zu entfachen, während Daniel sich in der Küche ans Werk machte, um die Gruppe zu speisen. Elizabeth brachte Max in die Schlafkammer und half ihm auf die kleine Matratze am Boden. Max hatte seine Schuhe und sein T-Shirt ausgezogen, das Buch von Florian mit dem Kugeldurchschlag neben sich auf den Boden gelegt. Elizabeth drückte ihn sanft ins Kissen und löste das vollgesogene Tuch von seiner Wunde. Max stöhnte kurz auf, jedoch mehr aus Entzücken als aus Schmerz. Elizabeth reinigte die Wunde mit Alkohol und brachte eine Kompresse an. Die Augen der jungen Frau glitten von der Verletzung zu Max Gesicht. Ihre Hände waren kalt und Max genoss das Gefühl.

»Du solltest dich ausruhen. Morgen früh erneuere ich den Verband«, sagte Elizabeth und ihre Hände ruhten noch immer auf der Wunde und übten einen sanften Druck aus.

»Vielen Dank, Elizabeth. Mir geht es gut, es tut gar nicht mehr weh«, antwortete er und sah ihr in die großen grünen Augen.

Elizabeth erwiderte seinen Blick, wobei sie ihren Kopf leicht zur Seite neigte. Max sah etwas Neues in ihren Augen. War es vielleicht Liebe? Zuneigung? Mitleid? Der junge Mann nahm die Hände der jungen Frau in seine. Sein Herz pochte wie wild. Er war sicher, dass Elizabeth es hören konnte. Ihre Haare fielen ihr ins Gesicht wie ein Vorhang, der ein Meisterwerk verhüllte, um es vor neugierigen Blicken zu schützen. Mit seiner Rechten strich Max diesen Vorhang beiseite, während er sich langsam im Bett aufrichtete bis ihre beiden Gesichter auf einer Höhe waren. Elizabeth' Blick blieb ernst. Max kam noch näher. Fast konnten seine Lippen die von Elizabeth berühren. Sie schloss ihre Augen. Ihr Mund war leicht geöffnet. Max küsste sie. Sie küsste Max. Es dauerte nur wenige Sekunden und es waren die bisher Glücklichsten im Leben des jungen Studenten. Mit der gleichen Behutsamkeit lösten sich seine Lippen wieder. Elizabeth erhob sich und ging in die Küche, um nach dem Abendessen zu sehen.

Das Essen war fertig. Während sich Benjamin und Daniel über den folgenden Tag beratschlagten, brachte Elizabeth Max einen Teller Suppe ans Bett und half ihm beim Essen. Sie sagte einen kleinen Spruch auf Englisch auf, den man kleinen Kindern erzählte, die noch nicht in der Lage waren, alleine zu essen. Max stellte glücklich fest, dass er nicht nur geträumt hatte, sondern dass Elizabeth wahrhaftig anwesend war. Vielleicht träumte er auch immer noch, doch in diesem Falle war es der schönste Traum, den er sich vorstellen konnte und er wollte unter keinen Umständen aufwachen. Nachdem er aufgegessen hatte, lehnte er sich zurück. Die Hände schützend über die Wunde gefaltet, schlief er ein. Elizabeth gesellte sich zu den Männern an den Tisch und nahm sich selbst einen Teller Suppe. Benjamin und Daniel hatten beschlossen, die Nacht in der Hütte zu verbringen und am nächsten Morgen nach Bamberg zurückzukehren.

Es war Mitternacht. Benjamin hatte es sich mit einem Buch von Florian in dessen Sessel gemütlich gemacht. Daniel saß noch immer am Esstisch und hing seinen Gedanken nach. Vor beiden Männern lag ein neues Leben. Das Substantiv Freiheit war ein neuer Gast in der Hütte des Einäugigen. Elizabeth hatte sich zu Max in die Kammer gesellt, auf dessen schlafendem Gesicht sich ein Lächeln abzeichnete, als sie eintrat. Sie deckte Max zu und legte sich auf die freie Matratze daneben, fand aber keinen Schlaf. Draußen war der Nachthimmel von unzähligen Sternen beleuchtet, die wie winzige stumme Augen die Menschen in ihrem Dasein beobachteten ohne auch nur zu blinzeln. Augen ohne Worte, aber mit Urteil und Meinung.

JA

»**PAPA, WIE KANNST DU** so ruhig bleiben?«

»Ich bleibe ruhig, weil ich weiß, dass ich es muss.«

»Wo ist Florian?«

»Ich weiß es nicht.«

»Ist es wahr, was sie über Florian gesagt haben? Also ich meine, schreibt er wirklich …«

»Wahr ist nur, mein Sohn, dass es für ihn ein Fluch war.«

»Papa, wirst du sie wiedersehen? Wirst du Mama wiedersehen?«

»Ja.«

RÜCKKEHR

AN DIESEM MORGEN des ersten Mai 2017 erwachte die Stadt Bamberg erregt. Pfarrer Lechner, Julius und Marius Schmidt waren bei einer Schießerei umgekommen. Frank Schmidt war verschwunden und ebenso Benjamin Müller, beziehungsweise der Vollbart Joe Montana. Die Polizei hatte die Ermittlungen aufgenommen und in Kooperation mit den zuständigen Behörden den Tatort besichtigt. Umgehend fiel der Beschluss, die Kirche auf unbestimmte Zeit zu schließen. Die Presse drehte hoch und die Bewohner waren erschüttert. So wachte Bamberg auf, nahm die Veränderung zur Kenntnis und erwartete einen Frühling, der anders sein würde.

Max schlug die Augen auf und suchte mit seinem Blick Elizabeth, konnte sie aber nicht finden. Er war allein im Zimmer. Er verspürte einen dumpfen Schmerz in seinen Rippen und das ungute Gefühl, dass irgendetwas nicht in Ordnung war. Er richtete sich langsam auf, stieg aus dem Bett und betrat den Wohnraum, wo sich die Küche und Florians Bibliothek befanden, doch auch dieser war menschenleer.

Noch halbnackt trat er ins Freie. Die Kälte kroch zwischen seine Rippen und machte sich in seinem Magen breit. Auf einem Baumstamm vor der Hütte saß sein Vater und blickte in die Richtung, wo der Fluss liegen musste, während er an einer Tasse Tee nippte. Als er Max bemerkte, lächelte er ihm zu. Max verspürte Erleichterung, allerdings konnte er Elizabeth immer noch nicht entdecken, was die Schmerzen in seiner Brust verschlimmerte.

»Guten Morgen, Schlafmütze. Es ist zwölf Uhr mittags. Wie fühlst du dich?«

»Wo ist Elizabeth?«

»Sie ist schon sehr früh losgezogen. Sie meinte, sie habe zu tun.«

»Weißt du, wohin sie gegangen ist? Ich muss sie suchen.«

»Nur mit der Ruhe, Max. Es besteht keine Gefahr mehr für sie und für mich auch nicht. Aber du musst auf deine Verletzung achten. Komm, wir gehen rein, ich habe gekocht.«

Max, der über eine nicht zu bändigende Vorstellungskraft verfügte, verstummte. Vor seinem inneren Auge sah er Elizabeth, wie sie nachhause kam, ihren Freund küsste und ihm irgendeine Erklärung lieferte. Daniel packte seinen Sohn am Arm und schob ihn zurück in die Hütte. Max zog sich an und nahm am Tisch Platz. Unruhig wie er war, brachte er kaum einen Bissen hinunter. Daniel löffelte entspannt seine Suppe und beobachtete sein Sohn belustigt.

»Keine Sorge, Max. Lass ihr Zeit ihre Angelegenheiten zu regeln. Gib ihr ein paar Tage und dann geh zu ihr.« Max antwortete nicht. Sein Blick ging ins Leere.

»Übrigens, Benjamin ist zur Polizei gegangen. Florian und ich sind unsichtbar, aber du solltest bald nach Hause gehen und dich wieder um dein Studium kümmern. Heute Nachmittag gehen wir zusammen zu deiner Wohnung. Du musst Zugtickets besorgen, wir fahren nach Hamburg.«

»Und Florian? Was ist mit ihm? Wir können hier doch nicht verschwinden ohne eine Neuigkeit von ihm!«

»Max, wir müssen darauf vertrauen, dass es ihm gut geht.«

Benjamin hatte soeben mit zwei Polizisten in der Stephanskirche gesprochen. Als er erfahren hatte, was geschehen war, hatte er sich unverzüglich dort hinbegeben, um sich vor Ort ein Bild machen zu können und auszusagen. Er erzählte, dass er am frühen Vorabend mit dem Priester in der Kirche gesprochen habe und beim Verlassen des Gotteshauses auf Julius und Marius Schmidt getroffen sei, wie sie die Kirche betraten. Benjamin identifizierte die drei Leichen und seine Tränen beim Anblick des toten Priesters waren nicht gespielt. Vergangene Nacht hatte er schon einmal weinend an dessen Seite gekniet, hatte ihm die Augen geschlossen und sich verabschiedet. Wie mit Daniel besprochen, hatte er anschließend Max' Blutspuren mit Terpentin entfernt und war dann wieder über den Hintereingang verschwunden ohne eine Spur zu hinterlassen. Daniel und Benjamin hatten sich nicht sofort auf diesen Plan einigen können. Nicht sie waren die Kriminellen, aber es brauchte eine Lösung für das Blutspurenproblem. Daniel hatte Benjamin versichert, dass er für seinen Sohn sogar in die Hölle hinabsteigen würde, um dort sein Blut aufzuwischen. Schließlich sah Benjamin ein, dass keiner der Polizisten mit seiner Geschichte sehr viel anfangen konnte und beschloss, es dabei zu belassen.

Nach der Unterhaltung geleitete einer der Polizisten Benjamin zurück zum Gefängnis. Vor Ort erkundigte sich der Beamte bei dem Kollegen Krämer, der ihm bestätigte, dass der Häftling Recht auf Freigang habe und dass er aufgrund guter Führung schon bald entlassen werden sollte. Hierzu zeigte Herr Krämer dem Polizeikollegen die Akte des Insassen, in der sich keinerlei Hinweis auf eine Verbindung zu der Familie Schmidt befand, was Julius persönlich vor langer Zeit veranlasst hatte. Benjamin war somit von jeglichem Verdacht befreit und zum ersten Mal in seinem Leben fühlte er sich glücklich, während er durch die Bibliothek der Bamberger Vollzugsanstalt wanderte.

Dort entnahm er einem Aushang Informationen über ein Qualifizierungsprogramm für Häftlinge. Es wurden Sprachkurse mit muttersprachlichen Lehrern angeboten. Benjamin schrieb sich für Italienisch ein.

Daniel und Max hatten ihre Sachen gepackt und liefen auf dem selben Weg wie am Vortag in die Stadt zurück, wo sie zu Max' Wohnung in der Concordiastraße gelangten. Während des Fußmarsches ließ Max den Kopf hängen. Seine Wunde schmerzte kaum noch, das grün gebundene Büchlein von Florian steckte wieder an seinem alten Platz in der Jackentasche, doch er konnte nicht aufhören, an Elizabeth zu denken. Er war so glücklich, dass er sie geküsste hatte, und eigentlich war das Grund genug, glücklich zu sein, aber er zerbrach sich den Kopf darüber, wo sie nun sein könnte und wie ihre Pläne aussehen mochten. Würde sie in die USA zurückkehren? Würde sie einfach ihre Beziehung mit ihrem Freund fortführen, als sei nichts gewesen? Er dachte bei sich, dass die Vorfälle in der vergangenen Nacht in der Kirche sicher nicht dazu geführt hatten, dass sie sich anders fühlte. Trotz der Gefühlsachterbahn und dem daraus resultierendem Chaos in Max von jeher gedankenüberladenem Kopf freute sich der Student auf seine Wohnung. Er fühlte sich wohl in seinen vier Wänden und seinem Vater zuzusehen, wie dieser es sich am Küchentisch gemütlich machte, steigerte noch sein Wohlbefinden. Eine Weile und zwei Kaffee später schien es ihm, als sei alles nur ein böser Traum gewesen. Ein Albtraum mit einem glücklichen oder vielleicht bittersüßen Ende. Später schaute er in der Universität vorbei, wo ihm zunächst Frau Hofmann über den Weg lief und schließlich auch André. Niemand stellte ihm komische Fragen. Es gab nichts außer der Freude, die nur ein Wiedersehen verursachen konnte.

Daniel vertrieb sich die Zeit mit einem Spaziergang. Ohne ein klares Ziel vor Augen schlenderte er durch die Straßen Bambergs. Mal ließ er sich von diesem oder jenem Duft leiten, mal von der Wärme der Sonnenstrahlen. Vor seinem inneren Auge spulten sich Bilder des Atlantiks ab, Bilder aus einer fernen Vergangenheit, von einer schwangeren Frau am Hafen. Er ging noch weiter in der Zeit zurück und sah ein rothaariges Mädchen auf einem Schiff und seine Jugend auf den Wogen des Ozeans. »Sechsundzwanzig Jahre«, murmelte er. »sechsundzwanzig Jahre ...«

Max kehrte schon bald zur Wohnung zurück. Voller Vorfreude dachte er an die Zugtickets, die er noch kaufen musste. Als er die Untere Brücke überquerte, überkam ihn ein eisiger Schauer. Einen Moment hielt er inne und blickte in die Ferne, wo sich der Flusslauf verlor. Er dachte an Florian und gleich darauf auch an Elizabeth und an diese Stadt. Er spürte, dass noch etwas geschehen würde, dass seine Geschichte noch nicht zu Ende war. Von diesem Gedanken überzeugt, setzte er seinen Heimweg fort, wobei er den krummen, alten Gassen der zauberhaften Stadt den Rücken kehrte. Eine Stadt, in der die Zeit anders lief, in der Uhren nichts anderes als schickes Spielzeug der Menschen sind, völlig zwecklos und der perfekte Betrug für einen Schriftsteller mit zu viel Geschick.

EINE ERKLÄRUNG

DER ZUG FUHR mit Höchstgeschwindigkeit.

Die Polizei erklärte die Ermittlungen zu dem Vorfall in der Stephanskirche zur Verschlusssache. Die Presse stellte ihre eigenen Fragen und Vermutungen auf.

Es schien, als fliege die stählerne Maschine, als bewege sie sich viel schneller als gewöhnlich, wie eine mythische Kreatur, die die ausgleichende Gerechtigkeit darstellte.

Max hatte seine Mutter angerufen, sie würde am Bahnhof auf ihn warten. Der junge Mann war ein Nervenbündel. Einerseits würde er Zeuge eines Wiedertreffens sein, das ebenso unglaublich wie rührend war, andererseits konnte er nicht aufhören, an Elizabeth zu denken. »Wo mochte sie gerade sein? Was tat sie wohl in diesem Moment? Ob sie vielleicht mit ihrem Freund Schluss gemacht hatte? Oder verbrachte sie immer noch die Nächte an seiner Seite? Morgen ruf ich sie an ... nein, lieber heute Abend ...« So vergingen die Stunden, während Daniel und Max sich ihrem Ziel näherten.

Die Nacht fiel herein, Max' Anspannung wuchs und wurde nur von der seines Reisegefährten übertroffen. Nach außen zeigte Daniel sich ruhig, doch in seinem Inneren sah es anders aus. Er hatte Angst vor Astrids Reaktion oder schlimmer noch, er fürchtete, dass sie ihn überhaupt nicht erkennen würde. Max hing weiter seinen Tagträumen nach. Er stellte sich selbst mit Elizabeth im Urlaub vor oder schwelgte in der Erinnerung an den Kuss und ihre kalten Hände auf seiner Brust. Er ertastete etwas Hartes im Inneren seiner Jacke und zog das Buch von Florian aus der Tasche, in dessen Seiten erneut eine Überraschung auf ihn wartete. Er schlug es auf und begann zu lesen. Zunächst las er in Ruhe, dann immer schneller. Wie im Wahn überflog Max die Seiten, blätterte vor und zurück, begann die Lektüre erneut und wiederholte einige Passagen. Es war kein langer Text, doch es schien, als habe er an manchen Stellen Angst, fortzufahren. Einige Zeilen waren aufgrund des Kugeldurchschlags unleserlich und Max musste sie sich erschließen. Daniel betrachtete ihn. Max Augen waren weit aufgerissen, sein Atem ging unregelmäßig, er bekam weder durch die Nase noch durch den Mund richtig Luft. Etwas war in seinem Kopf explodiert. Er las die letzten Zeilen, las sie erneut und blieb stumm. Sein Herz drohte ihm aus der Brust zu springen. Er brach in Tränen aus, rang um Fassung. Sein Vater beobachtete ihn. Er sprach kein Wort und beobachtete ihn lediglich. Schließlich packte Max das Buch behutsam zurück in seine Jackentasche, wischte sich mit dem Ärmel über sein Gesicht und betrachtete die Landschaft, die vor dem Fenster an ihnen vorbeirauschte. Er strich sich mit Zeige- und Mittelfinger über die Stirn und sah zu seinem Vater. Erneut brach er in Tränen aus und blickte wieder in die Landschaft, die sich immer weiter entfernte. Wiederum blickte er zu seinem Vater und lächelte. Ein paar Tränen quollen aus seinen Augen. Max weinte vor Glück. Er wischte sich die Tränen erneut mit seinem Jackenärmel fort. Der Orkan, der sich in seinem Inneren aufgebaut hatte, war vorüber. Daniel lächelte und sah ihn fragend an. Max nickte und lachte. Völlig befreit lachte er noch eine ganze Weile still in sich hinein. Er hatte alles verstanden.

Astrid war eine ausgesprochen pünktliche Person. Sie mochte es nicht, zu spät und auch nicht, zu früh zu kommen. Sie ließ andere nicht gerne warten, mochte es aber genauso wenig, selbst warten zu müssen. Es war bereits dunkel und sie hatte ihren Wagen auf dem Parkplatz des Hamburger Hauptbahnhofs abgestellt. Es waren Monate vergangen, seit sie ihren Sohn das letzte Mal zu Gesicht bekommen hatte, und sie war überglücklich, ihn wiederzusehen. Astrid war schick gekleidet, sie trug ein schwarzes Kleid, das ihrer Figur schmeichelte und eine rote Jacke, die ihr Haar zum Leuchten brachte. Sie hatte einen Tisch für zwei in Max Lieblingsrestaurant reserviert. Ihr Mann befand sich auf Reisen und Astrid war allein zuhause, was in letzter Zeit immer häufiger vorkam und ihr missfiel.

Viertel nach zehn, der Zug war ebenfalls pünktlich. Die ersten Reisenden traten nacheinander aus dem Zug. Inmitten der Menschenmenge konnte Astrid die schmale Figur ihres Sohnes ausmachen. Max lief auf seine Mutter zu. Er weinte immer noch und trug ein strahlendes Lächeln. Mutter und Sohn umarmten sich. Astrid wollte sich schon zum Parkplatz bewegen und Max von ihrem Plan für den Abend erzählen, doch Max hielt sie am Arm fest. Er sprach kein Wort, doch in seinen Augen entdeckte sie eine unbeschreibliche Freude, ein Feuerwerk der Gefühle. Max trat beiseite und gab den Blick frei auf Daniel. Die hochgewachsene starke Figur des spanischen Seemanns wurde vor Astrids Augen klarer. Daniel blickte sie mit weit aufgerissenen Augen an. Das Herz schlug ihm bis zur Kehle. Der Seemann, von den Toten zurückgekehrt, wartete auf eine Reaktion. Astrid ließ ihn nicht warten. Sie sprach seinen Namen aus. Daniel nannte den ihren. Sie fielen sich in die Arme und betrachteten sich von Nahem. Astrid zeigte ein Kopfnicken und Daniel wusste, es brauchte keine Erklärungen mehr. Sie küssten sich und lagen sich in den Armen. Aus Daniel wurde wieder eine reale Person. Er war wieder am Leben. Max schloss sich der Umarmung an und das Buch von Florian drückte ihm dabei gegen die Brust und verursachte einen süßen Schmerz. Endlich gab es für alles eine Erklärung.

HOCHACHTUNGSVOLL

VOR EINIGEN STUNDEN warf ich mich in den Fluss. Das Wasser war eiskalt. Ich dachte, ich müsste kämpfen, doch Frank schlug sich beim Sturz den Kopf an einem Stein auf. Ich weiß nicht, ob ich von Glück oder Unglück reden soll. Den Tod habe ich ihm nie gewünscht, ich wollte nur, dass alle in Sicherheit leben können. Ich wollte ihn der Polizei aushändigen, ihnen irgendetwas erzählen, das glaubhaft klingen würde. Besser gesagt wollte ich jemanden suchen, der der Polizei etwas erzählen würde, das glaubhaft klingen würde. Mir hätte schließlich sowieso niemand geglaubt. Ich nehme an, dass Sie mir diesbezüglich Recht geben. Also ließ ich seine Leiche am Flussufer zurück. Ich weiß nicht, wie viele Kilometer wir zurückgelegt hatten, vermutlich nicht allzu viele, schließlich konnte man von dort die Umrisse der Residenz und die vier Türme des Doms sehen. Ich bin nun wieder im Warmen. Wissen Sie, ich bin nun wirklich kein Freund der Bücherverbrennung, aber in diesem speziellen Fall war es eine Frage des Überlebens. Ich hoffe, werte Leser, dass Sie mich verstehen.

Ich möchte mich von Ihnen verabschieden, nur für den Fall, dass es noch Zweifel gab, Sie verstehen schon. Sollten Sie eines Tages in meine Stadt kommen, werden Sie sich vielleicht an mich erinnern, oder vielmehr an meinen Roman. Vielleicht hat er Ihnen nicht gefallen, vielleicht auch doch. Aber Sie werden sich an mich erinnern und, wie *der kleine Prinz* schon sagte: *Ich werde Ihnen einen hübschen Streich gespielt haben* ... Bevor ich fortgehe, beende ich diese Zeilen, wo ich sie begonnen habe. Ich lausche dem Rauschen des Flusses und dem Knistern der letzten Zweige und Buchstaben im Kamin. Ich lausche dem Frühling, der eine Melodie über zukünftige Erinnerungen und süße Morgenstunden pfeift. Ich bin nun bereit und breche auf, ich werde nach Santiago de Compostela pilgern. Danach werde ich meine Freunde sehen und sie werden mich erwarten. Ich kann nicht sagen, wann ich zurückkomme, aber ich werde immer zurückkommen. Niemals könnte ich mich von dieser Stadt für eine lange Zeit fernhalten. Zögern Sie nicht, mich zu grüßen, wenn Sie mich dort treffen. Fühlen Sie sich jeder Zeit in meiner Heimat willkommen, Sie werden es nicht bereuen, das verspreche ich Ihnen!

Hochachtungsvoll,
Florian Wilhelm Treu

EPILOG: REISETAGEBUCH

AUSZUG AUS dem *Reisetagebuch*, das Florian Max schenkte (Das hier abgedruckte Manuskript ist teilweise zerstört, einige Teile konnten nicht wiederhergestellt werden.):

Max Dresslen würde seine Rückkehr nach Bamberg nie vergessen. Sie hatten einige glückliche Tage als Familie in Hamburg verbracht. Daniel und Astrid hatten anschließend beschloss[redacted]zweit nach Galicien zu fliegen, Daniels Dor[redacted]und sich einen Url[redacted]gönnen. Als Max aus [redacted] Zug stieg, blickte er [redacted] voller Hoffnung am [redacted]ig um, dann in [redacted]terführung und in der [redacted]. Vielleicht hat sie meine Nachricht nicht gelesen«, grübelte er Amerikanerin war weit un[redacted]icht zu sehen. Der junge Hamburger war verz[redacted]. Er ermahnte sich selbst, nicht zu weinen und auch die Hoffnung noch nicht aufzugeben. Er lief weiter. Es war schon spät und seine schmale Silhouette verlor sich in den alten Gassen. Seine langen Beine, der Rucksack auf dem Rücken und der Koffer, den er umständlich hinter sich herzog, dies alles war nur ein Schatten ohne jeden Sinn und Zweck, wenn Elizabeth nicht gekommen war, ihn zu empfangen.

Max war schon fast zuhause. Als er die Untere Brücke überquerte, ließ ihn eine flüchtige Erinnerung erschaudern. Doch diesmal blieb er nicht stehen, sondern setzte seinen Weg in die Concordiastraße fort. Die Nacht legte sich bereits auf das Straßenpflaster und die Gasse lag im Halbdunkel. Er war schon fast am Hauseingang angekommen, als vor ihm, genau dort, wo er vor kurzer Zeit die Silhouette seines Vaters gesehen hatte, ohne zu wissen, dass es die seines Vaters war, eine andere Gestalt auftauchte. Diesmal war die Gestalt kleiner und die Konturen geschwungener. In ihren Händen hielt sie ein paar Bücher mit Englischübungen. Elizabeth grüne Augen waren wie ein Lichtstrahl in andere Zeiten, ein Tunnel zur Zukunft. Darin konnte Max einen Mann sehen, der mit einem Rucksack voller Bücher auf dem Rücken eben nachhause kam, wo grüne Augen ihn schon erwarteten. Die Kinder tollten um ihn herum und die kleinsten bettelten um eine gute Nacht Geschichte. Max glaubte, vier zu erkennen, doch er war nicht sicher. Die grünen Augen strahlten ihm vom Esstisch entgegen, wo Elizabeth eben Schulaufgaben korrigierte. Sie hatten erst kürzlich Besuch gehabt, der ihm ein paar Bücher geschenkt hatte und eine Nachricht auf dem Anruf-

beantworter nannte einen Termin mit dem Verlagslektor wegen seines nächsten Buches. Er hatte unterwegs Nachtisch für das Abendessen besorgt, der Raum war voller Leben und der Mond spiegelte sich schimmernd im Fluss wider. Die Kinder machten pausenlos Krach und die grünen Augen waren ein guter Ort zum Verweilen, das Geräusch einer alten Mühle drang von außen herein und Max setzte sich an den riesigen Tisch und das Paar tauschte Anekdoten über die Schüler aus und alle aßen und lachten und draußen spielte noch immer die Musik des Flusses, die auch die Musik der Stadt ist und die uns an das erinnert, was wir niemals vergessen sollen.

Ende
Bamberg, 14. Februar 2018
Pablo L. T. Noval